PRINCESA
MIA

OBRAS DA AUTORA PUBLICADAS PELA EDITORA RECORD

Avalon High
Avalon High: A coroação – A profecia de Merlin
Como ser popular
A garota americana
Quase pronta
O garoto da casa ao lado
Garoto encontra garota
Ídolo teen
Pegando fogo!
A rainha da fofoca
Sorte ou azar?
Tamanho 42 não é gorda
Tamanho 44 também não é gorda
Todo garoto tem

***Série* O Diário da Princesa**

O diário da princesa
A princesa sob os refletores
A princesa apaixonada
A princesa à espera
A princesa de rosa-shocking
A princesa em treinamento
A princesa na balada
A princesa no limite
Princesa Mia
Princesa para sempre

Lições de princesa
O presente da princesa

***Série* A Mediadora**

A terra das sombras
O arcano nove
Reunião
A hora mais sombria
Assombrado

***Série* A Mediadora**

Crepúsculo

***Série* As leis de Allie Finkle para meninas**

Dia da mudança

Meg Cabot

PRINCESA
• MIA •

Tradução de
ANA BAN

3ª EDIÇÃO

galera
RECORD
Rio de Janeiro 2010

CIP-Brasil. Catalogação-na-fonte
Sindicato Nacional dos Editores de Livros, RJ.

Cabot, Meg, 1967-
C116p Princesa Mia / Meg Cabot; tradução de Ana Ban. – 3ª ed. – Rio
3ª ed. de Janeiro: Galera Record, 2010.
(O diário da princesa; 9)

Tradução de: Princess Mia
Seqüência de: A princesa no limite
ISBN 978-85-01-08090-5

1. Princesas – Literatura juvenil. 2. Escolas secundárias – Literatura juvenil. 3. Literatura juvenil. I. Ban, Ana. II. Título. III. Série.

08-1429 CDD – 028.5
CDU – 087.5

Título original norte-americano:
PRINCESS MIA

Direitos exclusivos de publicação em língua portuguesa somente para o Brasil adquiridos pela
EDITORA RECORD LTDA.
Rua Argentina 171 – Rio de Janeiro, RJ – 20921-380 – Tel.: 2585-2000
que se reserva a propriedade literária desta tradução

Impresso no Brasil

ISBN 978-85-01-08090-5

Para Amanda Maciel,
com amor e gratidão

Agradecimentos

Muito obrigada a Beth Ader, Jennifer Brown, Barbara Cabot, Sarah Davies, Michele Jaffe, Laura Langlie, Amanda Maciel, Abigail McAden e, especialmente, Benjamin Egnatz

"Ah, sim, vossa alteza real", ela disse. "Somos princesas, acredito. Pelo menos uma de nós é."
Sara sentiu o sangue subir para o rosto. Por pouco, conseguiu se segurar. Quando se é princesa, você não tem ataques histéricos.
"É verdade", ela respondeu. "Às vezes, eu de fato finjo ser princesa. Finjo ser princesa para tentar me comportar como se fosse."

A PRINCESINHA
Frances Hodgson Burnett

Sexta-feira, 10 de setembro, 21h, A Bela e a Fera, teatro Lunt-Fontanne, banheiro feminino

Ele não ligou. Acabei de conferir com a minha mãe.

Acho que não é totalmente justo da parte dela me acusar de acreditar que o mundo todo gira em volta do meu rompimento com o Michael. Porque eu não acredito. Mesmo. Como é que poderia saber que ela tinha acabado de colocar o Rocky na cama? Ela deveria ter desligado a campainha do telefone, já que meu irmãozinho tem tido tanta dificuldade para pegar no sono.

Mas, bom, não tinha nenhum recado para mim. Acho que eu não devia ter esperado que houvesse. Quer dizer, eu dei uma olhada no vôo dele, e ele só vai chegar ao Japão daqui a catorze horas.

E a gente não pode usar celular nem palm top quando o avião está voando. Pelo menos, não para ligar nem para mandar mensagens de texto.

Nem para responder a e-mails.

Mas tudo bem. De verdade, tudo bem. Ele vai ligar. Ele vai receber o meu e-mail e daí vai ligar para mim e nós vamos reatar e tudo vai voltar a ser como era.

Tem que voltar.

Enquanto isto, simplesmente preciso seguir em frente como se as coisas estivessem normais. Bom, tão normais quanto podem estar quando você está esperando notícias de alguém que foi seu namorado por dois anos, com quem você terminou, mas a quem enviou um e-mail de desculpas porque percebeu que estava completa e irrevogavelmente errada.

Principalmente porque, se vocês não reatarem, você sabe que só vai viver uma espécie de meia vida e que estará destinado a uma série de relacionamentos sem sentido com top models.

Ah, espera aí. Este é o meu pai. Deixa para lá.

Mas, sabe como é. Sou eu também. Sem a parte das top models.

Assistir a *A Bela e a Fera* hoje à noite com o J.P. me fez perceber como eu fui totalmente estúpida na semana passada.

Não que eu já não tivesse me dado conta disso. Mas o espetáculo *realmente* me fez cair na real.

O que é especialmente esquisito, porque o Michael e eu nunca entramos exatamente num acordo no que diz respeito ao teatro. Quer dizer, eu mal conseguia fazer o Michael me acompanhar para ver os tipos de espetáculo que eu gosto, que basicamente são os que envolvem garotas com saias armadas e coisas que voam do teto do teatro (tais como *O fantasma da ópera* e *Tarzan: o musical*).

E, nas poucas ocasiões em que ele REALMENTE me acompanhou, passou o tempo todo se inclinando para cima de mim e cochichando: "Dá para ver por que este espetáculo vai sair de cartaz. Não tem jeito de um cara agüentar ficar por aí cantando para uma chaleira falante a respeito de como ele gosta de uma garota. Você sabe disso, não sabe? E de onde é que esse som de orquestra completa supostamente viria? Quer dizer, eles estão em um calabouço. Simplesmente não faz o menor sentido."

E eu achei que isso estragou a experiência toda, de verdade. O mesmo vale para o fato de o Michael ter pedido licença a cada cinco minutos para ir ao banheiro, fingindo ter bebido água demais no jantar. Mas a verdade é que ele só queria ficar conferindo os alertas do World of Warcraft no celular dele.

Mas, apesar de eu estar me divertindo com o J.P. e tudo o mais, não consigo parar de desejar que o Michael estivesse aqui para reclamar que *A Bela e a Fera* não passa de um musical cafona da Disney, feito para criancinhas, que não são exatamente um público qualificado, e que a música realmente é horrível e que a coisa toda só serve para fazer os turistas gastarem dinheiro com camisetas, canecas e programas de teatro muito caros em papel brilhante.

É especialmente triste o fato de ele não estar aqui porque nesta noite percebi que, na verdade, a história de *A Bela e a Fera* é a história do Michael e eu.

Não a parte da Bela (é claro). E nem a parte da Fera.

Mas a parte das pessoas que começam como amigas e que nem percebem que se gostam até que seja quase tarde demais...

Isso é totalmente a gente.

Tirando, é claro, o fato de a Bela ser mais inteligente do que eu. Tipo: Será que realmente teria feito diferença para a Bela se a Fera, muito antes de ele a ter aprisionado em seu castelo, tivesse ficado com a Judith Gershner, e daí não tivesse comentado com ela?

Não. Porque tudo aquilo aconteceu ANTES de a Bela e a Fera terem se conhecido. Então, que diferença faz?

Exatamente: nenhuma.

Simplesmente não dá para acreditar como eu fui idiota em relação a isso. Juro que, por mais cafona que seja — e, tudo bem, admito que agora eu enxergo o grau de cafonice da história —, é preciso dizer que *A Bela e a Fera* trouxe uma nova clareza à minha vida.

O que não deveria ser assim tão surpreendente já que, afinal de contas, é uma história tão antiga quanto o tempo.

De todo modo, eu sei que, no passado, já disse que o homem ideal para mim seria alguém capaz de assistir a uma apresentação inteira de *A Bela e a Fera*, a história mais linda e mais romântica jamais contada, sem ficar implicando com as coisas erradas (tipo quando a Fera passa por sua transformação de príncipe no palco, ou quando os lobos falsos de pelúcia aparecem — bom, eles não podiam ser assustadores DEMAIS, pois há criancinhas na platéia).

Mas agora eu percebo que o único cara com quem eu assisti ao espetáculo e que passou no teste foi o J.P. Reynolds-Abernathy IV. Não pude deixar de notar que ele até derramou uma lágrima, que escorreu pela bochecha dele, durante a cena em que a Bela, com muita valentia, troca a própria vida pela do pai.

O Michael nunca chorou durante um espetáculo da Broadway. Tirando a cena em que o pai-macaco do Tarzan é assassinado brutalmente.

E isso só aconteceu porque ele estava tendo um ataque de riso.

Mas o negócio é o seguinte: estou começando a achar que isso não é necessariamente uma coisa ruim. Acho que talvez os meninos simplesmente sejam diferentes das meninas. Não só pelo fato de eles realmente se importarem com coisas como, por exemplo, se vai ou não ter um filme de *Nightstalkers* com a Jessica Biel fazendo mais uma vez seu papel de Abby Whistler de *Blade: Trinity*.

Ou porque eles acham que tudo bem ir para a cama com a Judith Gershner e nunca comentar com a namorada porque aconteceu antes de eles começarem a sair.

Mas isso só acontece porque eles são *programados* de um jeito diferente. Tipo, para ficarem impassíveis ao ver um cara com fantasia de gorila levar um tiro de mentirinha no palco.

Ao mesmo tempo, eles totalmente acreditam naquela cena do filme *Um lugar chamado Notting Hill* em que a personagem da Julia Roberts volta para aquele cara interpretado pelo Hugh Grant, apesar de que uma estrela de cinema daquelas não se apaixonaria, nem em um milhão de anos, por um dono de livraria pobretão.

E digo isso na pele de uma princesa apaixonada por um universitário.

O negócio é que, agora, eu finalmente entendi tudo: os caras são diferentes da gente.

Mas isso nem sempre é ruim. Aliás, como meus ancestrais diriam *Vive la différence*. Porque, tudo bem, muitos caras não gostam de musicais.

Mas esses mesmos caras podem dar de presente para você um colar com pingente de floco de neve no seu aniversário de quinze anos para representar o Baile de Inverno Sem Denominação, onde vocês declararam o amor um pelo outro pela primeira vez.

E isso, é preciso reconhecer, é uma coisa muito romântica.

Ah, as luzes acabaram de piscar. Está na hora de voltar para o meu lugar para o segundo ato.

E, para falar a verdade, não estou nem um pouco a fim de voltar. Seria ótimo se o J.P. não ficasse me perguntando sem parar se eu estou bem.

Eu entendo totalmente o fato de ele estar preocupado comigo como uma prova de amizade e tudo o mais, mas o que ele espera que eu diga? Como é que ele pode não saber que a resposta é não, não estou bem coisa nenhuma? Será que preciso lembrar a ele que, há duas noites, eu fui a maior idiota de ARRANCAR aquele colar de floco de neve e JOGAR em cima do cara que tinha me dado de presente? Será que ele acha que a gente simplesmente se recupera de uma coisa assim só porque vai assistir a um musical com xícaras dançantes?

O J.P. é mesmo um amor, mas às vezes é totalmente sem noção.

Mas acontece que a Tina sabe: o J.P. realmente é um vulcão adormecido de paixão. Aquela lágrima comprova isso. Ele só precisa da mulher certa para destrancar seu coração — que até agora ele manteve em uma casca fria e dura, para se proteger emocionalmente — e ele vai explodir como a caldeira borbulhante do Parque Nacional de Yellowstone.

E essa mulher obviamente não era a Lilly (que, aliás, também não me ligou nem me mandou nenhum e-mail, nem para me dar mais um pouco de bronca por ser uma ladra de namorado, e isso não faz nem um pouco o feitio dela).

Por outro lado, talvez o J.P. não seja sem noção. Talvez ele simplesmente seja homem.

Acho que nem todo mundo pode ser igual à Fera.

Sexta-feira, 10 de setembro, 23h45, no loft

Caixa de entrada: 0

Nenhum recado no telefone também.

Mas o avião do Michael ainda vai ficar voando mais onze horas e meia. Ele vai me ligar quando pousar.

Quer dizer, ele tem que ligar. Certo?

Bom, não vou pensar sobre isto agora. Porque cada vez que eu penso, sinto umas palpitações estranhas no coração e as palmas das minhas mãos ficam suadas.

Enquanto eu estava fora, chegou para mim um envelope entregue por um mensageiro. Minha mãe me disse isso (não muito contente) quando eu a acordei para perguntar se o Michael tinha ligado. (Sinceramente, não percebi que ela estava dormindo. Normalmente, fica acordada assistindo a David Letterman até que o convidado musical apareça, à meia-noite e meia. Como é que eu ia saber que a convidada musical era a Fergie, e por isso minha mãe foi mais cedo para a cama?)

O envelope entregue pelo mensageiro obviamente não era do Michael. Era um envelope cor de marfim todo chique, com um enorme lacre de cera com as letras D e R no meio. Tinha alguma coisa naquilo que simplesmente berrava Grandmère.

Então, não fiquei surpresa quando minha mãe disse, toda mal-humorada: "A sua avó disse que era para você abrir assim que chegasse."

Mas *eu* fiquei surpresa, quando ela completou: "E disse para você ligar para ela depois de ler. Não importasse a hora."

"É para eu ligar para Grandmère depois das onze da noite?" Isso não fazia o menor sentido. Grandmère vai para cama todo dia, sem exceção, antes do noticiário das onze, a não ser que esteja em alguma festa com Henry Kissinger ou alguém assim. Ela diz que, se não dormir suas oito horas de sono de beleza, não pode fazer nada para sumir com as bolsas que ficam embaixo dos olhos dela no dia seguinte, por mais creme de hemorróidas que passe.

"Esse foi o recado", minha mãe resmungou, e puxou as cobertas de novo para cima da cabeça. (Como ela consegue dormir com o sr. Gianini roncando daquele jeito ao lado dela é um mistério para mim. Só pode ser amor de verdade.)

Eu não estava gostando nada da aparência daquele envelope e com toda a certeza não estava gostando nada da idéia de ter que ligar para Grandmère às onze e meia da noite.

Mas fui para o meu quarto, rompi o lacre, peguei a carta, comecei a ler...

E quase tive um ataque cardíaco.

Em dois segundos exatos, já estava ao telefone com Grandmère.

"Ah, Amelia", ela disse, parecendo completamente desperta. "Que bom. Finalmente. Recebeu a carta?"

"Da MÃE da Lana Weinberger?", eu praticamente berrei. Só me lembrei de manter a voz baixa porque moro em um loft e o meu irmãozinho estava dormindo no quarto ao lado e eu não queria me arriscar a provocar a ira da minha mãe se eu o acordasse. "Pedindo para eu fazer o discurso de abertura no evento de gala da sociedade feminina dela para arrecadar dinheiro para os órfãos da África? Recebi. Mas... como é que você sabia? Também recebeu um?"

"Não seja ridícula", ela desdenhou. "Eu tenho minhas maneiras de descobrir essas coisas. Então, Amelia, eu preciso saber. Isto é muito importante. Ela mencionou fazer um convite para que você se junte à Domina Rei quando atingir a maioridade?" Praticamente dava para ouvir que ela estava babando de tão ansiosa. "*Ela mencionou alguma coisa sobre pedir para que você faça o juramento quando completar dezoito anos?*"

"Mencionou sim", respondi. "Mas, Grandmère, nunca ouvi falar desta tal de Domina Rei antes. E não tenho tempo para isto neste momento. Estou passando por um período muito estressante agora, e realmente preciso me concentrar em ficar com a cabeça no lugar..."

No entanto, esta foi totalmente a coisa errada a se dizer. Grandmère estava praticamente soltando fogo pelas ventas quando respondeu em seu tom mais principesco: "Para a sua informação, a Domina Rei é uma das sociedades femininas mais importante do mundo. Como é que você pode não saber disto, Amelia? Elas são como a Opus Dei das organizações de mulheres. Só que não têm filiação religiosa."

Preciso confessar que fiquei um pouco interessada, apesar de não ser minha intenção. "É mesmo? Aquela sociedade secreta de *O código Da Vinci*? Aquela em que os membros se chicoteiam? A mãe da Lana anda com um espeto de metal esquisito preso em volta da perna?"

"Claro que não", Grandmère respondeu com uma fungada. "Estou falando de maneira figurativa."

Isso foi muito decepcionante de ouvir. Nunca fui apresentada à mãe da Lana (e ficou bem óbvio que ela não sabe nada sobre mim, porque na carta mencionou como a Lana tem apreciado minha amizade ao longo dos anos, e como é uma pena que a minha agenda real tenha me impedido de comparecer a mais festas na casa delas, para as quais ela sabe que a Lana me convidou. Até parece.), mas a idéia de que algum integrante da família Weinberger tenha possíveis espetos entrando em suas carnes me enche de imensa alegria.

"E", Grandmère prosseguiu, "eu sei que já lhe falei sobre a Domina Rei, Amelia. A Contessa Trevanni é integrante."

"A avó da Bella?" Grandmère não tem mencionado muito sua arquiinimiga, a Contessa, desde que a neta dela, a Bella, deixou toda a família Trevanni deliciada, no último Natal, ao fugir com o meu pseudoprimo príncipe René e ter ficado, bom, grávida dele. (Grandmère diz que é mais educado dizer *enceinte*, que é o termo em francês, mas a verdade é que dá tudo no mesmo. Quer dizer, realiza, será que *ninguém* na minha família ouviu falar de camisinha?)

Depois de uma conversinha séria com o meu pai (e, desconfio, uma troca monetária: o René iria assinar, dali apenas alguns dias, um contrato televisivo para um novo reality show, *Príncipe encantado*, em que algumas meninas iriam competir pela oportunidade de ter um encontro com um príncipe de verdade... especificamente, ele próprio), o René finalmente se casou com a Bella. Infelizmente para a avó dela, o casamento ocorreu em uma cerimônia discreta e fechada, já que René demorou tanto para pedir a mão dela que a barriga da Bella obviamente estava aparecendo, e o pessoal da *Majesty Magazine* ainda se ressente muito desse tipo de coisa.

Agora, a Bella e o René estão morando aqui em Manhattan, no Upper East Side, em uma cobertura que a Contessa deu para eles de presente de casamento, vão a aulas de Lamaze juntos e parecem estar felizes de verdade.

Grandmère ficou com tanta inveja de a Bella ter ficado com o René, em vez de mim — apesar de eu ainda estar no *ensino médio*, acorda — que poderia ter tido um colapso. Basicamente, nunca tocamos no assunto.

"Audrey Hepburn também era da Domina Rei", Grandmère prosseguiu. "Assim como a princesa Grace de Mônaco. Hillary Rodham Clinton. A Juíza da Suprema Corte dos Estados Unidos Sandra Day O'Connor. Jacqueline Kennedy Onassis. Até Oprah Winfrey."

Um silêncio recaiu sobre a nossa conversa, como sempre acontece entre os integrantes educados da sociedade quando o nome da sra. Winfrey é mencionado.

Então eu falei: "Bom, isso tudo é muito legal, Grandmère. No entanto, como já disse, este realmente não é o melhor momento para mim. Eu..."

Mas Grandmère, para variar, não estava nem escutando.

"Eu, é claro, fui convidada para me filiar há anos. No entanto, devido a um engano completo, envolvendo um certo cavalheiro, que não será citado nesta conversa, fui colocada na lista negra de modo muito rude."

"Ah, bom, é uma pena. Eu..."

"Certo. Se você quer mesmo saber, foi o príncipe Rainier de Mônaco. Mas os boatos eram completamente falsos! Eu nunca olhei nem duas vezes para ele! Por acaso era culpa minha o fato de ele ter ficado tão fascinado por mim que costumava me seguir por aí como um cachorrinho? Não posso imaginar como alguém pode ter pensando que era alguma coisa além do que realmente foi... uma simples paixão que um homem bem mais velho nutriu por uma jovem que não podia fazer nada além de borbulhar de tanto *joie de vivre*?"

Demorou um minuto para eu me dar conta de quem ela estava falando. "Quer dizer... *você*?"

"Claro que fui eu, Amelia! Qual é o seu problema? Por que você acha que ele se casou com Grace Kelly? Por que você acha que a família dele permitiu que se casasse com uma atriz de cinema? Só porque ficaram muito aliviados por ele ter resolvido se casar com alguém depois da mágoa que viveu quando eu o rejeitei..."

Engoli em seco. "Grandmère! Você fez com que ele virasse *gay*?"

"Claro que não! Amelia, não seja ridícula. Eu... Ah, deixe para lá. Como foi mesmo que chegamos a este assunto? O negócio é que a Contessa Trevanni vai comer a própria cabeça se você fizer o discurso de abertura na festa de gala beneficente da sociedade feminina. Nunca pediram à neta dela que fizesse discurso. Mas é claro que não, por que pediriam? Ela nunca realizou nada, a não ser ficar grávida, e isso qualquer idiota pode fazer, e ela é tão abobada que provavelmente ficaria paralisada ao ver duas mil empresárias de sucesso com traje impecável olhando para ela..."

Engoli em seco de novo... mas desta vez por outro motivo. "Espera aí... duas mil?

"Vamos ter que marcar um horário na Chanel agora mesmo", Grandmère continuou tagarelando. "Alguma coisa discreta, acho, mas bem jovem. Acredito que esteja na hora de mandarmos fazer um tailleur para você. Vestidos são ótimos, mas um bom tailleur de lã é sempre uma escolha acertada..."

"Empresárias de sucesso com traje impecável?", repeti, sentindo-me meio tonta. "Achei que a platéia seria de gente como a mãe da Lana... mulheres casadas da alta-sociedade com babás, cozinheiras e arrumadeiras em tempo integral..."

"Nancy Weinberger é uma das decoradoras mais requisitadas de Manhattan", Grandmère interrompeu com frieza. "Ela decorou todo o apartamento que a Contessa comprou para René e Bella. Deixe-me ver, então, as cores da Domina Rei são azul e branco... azul nunca foi a melhor cor para você, mas vamos ter que dar um jeito..."

"Grandmère", o pânico começava a subir pela minha garganta. Era mais ou menos a mesma sensação que eu tinha sempre que pensava no Michael, mas sem as palmas das mãos suadas. "Não posso fazer isso. Não posso fazer um discurso para duas mil empresárias de sucesso. Você não entende... estou passando por uma crise romântica no momento, e até que essa situação esteja resolvida, acho que preciso ficar na minha... aliás, mesmo depois que estiver tudo resolvido, acho que não vou conseguir falar na frente de tanta gente."

"Quanta bobagem", Grandmère disse, ríspida. "Você falou perante o Parlamento da Genovia sobre os parquímetros, lembra? Como se algum de nós pudesse esquecer daquele momento."

"É, mas eram só uns velhos de peruca, não a mãe da Lana Weinberger! Não sei não, Grandmère. Acho que eu deveria..."

"Claro, só Deus sabe o que vamos fazer a respeito do seu cabelo. Acho que, até lá, ainda não vai ter crescido. Talvez Paolo possa ajustar algum tipo de extensão. Vou ligar para ele amanhã de manhã..."

"Falando sério, Grandmère, acho que eu..."

Mas já era tarde demais. Ela já tinha desligado o telefone, sem parar de resmungar sobre extensões de cabelo.

Maravilha. Eu realmente estava precisando disto.

Sábado, 11 de setembro, 9h, no loft

Caixa de entrada: 0

O que não é estranho. Quer dizer, ele ainda tem três horas de vôo. E depois, precisa passar pela alfândega.

Então, só preciso ter paciência. Só preciso ficar calma. Só preciso...

FTLOUIE: TINA!!!! VOCÊ ESTÁ AÍ???? Se estiver, responda. ESTOU MORRENDO!!!!

ILUVROMANCE: Oi, Mia! Estou aqui. Por que você está morrendo?????

Ah, graças a Deus. Graças a Deus pela existência da Tina Hakim Baba.

FTLOUIE: Porque ao mesmo tempo em que eu sei que a ligação que Michael e eu temos é forte demais para ser dilacerada por um simples mal-entendido, e que ele vai ligar quando chegar ao Japão e vai me dizer que me perdoa e tudo vai ficar bem... Mas e se não for ficar? E se ele não ligar? Ai, meu Deus... as palmas das minhas mãos não param de suar!!!!! E acho que eu talvez esteja tendo um ataque cardíaco...

ILUVROMANCE: Mia! Tudo vai dar certo! Claro que o Michael vai perdoar você! Vocês vão voltar, e tudo vai ficar exatamente como era.

Até melhor. Porque casais que passam por momentos difíceis juntos sempre saem fortalecidos...

FTLOUIE: Tem razão! E tanto faz, certo? Minhas ancestrais enfrentaram adversidades mais graves. Como invasores que saquearam seus palácios, seqüestros e ser forçadas a tomar vinho no crânio do pai assassinado e tudo o mais. O Michael e eu vamos ficar bem!

ILUVROMANCE: Totalmente! Então, acho que você não vai lá hoje à noite, certo?

FTLOUIE: Não vou lá aonde?

ILUVROMANCE: À festa da vitória.

FTLOUIE: Que festa da vitória?

ILUVROMANCE: Você sabe. A festa da vitória da Lilly e da Perin. Por terem vencido a eleição do conselho estudantil.

FTLOUIE: Não fui convidada para nenhuma festa da vitória.

ILUVROMANCE: Você não recebeu o e-mail?

FTLOUIE: Nããããão...

ILUVROMANCE: Ah.

FTLOUIE: Ah, o quê?

ILUVROMANCE: Achei que ela não tinha falado sério.

FTLOUIE: Quem? Do que você está falando?

ILUVROMANCE: Da Lilly. Ela ficou dizendo que nunca mais ia falar com você porque você puxa o tapete dos outros e é uma ladra de namorado. Mas eu achei que ela estava brincando.

!!!!!!

FTLOUIE: O QUÊ???? COMO ELA PÔDE DIZER ISSO??? FOI SÓ UM SELINHO!!! ERA PARA SER NA BOCHECHA!!! EU ACERTEI A BOCA DELE POR ENGANO!!!!

ILUVROMANCE: Certo. Mas você não foi ver *A Bela e a Fera* com o J.P. ontem à noite?

FTLOUIE: Bom, fui. Mas foi absolutamente inocente. Nós fomos só como AMIGOS.

ILUVROMANCE: Mas você já não disse que o seu homem ideal seria um que conseguisse assistir a uma apresentação inteira de *A Bela e a Fera*, a história mais romântica que já foi contada, sem fazer piada nas horas erradas?

FTLOUIE: É. Mas isso faz muito tempo. E desde então, percebi que eu estava errada. Agora, o meu homem ideal é um que faz piada.

ILUVROMANCE: Bom, é melhor dizer isso à Lilly.

FTLOUIE: Por quê? O que ela anda dizendo? Espera um pouco... como é que ela SABE o que o J.P. e eu fizemos ontem à noite? Como é que VOCÊ sabe?

ILUVROMANCE: Ah.. Você não viu?

FTLOUIE: NÃO VI O QUÊ????

ILUVROMANCE: A foto gigantesca de você e o J.P. saindo do teatro que está no *New York Post* de hoje com a manchete "princesa magoada encontra novo amor"?

PRINCESA MAGOADA ENCONTRA NOVO AMOR

Parece que o fim chegou para a princesa Mia Thermopolis (da Genovia), que mora aqui em Nova York, e seu namorado de longa data, Michael Moscovitz, aluno da Universidade de Columbia (e plebeu).

Segundo boatos, Moscovitz teria assinado um contrato de um ano com uma empresa japonesa de robótica localizada em Tsukuba, onde trabalhará em um projeto altamente sigiloso.

Mas parece que Vossa Alteza Real não está sofrendo tanto assim por seu amor perdido — nem perdendo tempo antes de voltar ao mercado. Seu ex-bonitão foi substituído por um homem misterioso que acompanhou a jovem representante da realeza a uma apresentação do espetáculo da Broadway *A Bela e a Fera*, que está há um bom tempo em cartaz, na sexta-feira à noite. Fontes que não quiseram se identificar dizem que o rapaz não é ninguém menos do que John Paul Reynolds-Abernathy IV, filho do rico promotor e produtor de teatro John Paul Reynolds-Abernathy III.

Uma pessoa que também esteve na platéia do espetáculo e que viu o jovem casal em seu camarote particular afirmou: "Com certeza pareciam bem íntimos lá." Outra espectadora afirmou: "Eles formam um casal muito bonito. Os dois são tão altos e loiros..."

Quando procuramos um porta-voz do palácio real da Genovia para obter uma declaração, recebemos o seguinte comunicado: "Não fazemos comentários sobre a vida pessoal da princesa."

Sábado, 11 de setembro, 10h, no loft

Bom. Pelo menos agora eu sei por que não tive notícias da Lilly.

O que é a maior confusão, em muitos níveis. Quer dizer, para começo de conversa, foi só um selinho.

E, em segundo lugar, eles já tinham terminado quando o selinho aconteceu. E, em terceiro lugar, FOMOS AO TEATRO COMO AMIGOS. Como é que alguém com a cabeça no lugar pode achar que eu estou SAINDO com o J.P. Reynolds-Abernathy IV?

Quer dizer, claro que ele é engraçado, fofo, legal e tudo o mais. Não me entenda mal.

Mas o meu coração pertence ao Michael Moscovitz, e sempre pertencerá!

Nada disso faz o menor sentido. A Lilly supostamente é minha melhor amiga. Como pode acreditar em uma coisa tão horrível a meu respeito?

E é verdade, eu fui bem má com o irmão dela na semana passada. Mas isso foi só porque eu (feito uma idiota) não percebi que coisa maravilhosa existia entre nós, até que fui lá e destruí tudo.

Mas eu PEDI DESCULPAS para ele. É só uma questão de tempo (duas horas) até que ele receba o meu e-mail e me ligue (por favor, Deus) e nós ajeitemos tudo e ele envie meu colar de floco de neve de volta e tudo fique bem.

A menos que por acaso ele dê uma olhada no Google News e veja o artigo gigantesco sobre eu e o J.P.

Mas por que ele acreditaria naquilo? Ele nunca acreditou em nenhuma das mentiras que os paparazzi sempre publicavam sobre eu e o James Franco. Por que acreditaria NISTO?

Não acreditaria. *Não pode* acreditar.

Então, qual é o *problema* da Lilly?

Sei lá. Não vou entrar em pânico. É verdade que, no passado, eu ficaria histérica com uma coisa destas. Já estaria ligando para o meu pai e implorando para que os nossos advogados exigissem uma retratação. Estaria tentando descobrir quem deu a dica para os jornais — como se eu já não soubesse (Grandmère). Estaria enlouquecida mandando e-mails para o Michael, toda histérica, explicando que nada disso é verdade.

Mas não agora. Sou muito madura para tudo isso. Além do mais, estou acostumada.

E, além disso: já estou apavorada *demais* com o estado atual das coisas. Como é que posso ficar ainda mais desesperada? Mal consigo segurar a caneta para escrever isto, de tão ensopada de suor que a minha mão está.

Então... tanto faz. Vou dar um tempo para que a Lilly se acalme. Tenho certeza de que quando ela estiver dando a festa dela e todo mundo menos eu estiver lá (eu liguei para a Tina depois que saí correndo para comprar o jornal. Eu disse a ela que é CLARO que ela tem de ir à festa da Lilly, apesar de querer boicotá-la em solidariedade a mim. Mas eu realmente preciso que ela vá, para eu poder saber o que a Lilly anda dizendo de mim. Juro que se a Lilly estiver falando mal de mim, vou ligar para a Comissão Federal das Comunicações e relatar o fato de que ela usou a palavra com M no episódio da semana passada de *Lilly Tells It Like It Is*, enquanto descrevia a atual situação no Iraque), ela vai começar a sentir a minha falta e vai me convidar para a festa.

E daí eu vou e nós vamos nos abraçar e tudo vai ficar bem.

Simplesmente vou ficar aqui fazendo o meu dever de pré-calculo até lá. Porque Deus bem sabe que eu não prestei muita atenção na semana passada, então NÃO FAÇO IDÉIA do que está acontecendo naquela aula. E, para falar a verdade, o mesmo vale para todas as outras matérias. A última coisa de que eu preciso, além de tudo o mais que está acontecendo, é repetir de ano na escola e ser expulsa.

E acho que, enquanto estiver fazendo isso, vou dar um fim nos pasteizinhos de carne de porco que sobraram do Number One Noodle Son (este negócio de carne é surreal. Uma vez que a gente começa a comer, *não dá* para parar).

Porque é assim que uma pessoa adulta lidaria com esta situação.

FALTAM DUAS HORAS PARA ELE POUSAR!!!!!!! ÊÊÊÊÊÊÊÊ ÊÊÊÊÊÊÊÊÊÊÊÊÊÊÊÊÊÊÊÊÊÊÊÊÊÊÊÊÊÊÊÊÊÊÊÊÊ ÊÊÊÊÊÊÊÊÊÊÊÊÊÊÊÊÊÊÊÊÊÊÊÊÊÊÊÊÊÊÊÊÊÊÊÊÊ ÊÊÊÊÊÊÊÊÊÊÊÊÊÊÊÊÊÊÊÊÊÊÊÊÊÊÊÊÊÊÊÊÊÊÊÊÊ ÊÊÊÊÊÊÊÊÊÊÊÊÊÊÊÊÊÊÊÊÊÊÊÊÊÊÊÊÊÊÊÊÊÊÊÊÊ ÊÊÊÊÊÊÊÊÊÊÊÊÊÊÊÊÊÊÊÊÊÊÊÊÊÊÊÊÊÊÊÊÊÊÊÊÊ ÊÊÊÊÊÊÊÊÊÊÊÊÊÊÊÊÊÊÊÊÊÊÊÊÊÊÊÊÊÊÊÊÊÊÊÊÊ ÊÊÊÊÊÊÊÊÊÊÊÊÊÊÊÊÊÊÊÊÊÊÊÊÊÊÊÊÊÊÊÊÊÊÊÊÊ ÊÊÊÊÊÊ

Sábado, 11 de setembro, 10h15, no loft

Então, acabei de colocar o meu nome no buscador do Google News para ver quantos artigos tinham sobre mim, e qual seria a probabilidade de o Michael ver aquele texto sobre eu e o J.P....

...tem 527 artigos RSS sobre o assunto.

Mas não é só.

Visitei a Pesquisa de Blogs do Google Blog para ver se alguém estava escrevendo sobre mim em algum blog, e descobri um novo site que entrou no ar: www.euodeiomiathermopolis.com.

Lá tem uma lista com as dez coisas mais idiotas sobre Mia Thermopolis. A primeira é o meu cabelo.

A décima é o meu nome.

O que tem no meio vai ficando cada vez pior.

Eu sei que deveria ignorar as coisas ruins que as pessoas falam de mim. Grandmère me disse que se eu reagir ou demonstrar que estou a par daquilo de alguma maneira, só irei alimentar a coisa toda, dando MAIS assunto para as pessoas que me odeiam.

Mas isto. Isto realmente é...

Uma maravilha. É mesmo uma maravilha. Como se eu já não tivesse BASTANTE coisa com que me preocupar.

Agora tem alguém por aí que me odeia tanto a ponto de comentar com o mundo todo que, com o meu cabelo novo, as minhas orelhas ficam parecendo asas de chaleira.

Era bem disso que eu precisava.

Sábado, 11 de setembro, 10h30, no loft

Querido Michael,

~~A esta altura você provavelmente já viu~~

Querido Michael,

~~Oi! Eu estava aqui imaginando se você viu~~

Querido Michael,

~~Antes de qualquer coisa, não olhe o~~

Caro fundador do euodeiomiathermopolis.com,

~~SE VOCÊ ME ODEIA TANTO ASSIM, POR QUE SIMPLESMENTE NÃO FALA NA MINHA CARA, SEU COVARDE????~~

Sábado, 11 de setembro, meio-dia, no loft

Caixa de entrada: 0

Meu celular acabou de tocar. Eu tinha tanta certeza de que era o Michael (o avião dele já pousou a esta altura) que quase derrubei o telefone, de tão suadas que as minhas mãos estavam, além de tremerem tanto (também estavam engorduradas da coxa de frango que eu encontrei no fundo da geladeira e que estava comendo).

Mas era só o J.P. Ele queria saber se eu tinha visto o jornal.

"Vi, não é engraçado?" Tentei parecer toda desencanada. O que é difícil fazer com um resto de coxa de frango frito na boca. "As pessoas acham que nós estamos apaixonados. Ha, ha."

"É", o J.P. respondeu. "Ha, ha."

Tenho sorte por ele ser um cara que leva as coisas na esportiva.

"Sinto muito, de verdade", eu disse. "Andar comigo é um pouco perigoso. Quer dizer, você acaba saindo no jornal." Não mencionei o site euodeiomiathermopolis.com. Achei que ele ia descobrir esta informação logo, logo.

"Eu não me importo de ser associado a uma princesa, herdeira de um trono real. E os meus pais estão totalmente impressionados. Acham que eu finalmente consegui fazer alguma coisa útil."

Foi a minha vez de dizer "Ha, ha". Mas a verdade é que eu estava me sentindo meio enjoada. Talvez fosse por causa de tanta carne que eu consumi na última hora e meia. Basicamente, tudo o que estava na geladeira. Eu sinceramente não sei qual é o meu problema. Passei de vegetariana a praticamente canibal em menos de uma semana.

Bom, tudo bem, não me transformei numa canibal. Sabe-se lá qual é o nome que se dá para quem come carne em excesso.

Só que eu sabia a verdade. Minha sensação de enjôo não tinha nada a ver com a quantidade de carne que eu comi, e tudo a ver com o fato de que o avião do Michael já ter pousado, total, e que ele obviamente iria checar as mensagens dele a qualquer minuto.

"Olha", o J.P. disse. "Eu estava aqui pensando se você ficou sabendo da festa da Lilly."

"Fiquei sim. Não fui convidada. Obviamente."

"Eu imaginei", o J.P. suspirou. "Estava torcendo para que ela já tivesse superado a esta altura."

"Bom, ver as nossas fotos juntos estampadas em toda a imprensa não vai ajudar em nada a situação", eu disse.

"Não", o J.P. respondeu. "Talvez, se nós dermos o fim de semana para ela..."

"Talvez." Espero que sim. Mas acho que o fim de semana não vai adiantar.

"Quer me encontrar hoje à noite, para fazermos a nossa festa sozinhos?" "Sabe como é, para mostrar para eles como se faz?"

"Ai, meu Deus, que fofo da sua parte. Mas acho que é melhor eu ficar aqui. Porque o avião do Michael pousou, então ele deve ir dar uma olhada no e-mail dele logo, logo. E eu realmente quero estar aqui quando ele ligar." Se ele ligar.

Mas ele tem que ligar. *Certo??????*

“Ah.” O J.P. pareceu meio chateado. “Bom, não seria melhor se você não estivesse aí quando ele ligar? Para ele perceber como você é requisitada e popular?”

Dei risada. O J.P. realmente tem um senso de humor distorcido.

“Engraçado! Mas acho que ele já vai ter uma boa noção disto quando vir o jornal. Se aquela foto nossa chegar até o Japão. Além do mais, eu realmente preciso estudar pré-cálculo, se quiser passar.”

“Bom, se você precisar de ajuda, posso passar aí, na boa”, o J.P. ofereceu. “Sou ótimo com a soma de diferenças infinitesimais.”

Ele não é um fofo? Imagine só, oferecer-se para abrir mão do sábado para me ajudar com pré-cálculo!

“Ai”, eu respondi. “É muito legal da sua parte. Mas está tudo bem. Na verdade, tem um professor de álgebra que mora aqui em casa, e eu posso recorrer a ele se começar a arrancar os cabelos de desespero. Quer dizer, o que sobrou do meu cabelo.”

“Bom”, o J.P. respondeu. “Tudo bem. Mas se você mudar de idéia...”

“Eu sei para quem telefonar”, eu estava meio que tentando me apressar para desligar o telefone. Porque o Michael podia estar ligando naquele exato momento. Não que o meu celular não fosse avisar. Mas... sabe como é.

“Certo”, o J.P. disse. “Bom, lembre-se disso. Nós formamos um casal ‘muito bonito’.”

“Porque nós dois somos tão altos e loiros”, dei risada.

O J.P. também deu risada, depois desligou.

Quando a caldeira de Yellowstone entrou em erupção pela última vez, há quarenta mil anos, despejou mil quilômetros cúbicos de dejetos, cobrindo basicamente a metade da América do Norte com uma camada de 1,80m de cinzas.

Isto é totalmente o que vai acontecer quando o J.P. finalmente encontrar seu amor verdadeiro.

Eu sei que isso é uma coisa totalmente egoísta de se dizer, mas só espero que, quando ele encontrar o dele, eu ainda tenha o meu.

Sábado, 11 de setembro, 16h, no loft

Caixa de entrada: 0

Recados no telefone: 0

Não dá para acreditar. Ele ainda não mandou e-mail nem ligou.

Minha mãe acabou de enfiar a cabeça aqui e disse: "Mia? Você não vai sair hoje à noite?"

Acho que ela percebeu, pelo fato de eu estar usando meu pijama de flanela da Hello Kitty, que vou ficar em casa hoje à noite.

"Que nada", eu respondi, em um tom mais despreocupado do que o verdadeiro. POR QUE ELE NÃO LIGOU? "Só vou ficar aqui e terminar meu dever de casa de pré-cálculo."

"Dever de casa de pré-cálculo?" Minha mãe chegou a esticar a mão para sentir a temperatura da minha testa. "Você não *parece* estar com febre..."

"Ha, ha." Todo mundo ao meu redor está revelando um grande dom para a comédia ultimamente. Eu totalmente coloquei as mãos atrás das costas para ela não ver como estavam suando.

"Mia", minha mãe disse, estampando sua expressão maternal no rosto. "Você não pode ficar trancada neste apartamento se lamentando por causa do Michael para sempre."

"Eu sei disso", respondi, chocada. "Meu Deus, mãe! Você acha que eu faria isto? Sou feminista, você sabe. Não preciso de um homem para me fazer feliz." É só que, sabe como é, quando aquele homem especificamente está por perto, e eu cheiro o pescoço dele, meus níveis de oxitocina aumentam e eu me sinto mais calma e mais relaxada do que quando estou sozinha. Ou com qualquer outra pessoa.

"Bom." Minha mãe parecia descrente. Ela sabe sobre a coisa da oxitocina. "Não sei. Você não resolveu ficar em casa por causa daquela reportagem boba do jornal, resolveu?"

"Está falando daquela que me acusa de ficar com o ex-namorado da minha melhor amiga quando mal faz uma semana que eu e o meu próprio namorado terminamos?" Perguntei, como quem não quer nada. "Caramba, não, por que diabos eu iria deixar que isso me incomodasse?"

"Mia." Os lábios da minha mãe estão começando a se apertar, sinal claro de que ela não estava nada contente comigo. "Você não pode permitir que o fato de o Michael estar tocando a vida dele impeça você de tocar a sua. Claro que é importante você sofrer com a perda, mas..."

"QUE PERDA? TALVEZ O MICHAEL AINDA NÃO TENHA RECEBIDO MEU E-MAIL DE DESCULPAS. ATÉ ONDE A GENTE SABE, ELE PODE ESTAR ABRINDO O E-MAIL AGORA E, AO VER QUE EU PEDI DESCULPAS, ESTÁ SE PREPARANDO PARA LIGAR E ME ACEITAR DE VOLTA. A QUALQUER SEGUNDO."

"Pare de gritar". "Você está mesmo se sentindo bem? Parece um pouco exaltada. Você comeu alguma coisa hoje?"

"Hum." Eu não sabia muito bem como dar a ela a notícia de que eu tinha acabado com toda a carne do almoço e com o bacon canadense que ela tinha reservado para o café-da-manhã. Não tinha sobrado nem um pedaço de carne no loft. O sorvete também tinha acabado. E eu ainda comi todos os biscoitos das bandeirantes. "Comi."

"Bom, se você tem certeza de que está se sentindo bem e que vai ficar aqui mesmo", minha mãe disse, "acho que o Frank e eu vamos ao cinema Angelika ver aquele novo documentário sobre o grunge. Você se importa de cuidar do Rocky enquanto a gente estiver fora?"

"Claro que não", respondi. Em vez de cheirar o pescoço do Michael, achei que algumas horas da brincadeira preferida do Rocky, que inclui apontar para várias peças da coleção de caminhões Tonka e gritar "Minhão!", que significa caminhão na língua dele, fariam bem para mim. Pode ser que eu relaxe um pouco.

Então, agora estou aqui cuidando do meu irmão. Ah, se pelo menos os fotógrafos do *New York Post* pudessem me ver agora... A vida glamourosa da princesa preferida dos Estados Unidos: sentada no chão da sala com o irmãozinho, brincando de "Minhão" com um pijama de flanela da Hello Kitty...

...enquanto seu coração se despedaça lenta e irrevogavelmente.

Domingo, 12 de setembro, 10h, no loft

Caixa de entrada: 0

Ligações: 0

Mas recebi uma mensagem instantânea!!!

Ah, é só a Tina. Mas acho que isso é melhor do que nada.

ILUVROMANCE: Oi, Mia!!!! Ele ligou?????

FTLOUIE: Ainda não. Mas tenho certeza de que logo terei notícias. Ele ainda deve estar se acomodando e tudo o mais. Ele vai ligar ou escrever assim que puder.

Meu Deus, eu pareço tão corajosa e forte, mas por dentro, estou tremendo igual a uma... nem sei o quê. Uma coisinha que fica lá tremendo. POR QUE ELE NÃO LIGOU????

ILUVROMANCE: Claro que vai ligar. A menos que tenha visto aquela foto, quer dizer.

Certo. É hora de mudar de assunto.

FTLOUIE: E aí, como foi a festa????

ILUVROMANCE: A festa foi OK, acho. Nada de muito emocionante aconteceu. O Kenny Showalter apareceu com um monte de caras da aula de muay thai dele, e todos começaram a fazer flexão de braço sem camisa, e acho que a Lilly ficou impressionada com o que viu, já que totalmente se enroscou em um deles. E daí a Perin comeu cerejas marrasquino demais e vomitou na pia do banheiro e um monte de cerejas ainda estavam inteiras, de modo que a Ling Su precisou cortar tudo com uma tesoura para que pudesse passar pelo ralo. Foi meio que só isso. Como eu disse, você não perdeu muita coisa.

FTLOUIE: Espera aí um minuto. A Lilly SE ENROSCOU com um cara da AULA DE MUAY THAI DO KENNY SHOWALTER?

ILUVROMANCE: Ah. É, foi sim. Bom, quer dizer, o Boris disse que viu a Lilly agarrando um cara qualquer na cozinha. Mas ela jogou uma luva de forno em forma de lagosta na cabeça dele antes que pudesse ver direito quem era. Você sabe que o Boris tem medo de lagosta...

FTLOUIE: Mas era com certeza um dos caras da aula de muay thai????

ILUVROMANCE: Era. Bom, o cara estava sem camisa, então tinha que ser.

FTLOUIE: Mas isto simplesmente é... é tão errado! Quer dizer, ela nem teve oportunidade de se recuperar da tristeza de terminar com o J.P.! É óbvio que ela só ficou com o cara para se vingar! O que a Lilly acha que está fazendo? Alguém precisa conversar com essa garota. Você tentou falar com ela????

ILUVROMANCE: Bom... mais ou menos. Mas ela só deu risada na minha cara e me disse para não ser tão...

FTLOUIE: Tão o quê? Tão O QUÊ?

ILUVROMANCE: Nada, Mia, preciso ir, minha mãe está chamando. A gente se fala mais tarde!

Mas o negócio é que ela não precisava dizer. Eu sei o que a Lilly disse a ela.

Para não ser tão Mia.

Mas existe uma RAZÃO para eu me preocupar tanto com ela. Às vezes a Lilly faz escolhas realmente muito ruins. E daí ela se magoa.

E é verdade que às vezes ela também faz boas escolhas — tipo ficar com o J.P. — e se magoa do mesmo jeito.

Mas ficar com um lutador de muay thai qualquer na cozinha da casa dela, só um dia depois de terminar com um namorado de seis meses?

Não sei como esta pode ser uma boa escolha.

Alguém precisa falar com ela antes que faça algo de que se arrependa.

Se a Dra. Moscovitz não me odiasse completamente agora — por ter dado um pé na bunda do filho dela e depois SUPOSTAMENTE ter saído com o namorado de sua filha —, eu ligaria para ela.

Mas, levando em conta o atual estágio do nosso relacionamento, provavelmente esta não seja a atitude mais prudente a se tomar.

Domingo, 12 de setembro, 11h, no loft

Caixa de entrada: 0

Mas, daí, o meu celular tocou!

Só que não era o Michael. Era só o J.P.

J.P.: "E aí, como você está?"

Foi meio difícil esconder a minha decepção desesperadora.

Eu: "Tudo bem. E você?"

J.P.: "Qual é o problema? Espera... não vai dizer que ele não ligou."

Eu: "Ele não ligou."

Resmungos ininteligíveis do outro lado da linha. Daí:

J.P.: "Não se preocupe. Ele vai ligar."

Eu: "Espero que sim."

J.P.: "Está de brincadeira? Seria burrice não ligar. Então, como foi a sua noite de ontem?"

Eu: "Boa. Quer dizer, não fiz muita coisa. Só brinquei de Minhão com o meu irmão."

J.P.: "Você brincou DO QUÊ?"

Está vendo, o Michael sabe o que é Minhão. Além de saber, ele também já BRINCOU disso com o Rocky. Acho até que ele GOSTA dessa brincadeira. Ele fica tão relaxado com ela quanto eu fico.

Eu: "É... Ah, deixa para lá. Você soube da Lilly?"

J.P.: "Não. O que tem ela?"

Eu não queria ser a portadora de más notícias sobre a ex do J.P., mas achei que era melhor ele saber por mim do que por alguém na escola, na segunda-feira.

Eu: "Ela ficou com um lutador de muay thai qualquer na festa dela, ontem à noite."

Em vez do suspiro de horror que eu esperava ouvir, quase parece que o J.P. ficou... bom, foi quase como se ele estivesse dando risada.

J.P.: "É bem a cara da Lilly mesmo."

Fiquei chocada. Quer dizer, claro, era a cara da ANTIGA Lilly — da Lilly pré-J.P. Mas não da nova Lilly, melhorada.

E ele estava *dando risada*!

Eu: "J.P., você não percebe? A Lilly só está fazendo isto porque está arrasada e magoada com o que considera ser uma traição nossa! Essa coisa toda de lutador de muay thai está relacionada diretamente àquele artigo do *New York Post*. A gente precisa fazer alguma coisa antes que ela entre em um espiral cada vez mais descendente de comportamento autodestrutivo, como aconteceu com a Lindsay Lohan!"

J.P.: "Bom, não sei o que a gente pode fazer. A Lilly já está bem grandinha para tomar as próprias decisões. Se ela quiser ficar com um lutador de muay thai qualquer, o problema realmente é dela, não nosso."

Não dava para acreditar que ele ainda estava *dando risada*.

Eu: "J.P., não é engraçado."

J.P.: "Bom, meio que é sim."

Eu: "Não, não é, é..."

Domingo, 12 de setembro, meio-dia, no loft

Eu tive que parar de escrever porque daí o meu celular tocou de novo. Era o Michael.

Ele está no Japão. E recebeu o meu e-mail.

Também viu a foto do J.P. e eu no *Post*.

Mas ele disse que aquilo não fazia a menor diferença. Ele disse que sentia muito por a gente ter que fazer isto pelo telefone, mas que não tinha outro jeito.

Perguntei o que ele queria dizer com "isto", e ele disse que tinha passado a viagem inteira até o Japão pensando no assunto, e que realmente acha que seria melhor se ele e eu voltássemos a ser o que éramos antes de começar a namorar: amigos.

Ele disse que achava que nós dois provavelmente precisávamos amadurecer um pouco, e que talvez um tempo afastados — saindo com outras pessoas — pudesse ser bom para nós.

Eu disse que tudo bem. Apesar de cada palavra que ele proferia parecer uma punhalada no meu coração.

E daí eu me despedi e desliguei. Porque fiquei com medo de que ele me ouvisse soluçando.

E não é assim que eu quero que ele se lembre de mim.

Domingo, 12 de setembro, 12h30, no loft

POR QUE EU DISSE QUE TUDO BEM?????????????????

Por que eu não disse o que eu realmente sentia, que eu entendia a parte de precisar amadurecer um pouco e de passar um tempo longe...

...mas não a parte de ser apenas amigos e sair com outras pessoas????

Por que eu não disse o que eu estava pensando, que eu preferia MORRER a ficar com alguém que não fosse ele?????

Por que eu não disse a verdade a ele?????

E eu SEI que não teria feito nenhuma diferença, e que eu só teria soado exatamente o que ele acha que eu sou: uma menininha imatura.

Mas pelo menos ele não ia achar que eu acho que está tudo tão bem assim.

Porque eu NÃO acho que esteja tudo tão bem assim.

Eu NUNCA vou achar que está tudo tão bem assim.

Acho que eu nunca mais vou ficar bem.

Segunda-feira, 13 de setembro, 8h, no loft

Minha mãe entrou no meu quarto agorinha mesmo, para dizer que compreende que eu esteja triste por ter perdido o amor da minha vida.

Ela disse que compreende como deve ter sido difícil para mim ter passado por um rompimento tão horrível e ainda ter perdido a minha melhor amiga na mesma semana.

Ela disse que tem solidariedade completa pela minha situação dura, e entende que eu precise de tempo para curtir a tristeza da minha perda.

Ela disse que tentou me dar o tempo e a liberdade que eu preciso para ficar triste.

Mas ela disse que um dia inteiro na cama já está bom demais.

E também que está cansada de me ver com o meu pijama de flanela da Hello Kitty que, se não está enganada, eu não tiro desde sábado. E também que está na hora de levantar, de trocar de roupa e de ir para a escola.

Eu não tive outra escolha além de dizer a verdade a ela:

Que eu estou morrendo.

Claro que eu sei que não estou morrendo.

Mas por que eu me sinto assim?

Fico torcendo para que tudo simplesmente... desapareça.

Mas não vai desaparecer. Não desaparece. Quando fecho os olhos e vou dormir, fico torcendo para que, quando tornar a abri-los, tudo não tenha passado de um pesadelo terrível.

Só que nunca é assim que acontece. Cada vez que eu acordo, continuo com meu pijama da Hello Kitty — o mesmo que eu estava usando quando o Michael disse que achava que nós simplesmente deveríamos voltar a ser amigos — e nós CONTINUAMOS SEPARADOS.

Minha mãe disse que eu não estou morrendo. Mesmo depois de eu ter deixado ela sentir as palmas das minhas mãos suadas e meus batimentos cardíacos erráticos. Mesmo depois de eu ter mostrado a ela a parte branca dos meus olhos, que ficou visivelmente amarelada. Mesmo depois de eu mostrar a minha língua para ela, que ficou basicamente branca, em vez de cor-de-rosa e saudável. Mesmo depois de eu ter informado a ela que visitei o site diagnosticoerrado.com, e que é óbvio que eu estou com meningite.

Nesse caso, minha mãe disse, era melhor eu me vestir logo para ela poder me levar para o pronto-socorro.

Foi aí que eu vi que ela tinha me pegado no pulo. Então eu simplesmente implorei a ela que me deixasse ficar na cama mais um dia. E ela finalmente cedeu.

Eu não contei a verdade para ela: que nunca mais vou sair da cama.

É verdade. Quer dizer, pense bem sobre o assunto: agora que o Michael saiu da minha vida, não existe nenhuma razão verdadeira para eu sair da cama. Tal como, por exemplo, ir à escola.

É verdade. Eu sou a princesa da Genovia. Eu vou SEMPRE ser a princesa da Genovia, independentemente de eu ir à escola ou não.

Então, que diferença faz se eu for à escola? Não vou deixar de ter emprego — princesa da Genovia —, independentemente de eu me formar ou não.

E, como agora eu tenho dezesseis anos, ninguém pode me FORÇAR a ir à escola.

Portanto, decido que não vou. Nunca mais.

Minha mãe disse que vai ligar para a escola e dizer que eu não vou à aula hoje, e que vai ligar para Grandmère e dizer a ela que também não vou conseguir ir à aula de princesa desta tarde. Ela até disse que vai falar para o Lars que ele pode tirar o dia de folga, e que eu posso ficar mais um dia deprimida na cama se eu quiser.

Mas que amanhã, independentemente do que eu disser, vou ter que ir à escola.

E a isso eu só posso dizer uma coisa: é o que ELA pensa.

Talvez meu pai me deixe mudar para a Genovia.

Segunda-feira, 13 de setembro, 17h, no loft

A Tina acabou de passar aqui. A minha mãe deixou que ela entrasse para me fazer uma visita.

Eu realmente preferia que não tivesse deixado.

Acho que o fato de que eu não tomo banho há dois dias deve estar aparente, já que os olhos da Tina ficaram bem esbugalhados quando ela me viu.

Mesmo assim, ela fingiu que não estava chocada com a quantidade de oleosidade no meu cabelo nem nada. Ela falou assim: "A sua mãe me contou. Sobre o Michael. Mia, sinto muito, de verdade. Quando você vai voltar para a escola? Todo mundo está sentindo a sua falta!"

"A Lilly não está", respondi.

"Bom", a Tina fez uma careta. "Não, isto é verdade. Mas, mesmo assim. Você não pode ficar trancada no quarto o resto da vida, Mia."

"Eu sei. Vou voltar para a escola amanhã." Mas esta era uma mentira completa. Mesmo enquanto dizia aquelas palavras, já dava para sentir as palmas das minhas mãos ficando suadas. Só a idéia de ir à escola me dava vontade de gemer.

"Ah, que ótimo", a Tina disse. "Eu sei que as coisas não deram certo com o Michael, mas talvez seja melhor assim. Quer dizer, ele é muito mais velho do que você, e vocês estão em momentos tão diferentes da vida, com você ainda no ensino médio e ele já na faculdade e tudo o mais."

Não dava para acreditar. Até a Tina — aquela que sempre me apoiava com mais convicção no que diz respeito ao meu amor pelo Michael — estava me traindo. Mas tentei não deixar que o meu choque transparecesse.

"Além do mais", a Tina prosseguiu, sem nem se dar conta da dor que infligia a mim, "agora você realmente pode se concentrar em começar aquele romance que sempre quis escrever. E vai poder se esforçar mais na escola e melhorar as suas notas para entrar em uma faculdade ótima de verdade, onde vai conhecer um cara ótimo de verdade que vai fazer você esquecer a existência do Michael!"

É. Porque é bem isso que eu quero fazer. Esquecer sobre a existência do Michael. O único cara — a única PESSOA — perto de quem eu já me senti completamente calma.

Mas eu não disse isso. Em vez disso, falei: "Quer saber de uma coisa, Tina? Você tem razão. A gente se vê amanhã na escola. Prometo."

E a Tina foi embora toda feliz, achando que tinha me alegrado.

Mas eu realmente não acredito nisso. Sabe como é, que alguma coisa do que a Tina tenha dito seja verdade.

E realmente não vou à escola amanhã. Eu só disse aquilo para a Tina ir embora. Porque ter que falar com ela me deixou supercansada. Eu só queria voltar a dormir.

Aliás, é o que vou fazer agora. Escrever isto aqui me deixou completamente exausta.

Só o fato de *viver* me deixa exausta.

Talvez desta vez, quando eu acordar, realmente descubra que foi só um sonho ruim...

Terça-feira, 14 de setembro, 8h, no loft

Mas não tive tanta sorte assim com a coisa do sonho ruim. Dava para ver pela maneira como o sr. Gianini entrou aqui com uma caneca fumegante de chocolate quente e disse: "Vamos acordar para este lindo dia, Mia! Olhe só o que eu trouxe! Chocolate quente! Com *chantilly*! Mas você só vai poder tomar se sair da cama, trocar de roupa e entrar na limusine para ir para a escola."

Ele nunca teria feito isso se eu não tivesse dado um pé na bunda brutal do meu namorado de longa data e não estivesse à beira do desespero naquele momento.

Coitado do sr. G. Quer dizer, ele merece pontos por tentar. Realmente merece.

Eu disse que não queria chocolate quente nenhum. Daí expliquei — com muita educação — que não vou à escola. Nunca mais.

Dei uma olhada na minha língua ao espelho agora mesmo. Não está tão branca quanto ontem. É possível que eu não esteja com meningite, no final das contas.

Mas o que mais pode explicar o fato de que sempre que penso que o Michael não faz mais parte da minha vida o meu coração começa a bater muito rápido e não desacelera por sessenta segundos, às vezes até mais?

Vai ver que estou com febre de lassa. Mas nunca estive na África Ocidental.

Terça-feira, 14 de setembro, 17h, no loft

A Tina veio me visitar de novo depois da escola hoje. Desta vez, trouxe toda a lição de casa que eu tinha perdido.

E também o Boris.

O Boris ficou um pouco surpreso de me ver na minha atual condição. Eu sei porque ele disse: "Mia, é muito surpreendente para mim o fato de uma feminista ficar tão aborrecida porque um homem a rejeitou."

Daí, ele disse: "Aaai!", porque a Tina deu a maior cotovelada nas costelas dele.

Ele não acreditou na minha história de febre de lassa.

Então, daí, apesar de eu realmente não querer magoar ninguém — porque só Deus sabe que eu mesma já estou sofrendo o bastante por todo mundo — fui forçada a lembrar ao Boris de que no passado, quando uma certa ex-namorada dele o rejeitou, ele largou um globo inteiro em cima da cabeça na tentativa equivocada de conquistá-la de volta. Eu disse que comparado a isso, o fato de eu estar me recusando a tomar banho e a sair da cama durante alguns dias realmente não é nada.

E ele concordou. Mas ficou cheirando o ar do meu quarto e perguntando: "Mia, posso abrir a janela? Parece que está um pouco... quente aqui dentro."

Não me importo de estar fedendo. A verdade é que eu não me importo com nada. Não é uma tristeza?

Isso fez com que ficasse difícil para a Tina conseguir fazer com que eu conversasse sobre bobagens com ela, algo que dá para ver que foi idéia da minha mãe. A Tina tentou fazer com que eu me interessasse em voltar para a escola dizendo que tanto o J.P. quanto o Kenny tinham ficado perguntando de mim... especialmente o J.P., que tinha dado uma coisa para a Tina me entregar: um bilhetinho bem dobrado que eu tive interesse zero em ler.

Depois do que pareceu uma eternidade — eu sei! É muito triste quando as tentativas da sua melhor amiga de deixar você animada falham completamente —, a Tina e o Boris finalmente foram embora. Abri o bilhete que o J.P. deu para a Tina entregar para mim. Dizia um monte de coisa, tipo: *Vamos lá, não pode ser TÃO ruim assim* e *Por que você não atende aos meus telefonemas?* e *Eu vou levar você para ver Tarzan! Assentos de orquestra!* e *Volte logo para a escola. Estou com saudade de você.*

O que foi totalmente fofo da parte dele.

Mas quando a sua vida está totalmente se despedaçando ao seu redor, o último lugar do mundo em que você quer estar é na escola... por mais que lá tenha garotos fofos dizendo que estão com saudade de você.

Quarta-feira, 15 de setembro, 8h, no loft

Minha mãe irrompeu aqui hoje de manhã, com a boca praticamente invisível, de tão apertados que os lábios dela estavam. Ela disse que entende que eu estou triste. Disse que entende que eu sinto que não existe motivo para viver porque o meu namorado me deu um pé na bunda, minha melhor amiga não fala comigo e eu não tenho escolha a respeito da carreira que vou seguir algum dia. Ela disse que entende que as palmas das minhas mãos não parem de suar, que eu estou com palpitação e que a minha língua está com uma cor esquisita.

Mas daí ela disse que três dias de fossa é o limite dela. Ela disse que eu ia me levantar e ia me vestir e ir para a escola, nem que ela tivesse que me arrastar até o banheiro e me enfiar embaixo do chuveiro por conta própria.

Eu simplesmente fiquei no lugar exato onde estive nas últimas setenta e duas horas — a minha cama — e continuei olhando para ela sem dizer nada. Não dava para acreditar como ela podia ser tão fria. Quer dizer, estou falando sério.

Daí ela tentou uma tática diferente. Começou a chorar. Disse que estava preocupada de verdade comigo e que não sabe o que fazer. Diz que nunca me viu assim — que eu nem fiz nada no outro dia, quando o Rocky tentou enfiar uma moeda de dez centavos no nariz. Ela disse que, há uma semana, eu teria tido um ataque por ver moedas soltas pela casa, porque ele poderia se engasgar com elas.

Agora eu nem ligava mais.

E isso nem é verdade. Eu *não* quero que o Rocky se engasgue. E *não* quero fazer minha mãe chorar.

Mas, ao mesmo tempo, não sei o que posso fazer para evitar que qualquer uma dessas coisas aconteça.

Daí a minha mãe mudou a abordagem de novo, parou de chorar e perguntou se eu queria que ela pegasse pesado. Ela disse que não quer incomodar o meu pai enquanto ele está ocupado com a Assembléia Geral da ONU, mas que eu realmente não estava lhe dando muita escolha. O que eu queria que ela fizesse? Que fosse incomodar o meu pai com isso?

Eu disse a ela que podia chamar o meu pai se quisesse. Disse que estava mesmo querendo falar com ele, para discutir a possibilidade de me mudar permanentemente para a Genovia. Porque a verdade é que eu não quero mais morar em Manhattan.

Eu só queria que a minha mãe me deixasse sozinha para eu poder continuar sentindo pena de mim mesma em paz. O meu plano de fato funcionou... um pouco bem demais. Ela ficou tão desnorteada que saiu correndo do meu quarto e começou a chorar de novo.

Eu realmente não queria fazer com que ela chorasse! Sinto muito por tê-la deixado mal. Principalmente porque na verdade eu não quero me mudar para a Genovia. Tenho certeza de que não vão me deixar ficar o dia inteiro na cama sem fazer nada lá. E isso realmente é o que eu estou começando a fazer. Todo dia de manhã, acordo antes de todo mundo e tomo café-da-manhã — geralmente qualquer coisa que tenha sobrado na geladeira da noite anterior — e dou comida para o Fat Louie e limpo a caixa de areia dele.

Daí volto para a cama, e no final o Fat Louie acaba vindo se juntar a mim, e juntos assistimos à contagem regressiva dos dez melhores videoclipes da MTV e depois à do VH1. Quando a minha mãe ou o sr. G entra no quarto e tenta me fazer ir à escola, eu digo não... o que geralmente me deixa tão exausta que preciso tirar uma sonequinha.

Daí eu acordo a tempo de assistir *The View* e um episódio inteiro de *Judging Amy*.

Depois que eu me asseguro de que não há ninguém por perto, vou para a cozinha e almoço alguma coisa — um sanduíche de presunto ou um saco de pipoca de microondas ou algo assim. Não importa muito o quê — e volto para a cama com o Fat Louie e assisto à juíza Milian em *The People's Court*, e depois à *Judge Judy*.

Daí a minha mãe manda a Tina, e eu finjo estar viva, e então a Tina vai embora, e eu vou dormir, porque a Tina me deixa exausta. Daí, depois que a minha mãe e todo mundo está dormindo, eu levanto, faço um lanche e assisto à TV até as três da manhã.

Daí acordo algumas horas depois e faço tudo de novo, depois percebo que não estava sonhando e que realmente não estou mais com o Michael.

Eu supostamente poderia fazer isto até os dezoito anos, até começar a receber meu salário anual como princesa da Genovia (que só começa a ser pago quando eu atingir a maioridade legal e dê início às minhas funções oficiais como herdeira do trono).

E, tudo bem, vai ser difícil cumprir as minhas funções oficiais da cama.

Mas aposto que consigo encontrar um jeito.

Mesmo assim. É um saco fazer a mãe da gente chorar. Talvez eu deva escrever um cartão ou algo assim para ela.

Só que isso incluiria sair da cama para procurar umas canetinhas e tal. E eu estou muito, muito cansada para fazer tudo isto.

Quarta-feira, 15 de setembro, 17h, no loft

Acho que a minha mãe não estava brincando sobre pegar pesado. A Tina não apareceu depois da escola hoje.

Grandmère apareceu.

Mas — por mais que eu a ame, e por mais que eu sinta por tê-la feito chorar — a minha mãe está totalmente errada se acha que qualquer coisa que Grandmère diga ou faça vá me fazer mudar de idéia a respeito de ir à escola.

Não vou voltar. Simplesmente não há motivo.

"Como assim, não há motivo?", Grandmère quis saber quando eu disse isso. "Claro que tem motivo. Você precisa aprender."

"Por quê?", perguntei a ela. "O meu futuro emprego está totalmente garantido. Ao longo dos séculos, a maior parte dos monarcas foi um monte de imbecis completos, e no entanto tiveram permissão para governar. Que diferença faz se eu me formar no ensino médio ou não?"

"Bom, você não vai querer ser uma ignorante", Grandmère insistiu. Ela estava empoleirada bem na beirada da minha cama, segurando a bolsa no colo e olhando para tudo cheia de desdém, como por exemplo para as folhas de dever de casa que a Tina tinha deixado no dia anterior e que eu meio tinha jogado pelo chão, e para os meus bonequinhos de *Buffy — A Caça-Vampiros*, aparentemente sem perceber que eles agora são peças de colecionador caras, igual às xícaras de Limoges idiotas dela.

Mas, pela expressão de Grandmère, deu para ver que, em vez de estar no quarto de sua neta adolescente, ela se sentia como se estivesse em alguma loja de penhores em um beco fedido de Chinatown ou algo assim.

E, tudo bem, acho mesmo que está um pouco bagunçado. Mas que se dane.

"Por que eu não vou querer ser ignorante?", perguntei. "Algumas das mulheres mais influentes do planeta também não se formaram no ensino médio."

"Cite uma", Grandmère exigiu, com uma fungada de desdém.

"Paris Hilton", eu disse. "Lindsay Lohan. Nicole Richie."

"Tenho bastante certeza de que todas essa mulheres se formaram no ensino médio. E, mesmo que não tenham se formado, não há nada de que se orgulhar. Ignorância nunca é bonito. Falando nisso, quanto tempo faz que você não lava o cabelo, Amelia?"

Não consigo entender a razão de tomar banho. Que diferença faz a minha aparência agora que o Michael está fora da minha vida?

Quando mencionei isso, no entanto, Grandmère perguntou se eu estava me sentido bem.

"Não, não estou, Grandmère. E eu achei que estava bem óbvio pelo fato de eu não ter levantado da cama em quatro dias, a não ser para comer e para ir ao banheiro."

"Ah, Amelia", Grandmère pareceu ofendida. "Agora também nos rebaixamos a referências escatológicas? *Sinceramente*. Eu compreendo que você esteja triste por perder Aquele Garoto, mas..."

"Grandmère acho que é melhor você ir embora agora."

"Não vou embora até decidirmos o que vamos fazer em relação a *isto*."

E então Grandmère bateu com o dedo no papel de carta da Domina Rei da sra. Weinberger, que ela encontrou saindo de baixo da minha cama.

"Ah, isso aí", eu disse. "Por favor, peça à sua secretária que recuse para mim."

"Recusar?" As sobrancelhas desenhadas de Grandmère se ergueram. "Não faremos nada deste tipo, mocinha. Você faz alguma idéia do que Elana Trevanni disse quando eu cruzei com ela na Bergdorf's ontem e mencionei como quem não quer nada que a minha neta tinha sido convidada para fazer um discurso na festa de gala da Domina Rei? Ela disse..."

"Certo", interrompi de novo. "Eu farei."

Grandmère não disse nada por um segundo. "Você acabou de dizer que fará o discurso, Amelia?"

"Disse sim", respondi. Qualquer coisa para ela ir embora. "Eu faço. Mas é só que... será que a gente pode falar disso mais tarde? Estou com dor de cabeça."

"Você deve estar desidratada, provavelmente. Bebeu seus oito copos d'água hoje? Você sabe que precisa beber oito copos d'água por dia, Amelia, para ficar sempre hidratada. É assim que nós, as mulheres Renaldo, conservamos nossa pele de veludo, ao consumir líquidos suficientes..."

"Acho que eu só preciso descansar", eu disse com a voz fraca. "A minha garganta está começando a doer um pouco. Não quero ficar com laringite e perder a voz antes do grande evento... é na sexta-feira da outra semana, certo?"

"Pelo amor de Deus", Grandmère pulou da minha cama tão rápido que assustou o Fat Louie do forte de travesseiros que eu tinha montado para ele ao meu lado. Só deu para ver uma mancha cor de laranja quando ele correu para a segurança do armário. "Não podemos permitir que você fique com alguma doença que ameace a sua presença à festa de gala! Enviarei meu médico particular imediatamente!"

Ela começou a remexer na bolsa, em busca do celular cravejado de pedrarias — que ela só sabe usar porque eu mostrei para ela como funcionava um milhão de vezes —, mas eu a detive ao dizer, com a voz bem fraca: "Não, está tudo bem, Grandmère. Acho que eu só preciso descansar... É melhor você ir embora. Seja lá o que eu tenha, acho que você não vai querer pegar..."

Grandmère saiu de lá como uma bala.

E eu FINALMENTE pude voltar a dormir.

Ou pelo menos, foi o que eu achei. Porque, alguns minutos depois, a minha mãe apareceu à porta e ficou lá olhando para mim, cheia de preocupação no rosto.

"Mia", ela falou. "Você disse à sua avó que vai fazer um discurso no evento beneficente da Sociedade Feminina Domina Rei?"

"Falei sim", respondi, cobrindo a cabeça com o travesseiro. "Falei qualquer coisa para fazer com que ela fosse embora."

Minha mãe foi embora, com cara de preocupação.

Não sei por que ELA está tão preocupada. Sou eu que vou ter de encontrar um jeito de fugir da cidade antes que o evento aconteça.

Quinta-feira, 16 de setembro, 11h, na limusine do meu pai

Hoje de manhã, às nove horas, eu estava na cama com os olhos fechados bem apertados (porque ouvi alguém entrando e não queria ter que dar conta disso), quando minhas cobertas foram arrancadas e uma voz muito severa e profunda disse: "Levanta."

Abri os olhos e fiquei surpresa de ver o meu pai ali parado, com o terno de negócios dele e cheirando a outono.

Faz tanto tempo que eu não saio de casa que me esqueci do cheiro do outono.

Dava para ver pela expressão dele que eu estava ferrada.

Então, eu disse: "Não", puxei as cobertas de volta e enfiei a cabeça embaixo delas.

E é aí que o meu pai diz: "Lars. Por favor."

E daí o meu guarda-costas me pegou no colo — eu ainda com a cabeça enfiada embaixo das cobertas — e me tirou da cama e começou a me carregar para fora do apartamento da minha mãe.

"O que você está fazendo?", eu quis saber, quando consegui desvencilhar a minha cabeça das cobertas, e vi que estávamos no corredor de entrada e que a Ronnie, nossa vizinha de porta, estava olhando para nós, estupefata, com os braços cheios de sacolas de compras.

"Algo que é para o seu próprio bem", meu pai disse de trás de Lars, na escada.

"Mas..." Eu realmente não conseguia acreditar naquilo. "Estou de pijama!"

"Eu mandei você levantar", meu pai disse. "Foi você que não quis obedecer."

"Você não pode fazer isto comigo", exclamei, quando saímos do prédio e fomos na direção da limusine do meu pai. "Eu sou americana, eu tenho direitos, sabe?"

Meu pai olhou para mim e disse, todo sarcástico: "Não, não tem coisa nenhuma. Você é uma adolescente."

"Socorro!", eu gritei para todos os alunos da Universidade de Nova York que moram no nosso bairro e que estavam chegando em casa depois de uma noite de diversão no East Village. "Liguem para a Anistia Internacional! Estou sendo levada contra a minha vontade!"

"Lars", meu pai disse todo desgostoso, quando os universitários começaram a olhar ao redor em busca das câmeras que eles com toda a certeza acharam que estavam filmando, já que a coisa toda parecia alguma cena de um episódio de *Law and Order* cujo cenário era a rua Thompson, ou algo assim. "Enfie a Mia dentro do carro."

E o Lars obedeceu! Ele me enfiou dentro do carro!

E, tudo bem, ele jogou o meu diário atrás de mim. E uma caneta.

E os meus chinelos chineses com florzinhas de lantejoulas bordadas.

Mas, mesmo assim! Por acaso isto é maneira de se tratar uma princesa? É o que eu quero saber. Ou até mesmo um ser humano qualquer?

E o meu pai não quer nem me dizer onde estamos indo. Ele só responde: "Você vai ver", quando eu pergunto.

Depois de superar o choque inicial de ser carregada daquela maneira, percebo, para minha surpresa, que não me importo muito. Quer dizer, é esquisito estar na limusine do meu pai com o meu pijama da Hello Kitty, com meu lençol e o meu edredom enrolados no corpo.

Mas, ao mesmo tempo, não consigo sentir nenhuma indignação verdadeira com a situação.

Acho que, na verdade, pode ser que o problema seja este. Que eu simplesmente não me importo mais com *nada*.

Só que eu também não posso me dar ao trabalho de me importar muito com isso.

Quinta-feira, 16 de setembro, meio-dia, no consultório do doutor Loco

Estamos esperando no consultório de um psicólogo.

E não estou brincando. Meu pai não me levou para o jato real para retornar à Genovia. Ele me trouxe para o Upper East Side para uma consulta com um *psicólogo*.

E também não é um psicólogo qualquer. Mas sim um dos especialistas de mais destaque na nação em psicologia adolescente e infantil. Pelo menos se os diversos diplomas e prêmios enquadrados e pendurados nas paredes da sala de espera servirem como indicação.

Imagino que isto tenha o intuito de me impressionar. Ou pelo menos de me confortar.

Mas não posso dizer que me sinto muito confortada ao saber que o nome dele é dr. Arthur T. Loco.

É isso aí. Meu pai me trouxe para uma consulta com o dr. Loco. Porque ele — e a minha mãe e o sr. G — aparentemente acham que eu *sou* louca.

Eu sei que provavelmente pareço louca, aqui sentada de pijama, com meu edredom apertado ao redor do corpo. Mas de quem é a culpa? Eles podiam ter me deixado trocar de roupa.

Não que eu teria trocado, é claro. Mas se me dissessem que iriam me tirar do apartamento, eu poderia pelo menos ter colocado um sutiã.

Mas parece que a recepcionista do dr. Loco — ou enfermeira, ou sei lá o que ela é — não se incomoda com as minhas vestimentas. Ela só falou assim: "Bom dia, príncipe Phillipe", para o meu pai, quando ele entrou comigo. Quer dizer, quando o Lars me carregou para dentro. Porque quando a limusine estacionou na frente do prédio antigo de tijolinhos onde fica o consultório do dr. Loco, eu não quis sair do carro. Eu não ia atravessar a rua East 78 com o meu pijama da Hello Kitty! Posso ser louca, mas não TÃO louca assim.

Então, o Lars me carregou.

Parece que a recepcionista não achou nada de estranho no fato de a nova paciente de seu patrão precisar se carregada para dentro do consultório. Ela só falou: "O dr. Loco a atenderá em um instante. Enquanto isso, pode por favor preencher isto aqui, querida?"

Não sei por que entrei em pânico de repente. Mas fiquei toda: "Não. O que é isto? Um teste? Não quero fazer teste nenhum." É estranho, mas o meu coração começou a bater enlouquecido com a idéia de ter que fazer um teste.

A recepcionista só ficou olhando para mim de um jeito esquisito e falou: "É só uma avaliação de como você está se sentindo. Não existe resposta certa ou errada. Só vai levar um minuto para preencher."

Mas eu não queria fazer uma avaliação, mesmo que não houvesse resposta certa ou errada.

"Não", respondi. "Acho que não."

"Pronto", meu pai estendeu a mão para a recepcionista. "Eu também faço um. Assim você se sente melhor, Mia?"

Por alguma razão, eu me senti. Porque, para ser sincera, se eu sou louca, meu pai também é. Quer dizer, você tinha que ver quantos sapatos ele tem. E ele é *homem*.

Então a recepcionista entregou ao meu pai o mesmo formulário para preencher. Quando olhei, vi que era uma lista de afirmações que a gente tinha que avaliar, marcando a resposta mais apropriada. Afirmações do tipo: *Não vejo motivo em viver*. Às quais eu podia dar uma das seguintes respostas:

a) O tempo todo
b) A maior parte do tempo
c) Algumas vezes
d) Poucas vezes
e) Nunca

Como eu não tinha mais nada para fazer e estava mesmo com uma caneta na mão, preenchi o formulário. Quando terminei, reparei que tinha marcado quase só *O tempo todo* e *A maior parte do tempo*. Tipo, para coisas como *Sinto que todo mundo me odeia... A maior parte do tempo* e *Sinto que sou inútil... A maior parte do tempo*.

Mas o meu pai tinha marcado quase tudo como *Poucas vezes* e *Nunca*.

Até as respostas para afirmações como: *Sinto que o verdadeiro amor romântico me deixou para trás*.

O que eu por acaso sei que é a maior mentira. Meu pai me disse que só teve um amor de verdade na vida toda, e que foi a minha mãe, e que ele a deixou partir, e que se arrependia totalmente. Foi por isso que ele me disse para não ser tonta de deixar o Michael ir embora. Porque ele sabe que talvez eu nunca mais encontre um amor assim.

Pena que eu só fui me dar conta de que ele tinha razão quando já era tarde demais.

Mesmo assim, é fácil para ele achar que ninguém nunca o odeia. Não existe nenhum euodeiooprincipephillipedagenovia.com.

A recepcionista — a sra. Hopkins — pegou os formulários de volta e os levou por uma porta à direita da mesa dela. Não deu para ver o que tinha atrás da porta. Enquanto isso, o Lars pegou o exemplar mais novo da revista *Sports Illustrated* da mesinha de centro da sala de espera do dr. Loco e começou a ler todo desencanado, como se ele carregasse princesas de pijama para o consultório de psicólogos todos os dias.

Aposto que ele nunca achou que isso seria parte de seu trabalho quando ele se formou na escola de guarda-costas.

"Acho que você vai gostar do dr. Loco, Mia", meu pai diz. "Eu o conheci em um evento beneficente no ano passado. Ele é um dos profissionais de mais destaque no país em psicologia adolescente e infantil."

Apontei, para os prêmios da parede. "É, eu tinha percebido essa parte."

"Bom, é verdade. Ele me foi muito bem recomendado. Não permita que o nome — nem o jeito dele — a engane."

O jeito dele? O que isto quer dizer?

A sra. Hopkins voltou. Disse que o médico vai nos receber agora.

Maravilha.

Quinta-feira, 16 de setembro, 16h, na limusine do meu pai

Bom. Foi a coisa mais esquisita. Do mundo.

O dr. Loco era... não o que eu esperava. Na verdade, não sei bem o que eu estava esperando, mas com certeza não era o dr. Loco. Eu sei que o meu pai disse para eu não deixar nem o nome nem o jeito dele me enganarem, mas quer dizer, pelo nome e pela profissão dele achei que seria um carinha careca, velho de cavanhaque e óculos, e talvez sotaque de alemão.

E ele *era* velho. Tipo da idade de Grandmère.

Mas ele não era baixinho. E não era careca. E não tinha cavanhaque. E tinha um sotaque meio do oeste. Isso porque, ele me explicou, quando não está no consultório dele de Nova York, fica no rancho que tem no estado de Montana.

É. É isso mesmo. O dr. Loco é um psicólogo caubói.

É bem típico mesmo: com todos os psicólogos que existem em Nova York, eu fui logo acabar com um que é caubói.

O consultório dele é decorado como o interior de uma casa de fazenda. Na forração de madeira das paredes da sala dele, há fotografias de mustangues selvagens correndo livremente. E cada um dos livros nas estantes atrás da mesa foram escritos por Louis L'Amour e Zane Grey, que são autores famosos de faroeste. A mobília é toda de couro escuro, cravejada de tachas de latão. Tem até um chapéu de caubói pendurado no gancho atrás da parede. E o tapete é uma esteira dos índios navajos.

Com tudo isso, deu para ver na hora que o dr. Loco com certeza fazia jus ao nome dele. E também que ele era mais louco do que eu.

Aquilo tinha de ser piada. Meu pai tinha que estar brincando, o dr. Loco não pode ser um dos principais especialistas da nação em psicologia adolescente e infantil. Talvez estivessem fazendo uma pegadinha comigo, tipo as do programa *Punk'd*. Talvez o Ashton Kutcher fosse aparecer a qualquer momento para falar assim: "Dããã! princesa Mia! Você caiu na pegadinha! Este cara aqui não é psicólogo coisa nenhuma! É o meu tio!"

"Então", o dr. Loco disse, com uma voz de caubói grandiosa e profunda, depois que eu me sentei ao lado do meu pai no sofá diante da poltrona grande de couro do dr. Loco. "Você é a princesa Mia. Prazer em conhecê-la. Ouvi dizer que você foi estranhamente simpática com a sua avó ontem."

Fiquei completamente chocada com isso. Diferentemente dos outros pacientes do dr. Loco que, presumo, são todos crianças, eu por acaso conheço uma dupla de psicólogos jungianos — o dr. e a dra. Moscovitz —, de modo que sei como a relação entre médico e paciente deve se dar.

E que, supostamente, não começam com acusações completamente falsas da parte do médico.

"Esta é uma calúnia total e completa", corrigi. "Não fui simpática com ela. Eu só disse o que ela queria ouvir para que fosse embora."

"Ah", o dr. Loco disse. "Isso é diferente. Então, está me dizendo que as coisas estão uma beleza não é?"

"Obviamente que não", respondi. "Já que estou aqui no seu consultório de pijama e edredom."

"Sabe, eu reparei", o dr. Loco disse. "Mas vocês, mocinhas, estão sempre usando as coisas mais esquisitas, então achei que era só a última moda ou qualquer coisa assim."

Deu para ver na hora que aquilo lá nunca daria certo. Como poderia confiar minhas emoções mais profundas a alguém que chama a mim e as minhas amigas de "vocês, mocinhas" e acha possível alguma de nós sair na rua com um pijama da Hello Kitty e um edredom?

"Isto aqui não vai dar certo para mim", eu disse ao meu pai e me levantei. "Vamos embora."

"Espere aí um segundo, Mia", meu pai pediu. "A gente acabou de chegar, certo? Dê uma chance ao homem."

"Pai." Não dava para acreditar naquilo. Quer dizer, se eu tinha que fazer terapia, por que os meus pais não puderam achar um terapeuta de verdade, em vez de um terapeuta CAUBÓI? "Vamos embora. Antes que ele me MARQUE A FERRO E FOGO."

"Você tem alguma coisa contra fazendeiros, mocinha?", o dr. Loco quis saber.

"Hum, levando em conta que sou vegetariana", respondi. Não mencionei que tinha parado de ser vegetariana há uma semana. "Tenho, tenho *sim*."

"Você parece mesmo muito esquentadinha", o dr. Loco disse. Juro que ele usou este termo mesmo. "Para alguém que, de acordo com isto aqui, diz que acha que não se importa com nada a maior parte do tempo."

Ele bateu com o dedo na folha de avaliação que eu tinha preenchido na sala de espera. Eu me afundei de novo no meu assento, porque vi logo que aquilo ia demorar um pouco, e disse: "Olhe, dr., hum..." Eu nem conseguia dizer o nome dele! "Acho que deveria saber que eu já estudo a obra do dr. Carl Jung há algum tempo. Tenho me esforçado para atingir a auto-atualização há anos. A psicologia não é algo desconhecido para mim. Por acaso eu sei perfeitamente bem qual é o meu problema."

"Ah, então sabe", o dr. Loco disse, com um ar de curiosidade. "Então, explique."

"É que eu só estou me sentindo meio para baixo", eu disse. "É uma reação normal a algo que aconteceu comigo na semana passada."

"Certo", o dr. Loco disse, olhando para um papel na mesa dele. "Você terminou com o seu namorado... Michael, certo?"

"Certo", concordei. "E, tudo bem, talvez seja um pouco mais complicado do que o fim de namoro de uma adolescente normal, porque eu sou princesa, e o Michael é um gênio, e ele acha que precisa ir para o Japão para construir um braço cirúrgico robotizado para provar para a minha família que ele é digno de mim, quando a verdade é que *eu* não sou digna *dele*, e suponho que porque, lá no fundo, eu sabotei totalmente o nosso relacionamento. E, tudo bem, talvez nós já estivéssemos amaldiçoados desde o início, porque eu obtive o resultado INFJ no teste de personalidade jungiano Myers-Briggs online que fizemos no verão passado, e ele obteve ENTJ, e agora ele quer ser só meu amigo e sair com outras pessoas, e essa é a última coisa que eu quero. Mas eu respeito a vontade dele, e sei que, se algum dia quiser atingir os frutos da auto-atualização, preciso passar mais tempo construindo as raízes da minha árvore da vida, e... e... e, realmente, é só isso. Tirando a possibilidade de meningite. Ou de febre de lassa. É isso que há de errado comigo. Eu só preciso me ajustar. Estou bem. Estou bem de verdade.

"Você está bem?", o dr. Loco perguntou. "Você perdeu quase uma semana de aula, apesar de não estar com nenhum problema físico — vamos dar uma olhada na meningite, é claro — e faz dias que não tira o pijama. Mas está tudo bem."

"Está", respondi. De repente, eu estava muito perto de chorar. E o meu coração também estava batendo muito rápido. "Posso ir para casa agora?"

"Por quê?", o dr. Loco quis saber. "Para poder se enfiar de novo na cama e continuar a se isolar dos seus amigos e das pessoas que gostam de você — o que é um sinal clássico de depressão, aliás?"

Só fiquei lá olhando estupefata para ele. Não dava para acreditar que ele — um desconhecido completo, PIOR, um desconhecido que gosta de COISAS DE CAUBÓI — estava falando comigo daquele jeito. Aliás, quem ele achava que era — além de um dos especialistas em psicologia adolescente e infantil de maior proeminência na nação?

"Para que você possa continuar a se afastar do seu longo relacionamento com a sua melhor amiga, Lilly", ele consultou uma anotação no bloquinho que tinha no colo, "assim como outros amigos, ao evitar a escola e outros ambientes sociais em que possa ser obrigada a interagir com eles?"

Fiquei olhando estupefata para ele mais um pouco. Eu sei que supostamente a louca ali era eu, mas era difícil acreditar, com aquela afirmação, que ele *não era* louco.

Porque eu não estava evitando a escola por causa do risco de encontrar a Lilly, nem de interagir socialmente com os outros. Não era *nada* disso. Nem é por isso que eu quero me mudar para a Genovia.

"Para que você possa continuar a ignorar as coisas que você sempre amou — como trocar mensagens instantâneas com a sua amiga Tina — e durma durante o dia, para depois ficar acordada a noite inteira", o dr. Loco prosseguiu, "ganhando peso por causa de assaltos compulsivos à geladeira quando acha que ninguém está olhando?"

Espera... como é que ele sabe DISSO? COMO É QUE ELE SABIA DA TINA? OU DOS BISCOITOS DAS BANDEIRANTRES?

"Para que você possa simplesmente continuar dizendo o que acha que as pessoas querem ouvir para elas irem embora e a deixem em paz, e se recusando a seguir as normas básicas da higiene — mais uma vez, exemplos clássicos da depressão adolescente?"

Eu só revirei os olhos. Porque tudo o que ele estava dizendo era totalmente ridículo. Não estou deprimida, Talvez esteja triste. Porque tudo é um saco. E provavelmente estou com meningite, apesar de parecer que todo mundo está ignorando os meus sintomas.

Mas não estou deprimida.

"Para que você continue a se isolar das coisas que sempre amou — sua escrita, seu irmãozinho, seus pais, suas atividades escolares, seus amigos — e continue se deixando consumir pelo autodesprezo, no entanto sem nenhuma motivação para mudar, ou para voltar a aproveitar a vida?" A voz do dr. Loco ecoava muito alta no consultório em estilo country dele. "Eu posso continuar. É necessário?"

Fiquei olhando estupefata para ele mais um pouco. Só que agora eu estava segurando as lágrimas. Não dava para acreditar naquilo. Não dava mesmo.

Não estou com meningite. Não estou com febre de lassa.

Estou deprimida. Estou deprimida *de verdade*.

"Pode ser que eu esteja um pouco para baixo", eu disse, depois de limpar a garganta, porque era um pouco difícil falar com o nó enorme que de repente tinha aparecido lá.

"Você sabe que não há problema nenhum em reconhecer que está deprimida", o dr. Loco prosseguiu, em tom simpático. Quer dizer, para um caubói. "Muita, muita gente já sofreu de depressao. Ter depressão não significa que você é louca, nem fracassada, nem má."

Eu tive que engolir muitas lágrimas.

"Tudo bem", foi a única coisa que eu consegui dizer.

Daí o meu pai esticou o braço e pegou a minha mão. O que eu realmente não gostei, porque só me deu mais vontade de chorar. Além do mais, a minha mão estava supersuada.

"E não faz mal chorar", o dr. Loco prosseguiu, entregando para mim uma caixa de lenços que ele tinha escondida em algum lugar.

Como é que ele fica fazendo isso? Como é que ele era capaz de ler a minha mente daquele jeito? Será que era porque passava muito tempo nas pradarias? Com os cervos? E os antílopes? Aliás, o que é um antílope?

"É perfeitamente normal, e até mesmo saudável, levando em conta o que andou acontecendo na sua vida ultimamente, Mia, que você esteja triste e precise conversar sobre isso com alguém", o dr. Loco ia dizendo. "Foi por isso que a sua família trouxe você aqui para falar comigo. Mas, a menos que você mesma reconheça que tem um problema e que precisa de ajuda, eu não poderei fazer muita coisa. Então, por que você não diz o que realmente a está incomodando, e como você realmente está se sentindo? E, desta vez, deixe a árvore jungiana da auto-atualização de fora."

E daí — antes que eu me desse conta do que estava acontecendo —, percebi que nem me preocupava mais com a possibilidade de estarem fazendo uma pegadinha comigo.

Talvez fosse o tapete dos índios navajo. Talvez fosse o chapéu de caubói no gancho atrás da porta. Talvez eu simplesmente tenha chegado à conclusão de que ele estava certo: eu não poderia passar o resto da vida enfiada no meu quarto.

De todo modo, quando eu vi, já estava contando tudo para aquele caubói velho e esquisito.

Bom, não TUDO, obviamente, porque o meu PAI estava sentado ali. E parece que isto é um tipo de regra do dr. Loco, que na primeira consulta de um menor, o pai, a mãe ou o responsável legal esteja presente. Esta não seria a regra se o dr. Loco me aceitasse como paciente regular.

Mas eu disse a ele a coisa mais importante — a coisa que não consigo tirar da cabeça desde domingo, quando desliguei o telefone depois de falar com o Michael. A coisa que me fez ficar na cama desde então.

E foi que, na primeira vez que eu me lembro de ter ido com a minha mãe visitar os pais dela em Versailles, no estado de Indiana, Papaw me avisou para ficar longe da cisterna abandonada nos fundos da casa da fazenda, que estava coberta com uma placa velha de compensado, e que ele estava esperando uma escavadeira que viria enchê-la de terra.

Só que eu tinha acabado de ler *Alice no País das Maravilhas* e, é claro, estava obcecada com qualquer coisa que se assemelhasse a uma toca de coelho.

Então, é claro que tirei o compensado de cima da cisterna, e fiquei lá parada na beiradinha, olhando para o buraco fundo e escuro, imaginando se ele levava ao País das Maravilhas e se eu realmente poderia ir até lá.

E daí a terra da beirada cedeu, e eu caí no buraco.

Só que não fui parar no País das Maravilhas. Muito longe disso.

Não me machuquei nem nada, e no fim consegui sair, agarrando-me a algumas raízes que cresciam na lateral do buraco. Coloquei a placa de compensado de volta no lugar em que estava e voltei para casa, abalada, fedorenta e suja, mas ilesa. Nunca contei para ninguém o que eu tinha feito, porque sabia que Papaw simplesmente ficaria bravo comigo. E, por sorte, ninguém nunca descobriu.

Mas o negócio é que, desde que eu falei com o Michael no domingo, estou me sentindo como se estivesse sentada no fundo daquele buraco de novo. De verdade. Como se eu estivesse lá embaixo, olhando para o céu azul lá no alto, totalmente sem saber como é que eu tinha me metido naquela situação.

Só que, desta vez, não tinha nenhuma raiz para me ajudar a me firmar e sair do buraco. Eu estava empacada lá no fundo. Enxergava a vida normal passando lá em cima — gente rindo, se divertindo; o sol brilhando; os passarinhos e as nuvens no céu — mas não conseguia voltar para me juntar àquilo. A única coisa que eu podia fazer era observar, do fundo daquele enorme buraco escuro.

Bom, mas quando terminei de explicar tudo isso — que foi basicamente quando mal conseguia continuar a falar, de tão forte que eu soluçava — que o meu pai começou a resmungar bem bravo que Papaw ia ver só da próxima vez que eles se encontrassem (e parece que a coisa envolvia um daqueles aparelhinhos de dar choque e Papaw no chuveiro).

O dr. Loco, por sua vez, ergueu os olhos do papel em que ficou escrevendo durante o tempo todo em que falei, olhou bem dentro dos meus olhos e disse uma coisa surpreendente.

Ele disse: "Às vezes, na vida, a gente cai em buracos dos quais não consegue sair sozinho. É para isso que os amigos e a família servem — para ajudar. Mas eles só podem ajudar se você informar a eles que está lá embaixo."

Fiquei olhando estupefata para ele mais um pouco. Foi realmente estranho, mas... eu não tinha pensado nisso. Eu sei que parece idiota. Mas a idéia de pedir ajuda nunca tinha me ocorrido.

"Então, agora que sabemos que você está lá no fundo", o dr. Loco prosseguiu, com sua fala cantada de caubói, "que tal você nos deixar dar uma ajuda?"

O negócio era que... eu não tinha certeza se alguém *podia* me ajudar. A sair daquele buraco, quer dizer. Eu estava tão no fundo, e tão cansada... mesmo que alguém me jogasse uma corda, eu não tinha certeza se teria forças para me agarrar a ela.

"Acho", eu disse, fungando, "que seria bom. Quer dizer, se der certo."

"Vai dar certo", o dr. Loco afirmou com muita certeza. "Então, amanhã de manhã, eu quero que você vá ao seu clínico geral para fazer um exame de sangue, só para nos certificarmos de que não há nada de errado desse lado. Certos problemas de saúde podem afetar o humor, então vamos eliminar essas possibilidades — além da meningite, é claro. Daí você pode vir me ver para a sua primeira sessão de terapia depois da aula. E o meu consultório tem uma localização muito conveniente, apenas a alguns quarteirões de distância da sua escola."

Fiquei olhando para ele, com a boca de repente seca. "Eu... eu realmente não acho que vou conseguir ir à escola amanhã."

"Por que não?" O dr. Loco parecia surpreso.

"É só que..." Meu coração tinha começado a bater com toda força contra as minhas costelas. "Será que não dá... que não seria melhor se eu voltasse para a escola na segunda-feira? Sabe como é, para começar tudo do zero e tal?"

Ele só ficou olhando para mim através dos óculos com aro de prata. Reparei que os olhos dele eram azuis. A pele ao redor deles era enrugada e tinha ar simpático. Exatamente como os olhos de um caubói deveriam ser.

"Ou talvez", eu disse, "você poderia, sabe como é. Receitar alguma coisa. Algum remédio ou qualquer coisa assim. Talvez isso torne as coisas mais fáceis."

Idealmente algum remédio que me fizesse apagar completamente, para eu não precisar pensar nem sentir nada até, ah, a formatura.

Mais uma vez, o dr. Loco parecia saber exatamente do que eu estava falando. E parecia achar divertido.

"Eu sou psicólogo, Mia", ele disse, com um sorrisinho. "Não psiquiatra. Não posso receitar medicamentos. Tenho um colega que receita, quando acho que um paciente está precisando. Mas não acho que seja o seu caso."

O quê? Ele não poderia estar mais enganado. Preciso de remédios. E muitos! Quem precisava mais de drogas do que eu? Ninguém! Ele só estava me negando remédios porque não conhece Grandmère.

Quando eu vi, o dr. Loco estava olhando fixamente para mim, e o meu pai se remexia todo desconfortável na cadeira. Foi aí que percebi que tinha falado a última parte em voz alta.

Opa.

"Bom", eu disse na defensiva, para o meu pai. "Você sabe que é verdade."

"Eu sei", meu pai olhou para o céu. "Pode acreditar."

"Conhecer a sua avó é algo que anseio em fazer algum dia", o dr. Loco disse. "Ela obviamente é muito importante para você e eu teria interesse em ver a dinâmica entre vocês duas. Mas, bom... em nenhum lugar desta avaliação você indicou que sente ímpetos suicidas. Aliás, à pergunta se alguma vez você já se sentiu compelida a tirar a própria vida, você respondeu *Nunca*." "Bom", eu disse, desconfortável. "Só porque, para me matar, eu teria que sair da cama. E realmente não estou a fim de fazer isto."

O dr. Loco sorriu: "Acho que remédios não são a solução no seu caso específico."

"Bom, eu preciso de alguma coisa", eu disse. "Porque se não, não sei como vou conseguir chegar até o fim do dia. Estou falando sério. Sem ofensa, mas você não sabe como as coisas são no ensino médio hoje em dia. Não estou brincando. É de dar medo."

"Sabe, Eleanor Roosevelt, uma senhora que pouquíssimas pessoas diriam que não tinha a cabeça no lugar, certa vez disse: 'Faça todo dia uma coisa que lhe dá medo'", o dr. Loco observou.

Sacudi a cabeça. "Isso não faz o menor sentido. Por que alguém vai querer fazer coisas que lhe dão medo?"

"Porque esta é a única maneira de crescer como indivíduo", o dr. Loco respondeu. "Claro, muitas coisas podem ser assustadoras — aprender a andar de bicicleta; andar de avião pela primeira vez; voltar para a escola depois de ter terminado com o seu namorado de um tempão e ver uma foto sua com o namorado da sua melhor amiga nas páginas de um jornal de ampla distribuição. Mas, se você não correr riscos, vai continuar sempre a mesma. E será que realmente é assim que você acha que vai conseguir sair do buraco em que caiu? Você não acha que o único jeito de sair de lá é mudar?"

Respirei fundo. Ele tinha razão. Eu sabia que ele tinha razão. É só que... ia ser tão *difícil*...

Bom. O Michael realmente disse que nós dois precisávamos amadurecer um pouco.

O dr. Loco prosseguiu: "E, além do mais, qual é a pior coisa que pode acontecer? Você tem um guarda-costas. E até parece que não tem outras amigas além da Lilly, certo? Que tal aquela tal de Tina que a sua mãe mencionou?"

Eu tinha me esquecido da Tina. É engraçado como isso pode acontecer quando a gente está no fundo de um buraco. A gente se esquece das pessoas que fariam qualquer coisa — qualquer coisa mesmo, provavelmente — para ajudar você a sair dele.

“É”, eu disse, sentindo, pela primeira vez em muito tempo, uma pequena fagulha de esperança. “Tem a Tina.”

“Que bom. É um começo. E quem sabe?”, ele completou, com um sorriso. “Pode ser até que você se divirta!”

Certo. Agora eu sei que o nome dele *é* realmente apropriado. Ele é mais louco do que eu.

E, levando em conta que sou eu quem não tira o pijama da Hello Kitty há quase uma semana, isso quer dizer muita coisa.

Quinta-feira, 16 de setembro, 18h, no loft

Depois que saímos do consultório do dr. Loco, meu pai perguntou o que eu tinha achado. Ele disse: "Se você achar que não gostou, a gente pode arrumar outro, Mia. Todo mundo, inclusive a diretora da sua escola, concorda que ele é o terapeuta com mais recomendações na cidade, mas..."

"VOCÊ CONTOU PARA A DIRETORA GUPTA?", eu praticamente berrei.

Parece que o meu pai não apreciou muito o meu berro.

"Mia", ele disse, "faz quatro dias que você não vai à escola. Achou que ninguém iria notar?"

"Bom, você poderia ter dito que eu estava com bronquite!", berrei. "Não que eu estava deprimida!"

"Não contamos a ninguém que você está deprimida", meu pai disse. "A diretora da escola ligou para saber por que você tinha faltado tantos dias..."

"Maravilha", exclamei e me afundei no assento de couro. "Agora a escola inteira vai saber!"

"Só se você contar para todo mundo", meu pai disse. "A dra. Gupta certamente não vai dizer nada para ninguém. Ela é profissional demais para fazer algo assim. Você sabe disto, Mia."

Por mais que me doa admitir, meu pai tem razão. A diretora Gupta pode ser muitas coisas — controladora despótica ensandecida, por exemplo — mas nunca trairia o sigilo profissional entre aluno e diretor.

Além do mais, até parece que a metade da população estudantil da Escola Albert Einstein não faz terapia também. Mesmo assim. A última coisa de que eu preciso é que o *Michael* descubra que eu fiquei tão arrasada com a rejeição dele que estou me consultando com um psicólogo. Que humilhação!

"Quem *mais* sabe?", perguntei.

"Ninguém, Mia. A sua mãe, o seu padrasto e o Lars."

"Não vou contar para ninguém", o Lars disse, sem tirar os olhos da partida emocionante de Halo que ele estava jogando no Treo dele.

"Só nós sabemos", meu pai prosseguiu.

"E Grandmère?", perguntei, toda desconfiada.

"Ela não sabe. Ela, como sempre, demonstra ignorância total e completa por tudo que não a envolve."

"Mas ela vai descobrir quando eu não aparecer para as aulas de princesa. Ela vai ficar imaginando onde eu estou."

"Deixe que eu me preocupo com a minha mãe", meu pai disse, com um ar bem frio nos olhos, tipo Daniel Craig em *Casino Royale*. Se o James Bond fosse completamente careca. "Você só trate de melhorar."

Isso é fácil para ele dizer. Não foi ele quem assumiu o compromisso de falar para a Opus Dei das organizações femininas na sexta-feira da semana que vem.

De todo modo, quando voltei para o loft, descobri que a minha mãe tinha aproveitado a minha ausência para limpar o meu quarto e mandar toda a minha roupa de cama para lavar na lavanderia. Ela também tinha aberto todas as janelas e ligado todos os ventiladores e estava arejando o meu quarto com tanta vontade que o Fat

Louie não saía de baixo da cama por medo de ser varrido pela tempestade de vento.

Nesse ínterim, o sr. G tinha levado embora a minha TV. E o meu pai informou que não vão substituí-la, porque o dr. Loco acha que as crianças não devem ter uma TV só para elas.

Então agora eu já sei sobre o que o dr. Loco e eu vamos passar uma boa parte da nossa hora marcada para amanhã discutindo.

Tanto faz. Acho que tenho coisas mais importantes com que me preocupar. Tipo que, quando eu estava tomando banho, agorinha mesmo, a minha mãe se esgueirou para dentro do banheiro e roubou meu pijama da Hello Kitty. E jogou no incinerador.

"Pode acreditar, Mia, é melhor assim", foi o que ela disse quando eu a confrontei a respeito da questão.

Acho que ela tem razão. Talvez eu estivesse ficando um pouco apegada demais a ele.

Mesmo assim. Sinto falta dele. Nós passamos por muita coisa juntos, meu pijama da Hello Kitty e eu.

Minha mãe, meu pai e o sr. G estão todos sentados ao redor da mesa da cozinha agora, em uma espécie de conferência não tão secreta assim a meu respeito. Não tão secreta assim porque estou ouvindo tudo, total. Quer dizer, posso estar deprimida, mas não sou SURDA.

Para me distrair, entrei na internet pela primeira vez em, tipo um milhão de anos, para ver se alguém tinha me mandado um e-mail.

Acontece que tinham mandado sim. Um monte deles. Estava com 243 mensagens não-lidas. E, tudo bem, a maior parte delas era spam. Mas um bom número era de tentativas de me animar da parte da

Tina. Havia algumas da Ling Su e da Shameeka também, e até algumas do Boris. (Ele é mesmo um namorado muito bom. Sempre faz exatamente o que a Tina manda.) Havia algumas do J.P., na maior parte piadas encaminhadas que deviam deixar a gente alegre ou algo assim. Não que ele saiba que eu estou para baixo. É MELHOR que ele não saiba, de todo modo.

Então, quando eu estava examinando as mensagens e jogando uma por uma na pasta do lixo, eu vi.

Um e-mail do Michael.

Juro que o meu coração começou a bater a uns mil quilômetros por minuto, e as palmas das minhas mãos ficaram instantaneamente encharcadas. Porque, e se aquilo fosse apenas para reiterar o que o Michael tinha me dito no domingo? Aquela coisa sobre como nós deveríamos ser só amigos e sair com outras pessoas? Não quero ver isso de novo. Não quero ouvir isso de novo. Nem quero pensar nisso de novo. Passei a semana inteira fazendo tudo que eu podia para NÃO ter que reviver aquela conversa específica na minha mente... e agora havia uma chance de que ela se revelasse diante dos meus olhos.

De jeito nenhum.

Mas daí, bem quando eu ia apertar o EXCLUIR, hesitei. Porque, e se não fosse sobre aquilo? E se — e, tudo bem, mesmo enquanto eu estava tendo a idéia, já me dei conta de que este era um enorme E SE, mas tanto faz —, mas e se fosse um e-mail para me dizer que ele tinha mudado de idéia e que, no final das contas, não queria terminar?

E se ele tivesse passado esta última semana tão deprimido quanto eu?

E se, depois de uma semana separados, ele tivesse percebido como sente a minha falta, e do mesmo jeito que eu estava aqui parada, louca para estar nos braços dele, cheirando o pescoço dele, o Michael estivesse louco para estar comigo nos braços, cheirando o pescoço dele?

E, antes que eu pudesse mudar de idéia, cliquei em ABRIR....

SKINNERBX: Oi, Mia. Sou eu. Bom, é óbvio. Só queria saber como você está. A Lilly me disse que você faltou à escola a semana toda... espero que esteja tudo bem.

Estou me acomodando aqui em Tsukuba. Este lugar é meio maluco — o pessoal realmente come macarrão no café-da-manhã! Mas por sorte dá para achar sanduíche de ovo na maior parte dos lugares. O trabalho é bem o que eu achava que ia ser — difícil —, mas realmente acredito que tenho uma boa chance de conseguir fazer esta coisa decolar. Mas vai saber, talvez eu não esteja mais tão otimista depois de algumas semanas disto aqui.

Você viu as supostas negociações para um filme de reunião de *Buffy, a caça-vampiros* com *Angel*? Achei que você ia fica animada com isso.

Bom, preciso ir andando... Espero de verdade que você não esteja indo à escola porque foi enviada para algum lugar maravilhoso no seu jatinho para cumprir alguma função de princesa, e não que esteja doente.

Michael

Fiquei lá sentada durante muito tempo, com o dedo pronto para apertar RESPONDER. Quer dizer, ele expressou preocupação com a minha saúde (física, não mental, mas tudo bem. Duvido que mesmo o Michael fosse capaz de predizer que eu pudesse chegar ao fundo do poço no quesito auto-atualização e acabasse no consultório de um psicólogo caubói com o meu pijama da Hello Kitty, enrolada em um edredom).

Mesmo isso, tem que ter algum significado, não é mesmo? Tem que ter alguma coisa ali. Pode ser que ele ainda me ame, pelo menos um pouquinho, não? Que talvez exista uma chance, no final das contas, de que algum dia, de algum jeito, eu possa voltar a sentir o cheiro do pescoço dele em freqüência semi-regular, não?

Mas daí... Não sei. Pensei sobre o que ele disse ao telefone. Sobre querer ser só meu amigo. Percebi que este e-mail era só isso mesmo. Um recado simpático para me mostrar que ele não tinha ficado magoado com a coisa do J.P.

COMO É QUE ELE PODE NÃO TER FICADO MAGOADO COM AQUILO? POR ACASO ELE NÃO SE IMPORTAVA COMIGO *NEM UM POUQUINHO?????*

OU será que eu, no ataque psicótico total que eu tive na semana passada por causa da coisa com a Judith Gershner, consegui destruir a quantidade mínima de sentimentos românticos que ele já teve por mim?

E foi aí que eu tirei o mouse de cima do botão RESPONDER e passei para o EXCLUIR. E apertei.

E assim, sem mais nem menos, o e-mail dele desapareceu.

E não ia ter jeito de eu mandar uma resposta para ele.

O Michael pode ter me superado. Mas eu não o superei. Não ainda, pelo menos.

E não posso fingir que superei. E não vou fazer uma coisa tão idiota e indigna quanto clicar em RESPONDER e pedir para ele me aceitar de volta.

Mas a única maneira que eu conheço para não fazer isto é simplesmente não dizer absolutamente nada para ele.

Depois que eu excluí o e-mail do Michael, dei uma olhada no site euodeiomiathermopolis.com. Não tinha nenhuma atualização nova, graças a Deus.

Bom, e por que haveria? Eu não saí de casa a semana toda. Seja lá quem que cuida desse site, não tem nenhum material novo.

Agora a minha mãe está me chamando. Ela, o meu pai e o sr. G pediram uma pizza do Tre Giovanni. Vamos todos sentar para jantar como uma família normal. Só eu, a minha mãe, o marido dela, o filho dele e o meu pai, o príncipe da Genovia.

Ah, é. Nós somos mesmo uma família bem normal.

Não é para menos que eu estou fazendo terapia.

Sexta-feira, 17 de setembro, Francês

Ai, meu Deus. É tão... surreal estar aqui.

Acho que o dr. L estava enganado, e eu preciso sim de remédio. Porque simplesmente não sei como vou agüentar. Sei que ele disse que é bom fazer uma coisa assustadora por dia — muito obrigada por isso, aliás, Eleanor Roosevelt, muito obrigada mesmo —, mas isto aqui é tipo NOVE MILHÕES DE COISAS, tudo ao mesmo tempo.

E, certo, tudo bem, eu não sei por que a ESCOLA deve ser assim tão assustadora. Eu nunca tive medo da escola antes. Pelo menos, não tanto assim.

Mas tem muito mais coisas do que a escola simplesmente. É ter que FALAR com as pessoas. É ter que agir de forma NORMAL. Quando eu sei que NÃO estou normal.

E, tudo bem, a verdade é que eu nunca fui normal. Mas estou mais NÃO normal do que nunca. Eu perdi meu sistema de apoio — a ÚNICA coisa com que fui capaz de contar nos últimos dois anos para manter a minha sanidade neste mar de loucura completa —, o Michael.

E agora, sem mais nem menos, ele foi embora — foi completamente arrancado da minha vida — e eu simplesmente devo seguir em frente como se nada tivesse acontecido? Sei. Até parece.

E eu preciso estar aqui, neste — vamos encarar — hospício, com toda essa gente que é MUITO MAIS LOUCA DO QUE EU (elas simplesmente não reconhecem que há algo de errado — diferentemente de mim) sem absolutamente ninguém me esperando fora daqui e dizendo: "Ai, meu Deus, você não acredita o que a fulaninha fez hoje."

Falando sério, isto é simplesmente cruel.

Mas acho que é o que eu mereço. Quer dizer, até parece que não fui eu mesma quem causou tudo isto com a minha própria estupidez.

Pelo menos não fui forçada a sofrer o massacre de um dia inteiro neste lugar. Tive que passar a manhã esperando sem fazer nada no consultório do dr. Fung para tirarem o meu sangue. E como eu tive que ficar sem comer desde a meia-noite de ontem, para que o resultado do exame saísse certo, eu estava praticamente MORRENDO DE FOME. Quer dizer, já foi bem ruim ter que sair da cama, tomar banho e me vestir.

Mas eu nem tomei café-da-manhã!

Pior ainda, apesar de a minha barriga estar totalmente vazia, não consegui... bom, por alguma razão, a saia do meu uniforme não queria fechar. Quer dizer, o zíper fechava — quase todo — mas eu não consegui fazer o botão entrar na casa, porque tinha um monte de PELE no caminho. No final, tive que usar um alfinete de fralda para manter a minha saia no lugar.

No começo, achei que a minha saia devia ter encolhido na lavanderia e fiquei meio brava com isso.

Mas o meu sutiã também não cabia! Quer dizer, sei que já faz um tempinho que eu não visto roupa de baixo, já que passei a maior parte da semana com o meu pijama da Hello Kitty.

E admito que reparei que tudo anda ficando meio apertado em todos os lugares ultimamente. E eu só coloquei o meu jeans com stretch. E tive que usar os últimos ganchos de todos os meus sutiãs.

E mesmo assim fiquei toda marcada.

Mas, quando vesti meu sutiã preferido hoje de manhã, pela primeira vez na vida, eu fiquei com UM BURAQUINHO ENTRE OS SEIOS, porque ele estava apertando muito os meus peitos.

É isso aí. Eu realmente *tenho* peitos para serem apertados. Não sei de onde eles surgiram, mas olhei para baixo, e lá estavam eles. Olá, peitos!

Daí eu achei que o lugar que lava roupa a quilo tinha encolhido o meu sutiã também; então experimentei outro. A mesma coisa. Depois, outro. A MESMA COISA. Não dava para entender.

Mas quando eu cheguei à Clínica Médica do SoHo e FINALMENTE chamaram o meu nome, e eu entrei, e me pesaram, eu descobri o que estava acontecendo. Fiquei CHOCADA de descobrir que eu estava pesando quase SEIS Fat Louies!

Isso é quase um Fat Louie a mais do que eu pesava da última vez que subi em uma balança! E admito que já faz um tempinho, mas, mesmo assim!

E, tudo bem, talvez eu esteja mandando ver na carne de um jeito um tanto pesado há mais ou menos uma semana. Bom, não só na carne, mas também na pizza, nos biscoitos das bandeirantes, na manteiga de amendoim, no macarrão de gergelim frio, na pipoca de microondas (com manteiga derretida), nos biscoitos Oreo, no sorvete Häagen-Dazs e nas famosas fritas do Baluchi's...

Mas engordar quase um GATO inteiro?

Uau. É tudo que eu tenho a dizer. Só... uau.

Claro que havia uma explicação racional por trás da carne. O dr. Fung disse assim: "Você ainda está bem dentro do índice correto de massa corporal para a sua altura, princesa. Na verdade, é bem normal ter este tipo de estirão de crescimento na sua idade. Algumas mulheres têm isso até com vinte e poucos anos."

É que eu não cresci só para os lados. Cresci para cima também — agora estou com um metro e setenta e oito. Eu cresci mais de dois centímetros desde a última vez que estive no consultório do médico!

Se eu continuar assim, vou estar com um metro e oitenta quando chegar aos dezoito anos.

E o lado positivo de engordar um Fat Louie inteiro? Acho que não tenho mais o peito achatado.

E pelo lado não tão positivo assim? Vou ter que falar com a minha mãe sobre comprar sutiãs novos. E calcinhas. E calças jeans. E pijamas. E moletons. E um uniforme novo.

E vestidos de baile novos.

Ai, meu Deus.

Mas tanto faz. Até parece que eu não tenho coisas mais importantes com que me preocupar (há!) do que o tamanho do meu peito (gigantesco) e o fato de que minha saia está presa por um pedacinho de metal e todos os meus jeans estão curtos demais. Quer dizer, tem o fato de que, daqui a meia hora, eu vou ter que ir até o refeitório.

E encontrar a Lilly.

Que sem dúvida vai levar a bandeja dela para outro lugar quando me vir.

E isto... bom, tanto faz. Eu sei que a Tina vai continuar querendo sentar comigo. Esta é a única coisa, aliás, que me impede de virar para o Lars e dizer: "Vamos embora", e sair pisando firme para bem longe deste depósito de malucos.

Aliás, foi bom o dr. Loco ter mencionado a Tina ontem, porque toda vez que eu começo a sentir muito que estou escorregando de volta para dentro do buraco de que estou tentando sair, penso nela, e é como se ela fosse uma raiz ou algo assim em que eu posso me agarrar para não deslizar mais para o fundo do abismo negro do desespero.

Como será que a Tina se sentiria se descobrisse que eu penso nela como se fosse uma raiz?

Claro que tenho coisas muito piores com que me preocupar além de quem vai ou não sentar comigo no almoço: o fato de que estou fazendo terapia e não quero que ninguém saiba; o fato de que daqui a uma semana eu supostamente vou ter que fazer um discurso para uns dois milhares de mulheres de negócios mais influentes de Nova York; o fato de que o amor da minha vida só quer ser meu amigo (e ficar com outras pessoas) e que eu não o tenho mais para ser meu sistema de apoio cheio de amor, de modo que fui largada à deriva para nadar sozinha nos mares da adolescência; o fato de que a indústria da carne enfia tanto hormônio em seus produtos que, só de consumir algumas dúzias de sanduíches de presunto e de porções de frango kung pao na última semana, finalmente consegui ganhar peitos praticamente da noite para o dia; euodeiomiathermopolis.com; o fato de que ambas as calotas polares estão derretendo devido ao aquecimento global antropogênico e de que os ursos polares estão todos morrendo afogados.

Mas estou tentando tratar das minhas preocupações uma de cada vez. Com passinhos de bebê, como os do Rocky quando ele estava aprendendo a andar. Primeiro preciso passar pelo almoço. Depois me preocupo com as calotas polares.

Faltam mais quatro horas para eu poder dar o fora daqui.

Sexta-feira, 17 de setembro, Superdotados & Talentosos

Maravilha. Então, agora tenho mais uma preocupação a adicionar à lista:

Parece que a escola inteira acha que o J.P. e eu estamos ficando.

É isso que acontece quando a gente passa quase uma semana em casa com um ataque de nervos e não está presente para se defender.

Bom, também acho que é o que acontece quando a sua foto saindo de braços dados de um teatro com o cara está em todo lugar. Mas ele só estava me ajudando a descer a escada! Porque eu estava de salto! E os degraus eram acarpetados e não tinha corrimão!

Caramba!

E, tudo bem, com base na evidência fotográfica, dava para ver por que a população média dos Estados Unidos — e o resto do mundo, imagino — ficaria pensando que o J.P. e eu estamos ficando.

Mesmo assim! Era de se esperar que os meus AMIGOS fossem mais espertos do que isso!

Mas parece que não. E o limite já foi traçado:

Agora a Lilly senta na mesa do Kenny Showalter na hora do intervalo.

Acho que a apreciação mútua que os dois têm pelos amigos que lutam muay thai os uniu, ou qualquer coisa assim.

A Perin e a Ling Su sentam com eles, apesar de a Ling Su ter me dito, quando estávamos no bufê de tacos, que preferia sentar comigo.

"Mas a Lilly me colocou no cargo de secretária", ela explicou, parecendo verdadeiramente desolada em relação ao assunto. "O que é melhor do que tesoureira, acho" — isto definitivamente é verdade, levando em conta que a Ling Su foi tesoureira no ano passado. "E a Lilly nomeou o Kenny para isso. Mas significa que tenho que sentar com ela e a Perin, que é a vice-presidente, para a gente poder conversar sobre as novas iniciativas da Lilly, como por exemplo a coisa de alugar o telhado da escola para a instalação de antenas de celular em troca de laptops gratuitos para bolsistas, e como vamos garantir que mais alunos da AEHS sejam aceitos na faculdade de primeira linha de sua escolha, e esse tipo de coisa."

"Tudo bem, Ling Su", eu disse a ela enquanto espalhava queijo cheddar por cima da minha tostada de carne picante. "De verdade, eu entendo."

"Que bom. E, só para constar", ela concluiu, "acho que você e o J.P. formam um casal demais. Ele é o maior gostoso."

"Nós não estamos juntos", eu respondi, totalmente confusa.

"Certo", a Ling Su disse, toda sabichona, e deu uma piscadinha para mim. Como se ela achasse que eu só estava dizendo aquilo como alguma tentativa desvirtuada de agradar a Lilly! O que seria totalmente fútil, se fosse por isso que eu tivesse dito aquilo. Mas *não foi* por isso que eu disse aquilo, de jeito nenhum! Eu disse porque era verdade!

Mas a Ling Su não é a única que acha que o J.P. e eu estamos juntos. Quando fui devolver a minha bandeja do almoço, uma das funcionárias do refeitório sorriu para mim e disse: "Quem sabe você não consegue fazer com que ele experimente o nosso milho?"

No começo, eu não entendi do que ela estava falando. Daí, quando entendi, comecei a ficar totalmente vermelha. O J.P. é famoso por detestar milho! E ela achou que eu pudesse curá-lo disso! Ai, meu Deus!

Pelo menos o J.P. parece não estar ligado no que está acontecendo. Ou, se estiver, não está deixando transparecer. Ele pareceu surpreso quando eu cheguei para almoçar pela primeira vez em toda a semana, mas não fez muito caso (graças a Deus), como a Tina fez, com gritinhos e abraços e dizendo o quanto tinha sentido a minha falta.

O que foi bem legal, mas meio vergonhoso, porque chamou mais atenção para o fato de que eu fiquei fora tanto tempo, e estou totalmente cansada de ficar falando "bronquite" quando as pessoas me perguntam onde eu estive a semana toda. Porque não posso exatamente dizer: "Na cama, com o meu pijama da Hello Kitty, recusando-me a levantar depois que o meu namorado me deu um pé na bunda." A única coisa que o J.P. fez fora do comum foi sorrir para mim, quando não havia nenhum motivo para sorrir — aliás, o Boris estava discursando sobre o ódio que ele tem por emos, especificamente o My Chemical Romance, como ele sempre faz. Eu estava dando uma mordida na minha tostada (é impressionante como, apesar de eu estar totalmente deprimida, continuo comendo que nem um cavalo. Mas, tanto faz, eu estava morta de fome; só tinha comido uma barra energética PowerBar o dia todo, que peguei na Ho's Deli, depois da consulta no médico, a caminho da escola) e reparei no sorriso do J.P. — que, como a Ling Su disse, realmente é bem gostoso — e falei: "O quê?", com a boca cheia de carne picada, queijo cheddar, molho tipo salsa, creme azedo, pimenta mexicana e alface picadinha.

"Nada", o J.P. respondeu, sem parar de sorrir. "Só estou feliz porque você voltou. Não fique fora tanto tempo de novo, certo?"

E isso foi legal da parte dele. Principalmente levando em conta o fato de que ele PRECISA saber que as pessoas andam dizendo que estamos juntos.

O que explicaria pelo menos em parte por que a Lilly está tão imóvel no lado dela da sala de S & T. Ela se recusa a olhar para mim — não fala comigo —, não reconhece nem a minha existência. Para ela, parece que eu sou Hester Prynne de *A letra escarlate*.

Só a Hester Prynne do livro, não a da versão do cinema, que é interpretada por Demi Moore e é até quase bacana e explode as coisas. Ah, espera... isso foi em *G.I. Jane*.

Eu gostaria de simplesmente chegar para a Lilly e dizer algo do tipo: "Olha só. Sinto MUITO. Sinto muito por ter sido tão ridícula com o seu irmão, e sinto muito se fiz alguma coisa que magoou você. Mas você não acha que já me castigou bastante? Agora eu mal consigo RESPIRAR porque respirar NÃO SERVE PARA NADA se eu sei que, no fim do dia, não vou poder cheirar o pescoço do seu irmão. A única coisa em que eu consigo pensar é que nunca, nunca mais vou ouvir o som da risada sarcástica dele quando assistíamos a South Park juntos. Será que você não vê que eu precisei reunir cada grama de coragem e de força que eu possuo só para vir até aqui hoje? Que eu estou fazendo TERAPIA? Que passo cada segundo do dia querendo estar MORTA? Então, será que você podia parar de ser tão fria comigo e me dar um desconto? Porque eu realmente valorizo a sua amizade, e sinto falta dela. E, aliás, você acha mesmo que ficar com um lutador de muay thai qualquer é a maneira mais madura de reagir à sua mágoa amorosa? Por acaso você é a Lana Weinberger ou algo assim?"

Só que não dá. Porque acho que eu não ia suportar olhar para aquele olho morto que ela fica jogando para o meu lado agora.

Porque eu sei que é exatamente isto que ela vai fazer.

Sexta-feira, 17 de setembro, Educação Física

Estou aqui em pé, tremendo.

Em pé e não sentada porque estou em um dos campos de beisebol do Great Lawn no Central Park. Acho que estou jogando de ala esquerda, ou qualquer coisa assim, mas é difícil saber com tantos gritos. *Pega a bola! Pega a bola!*

Até parece. Pega a bola *você*, sua fracassada. Não vê que estou ocupada escrevendo no meu diário?

Eu devia totalmente ter feito o dr. Fung me dar um bilhete para eu escapar da aula de ginástica. ONDE EU ESTAVA COM A CABEÇA?

Porque não é só a coisa do *Pega a bola*. Eu tive que TIRAR A ROUPA na frente de todo mundo. E isso significa que eu tive que levantar o suéter, e todo mundo viu o ALFINETE DE FRALDA segurando a minha saia para não abrir.

Eu falei: "Ha, ha, perdi um botão."

Mas essa explicação não funcionou para dizer por que, quando eu coloquei meu short de ginástica, ele ficou TODO COLADINHO e totalmente entrando na parte da frente. Graças a Deus que a minha camiseta de ginástica sempre foi um pouco grande. Agora, está servindo certinho.

E como se tudo isso já não fosse bem ruim, de algum modo a LANA WEINBERGER por acaso estava no vestiário quando eu estava me trocando.

Não sei o que ela estava fazendo lá, já que ela não tem aula de EF neste período. Acho que não gostou da maneira como os cachos do cabelo dela ficaram, ou qualquer coisa assim, porque estava secando de novo. Eva Braun, mais conhecida como Trisha Hayes, estava parada bem ao lado dela, lixando as unhas.

E, é claro, apesar de eu ter abaixado a cabeça por instinto assim que vi as duas, na esperança de que não fossem reparar em mim, já era tarde demais. A Lana deve ter avistado o meu reflexo no espelho em que ela estava se olhando, ou algo assim, porque, antes que eu me desse conta, ela desligou o secador e estava dizendo: "Ah, você está aí. Por onde andou a semana toda?"

COMO SE ELA ESTIVESSE ME PROCURANDO!

Está vendo, é EXATAMENTE por isso que eu não queria voltar para a escola. Não posso lidar com coisas desse tipo ALÉM de tudo o mais que está acontecendo. Falando sério, a minha cabeça vai explodir.

"Hum", eu respondi. "Bronquite."

"Ah", a Lana disse. "Bom, sobre aquela carta que você recebeu da minha mãe..."

Fechei os olhos. Eu realmente FECHEI OS OLHOS porque eu sabia o que viria a seguir — ou pelo menos achei que sabia — e não achei que fosse emocionalmente capaz de dar conta daquilo.

"Sei", respondi. E, por dentro, eu estava pensando: *Fala logo. Seja lá qual for a coisa maldosa, amarga e humilhante que você vá dizer, simplesmente diga para eu poder sair daqui. Por favor. Não sei quanto mais eu vou conseguir agüentar.*

"Obrigada por ter dito que vai", foi a coisa completamente surpreendente que a Lana disse, em vez do que eu achava que ela diria.

"Porque era a Angelina Jolie que ia fazer o discurso, mas ela totalmente deu o cano para fazer papel de Madre Teresa em um filme novo aí. A minha mãe estava me deixando louca, de tão histérica que estava para achar alguma substituta. Então eu sugeri você. Você fez aquele discurso no ano passado, sabe qual, quando nós duas estávamos disputando a presidência do conselho estudantil. E foi meio bom. Então achei que você seria uma substituta decente para a Angelina. Então. Obrigada."

Não tenho bem certeza — vamos ter que checar com sismólogos do mundo todo — mas realmente acho que, naquele momento, o inferno realmente congelou.

Porque a Lana Weinberger disse alguma coisa legal para mim.

Mas é claro que essa não é a parte que me fez desejar que o dr. Fung me desse um bilhete para não fazer EF hoje.

Foi a próxima parte.

Eu fiquei tão surpresa de ver a Lana Weinberger agir como um ser humano que nem consegui responder na hora. Só fiquei lá parada, olhando para ela. E isso infelizmente deu à Trisha Hayes a oportunidade de reparar no alfinete de fralda segurando a minha saia fechada.

E ela é sabidinha demais para acreditar na minha desculpa de ter perdido um botão.

"Cara", a Trisha disse. "Tipo, você totalmente precisa de uma saia nova." Daí o olhar dela subiu para o meu peito. "E de um sutiã maior."

Eu senti que fiquei total e completamente vermelha. Ainda bem que eu tenho consulta com um terapeuta depois da aula hoje. Porque nós vamos ter mesmo MUITA coisa sobre o que falar.

"Eu sei", respondi. "Eu, hum, preciso fazer umas compras."

E foi aí que a próxima coisa completamente surpreendente aconteceu. A Lana virou de novo para o reflexo dela, passou os dedos pelo cabelo agora completamente liso e disse: "Nós vamos à liquidação de lingerie da Bendel amanhã. Quer vir junto?"

"Cara, você está... ?" *Louca*, era obviamente o que a Trisha ia perguntar.

Mas eu vi a Lana lançar um olhar de aviso para ela no espelho, e exatamente como o Almirante Piett fez quando se deu conta de que tinha deixado a *Millennium Falcon* escapar na frente do Darth Vader, a Trisha fechou a boca... apesar de parecer assustada.

Eu só fiquei lá parada, sem ter certeza se aquilo tudo estava mesmo acontecendo, ou se era um sintoma da minha depressão. Talvez eu estivesse com alguma forma de depressão em que a gente tem alucinações sobre convites para liquidação de lingerie na Bendel de animadoras de torcida que sempre odiaram você. Nunca se sabe.

Como eu não respondi na hora, a Lana se virou para ficar de frente para mim. Pela primeira vez, ela não parecia esnobe. Simplesmente parecia... normal.

"Olha, eu sei que você e eu nem sempre nos demos bem, Mia. Aquela coisa com o Josh... bom, tanto faz. Às vezes ele era mesmo o maior imbecil. Além do mais, algumas das suas amigas são tão... quer dizer, aquela tal de Lilly..."

"Não diga mais nada", ergui a mão. E não estava falando só por falar, não. Porque era muito sério. Eu realmente não queria que a Lana falasse mais nada da Lilly. Que, é verdade, anda me tratando igual a lixo ultimamente.

Mas talvez eu mereça ser tratada igual a lixo.

"Mas, bom", a Lana prosseguiu, "vi que você não estava sentada com ela no almoço hoje."

"Estamos dando um tempo", eu disse, séria.

"Bom, tanto faz", a Lana continuou. "Você realmente está salvando a pele da minha mãe. E se você vai entrar para a Domina Rei algum dia, como eu vou — se tiver sorte —, então acho que devíamos deixar o passado no passado. Quer dizer, espero que seja hoje mais madura do que era, e que a gente possa se comportar como adultas em relação a esta questão. Você não acha?

Fiquei tão chocada que só assenti.

Em vez de ressaltar que o caso não é exatamente de a Lana e eu não nos darmos bem, mas sim o fato de ela ser totalmente maldosa com algumas das minhas amigas.

Em vez de falar: "Para a sua informação, eu não entraria para a Domina Rei nem que você me pagasse."

Em vez de fazer qualquer uma dessas coisas, eu só fiquei lá parada, assentindo.

Porque não consegui pensar em mais nada o que fazer. É, eu fiquei mesmo completamente abobalhada com o que estava acontecendo.

Ou como estou louca e deprimida com tudo.

"Legal", a Lana disse. "Então, amanhã de manhã, às dez horas, na Bendel. Depois a gente almoça em algum lugar. Vamos, Trish. A gente precisa ir para a aula."

E assim, sem mais nem menos, as duas saíram...

...quase exatamente no mesmo instante em que a sra. Potts entrou e assoprou o apito dela e nos mandou fazer fila para ir para o parque.

Eu fiz o que me mandaram sem nem pensar sobre o assunto.

É, eu estava mesmo completamente tonta com o que tinha acabado de acontecer. Uma parte de mim dizia: *É um truque. Tem que ser. Eu vou chegar à Bendel e, em vez da Lana, vai estar o comediante Carrot Top, com um monte de paparazzi que vão tirar a minha foto junto com o Carrot Top, e a manchete de todos os jornais de domingo vai ser "Conheça o novo futuro consorte real da Genovia... Carrot Top!"*

Mas a minha parte racional — acho que, apesar de estar afundada na depressão, ainda tenho um lado racional — dizia: *É ÓBVIO que a Lana estava sendo sincera. Aquela coisa que ela disse sobre o Josh — quer dizer, basicamente, o que aconteceu entre você, o Josh e a Lana não é diferente do que está acontecendo agora entre você, o J.P. e a Lilly. Apesar de você e o J.P. serem só amigos, a Lilly ainda ACHA que você o roubou, do mesmo jeito que a Lana achou sobre o Josh. A única diferença, na verdade, era que você era mesmo a fim do Josh. É claro que a Lana ficou louca da vida. É claro que a LILLY está louca da vida. Meu Deus, Mia. Você é mesmo um saco.*

Então talvez não seja um truque, no final das contas. Talvez a Lana realmente só queira sair comigo.

A questão é... será que eu realmente quero sair com ela?

Ah, meleca. Lá vem a sra. Potts. Ela não parece muito feliz com o fato de eu ter trazido o meu diário aqui para a lateral esquerda do campo.

Mas por acaso a culpa é minha se ninguém joga a bola para mim?

Sexta-feira, 17 de setembro, Química

Ai, meu Deus.

Até onde eu sei, a loucura completa tomou conta desta aula desde que eu estive aqui pela última vez. Nós estamos fazendo experiências em grupo independentes, e cada um escolhe a sua. A que o Kenny e o J.P. escolheram na minha ausência parece ser uma coisa chamada síntese de uma coisa parecida com nitrocelulose que, eles me informam, é na verdade "uma mistura de diversos ésteres nitrosos de amido com a fórmula [C6H7(OH)x(ONO2)y]n em que x+y=3 e n é qualquer número inteiro de 1 para cima".

Não faço a menor idéia do que qualquer uma dessas coisas quer dizer. Só coloquei os meus óculos de proteção e o meu avental e estou aqui sentada, entregando coisas para eles quando me pedem.

Isso quando eu realmente consigo identificar o que eles querem, de todo modo.

Acho que ainda estou chocada com a coisa toda da Lana. Preciso descobrir como vou fazer para escapar da liquidação de lingerie na Bendel com a Lana Weinberger amanhã.

É verdade, eu totalmente preciso de sutiãs novos. Mas como é que eu posso sair com a *Lana*? Quer dizer, apesar de ela ter pedido desculpa. Ela continua sendo... a Lana. O que nós podemos ter em comum? Ela gosta de ir para a balada. Eu gosto de ficar deitada na cama com o meu pijama de flanela da Hello Kitty assistindo a Porque eu passei batom para fazer mastectomia.

E isso me lembra de uma coisa. Não posso ir fazer compras na Bendel amanhã. Amanhã não tem aula, e isso significa que eu posso passar o dia inteiro na cama. ISSO MESMO!!! Eu amo a minha cama. É um lugar seguro. Ninguém pode me pegar lá.

Só que o sr. G levou a minha TV embora.

Ah, bom. Eu posso ler *Jane Eyre* de novo. Quer dizer, tem aquela parte toda em que Jane e Mr. Rochester se separam por causa da coisa toda com a Bertha, e daí ela ouve a voz sem corpo dele flutuando por sobre o pântano... Talvez eu escute a voz sem corpo do Michael flutuando por cima do rio Hudson, e vou saber que lá no fundo ele ainda me ama e me quer de volta, e daí eu posso pegar um avião para o Japão e...

Mia! O que você vai fazer amanhã à noite? Se eu arrumar ingresso para alguma coisa, você me acompanha? Qualquer coisa que você quiser ver, é só falar. — J.P.

Ai, meu Deus. O que eu posso dizer? Só quero ficar na cama. Para sempre.

É muito legal da sua parte, J.P., mas ainda não sarei bem da minha bronquite. Acho que vou ficar quieta. Mas obrigada por pensar em mim! — M

Tudo bem! Se você quiser, posso ir à sua casa. A gente pode assistir a alguns filmes...

Ah, uau. O J.P. realmente está aceitando mal o rompimento dele com a Lilly. Apesar de ter sido ele, é claro, quem deu início a tudo. Ainda assim, ele não consegue nem pensar na idéia de passar a noite de sábado sozinho.

Eu adoraria, mas a verdade é que a minha TV está quebrada.

O que não é a verdade, de jeito nenhum. Mas é o máximo de verdade que o J.P. vai receber.

Mia, isso é por causa da coisa no jornal? De todo mundo achar que a gente está ficando? Tem paparazzi na porta da sua casa ou algo assim? Você não quer ser pega comigo, um mero plebeu, de novo?

Ai, meu Deus.

NÃO! Claro que não! Só estou mesmo exausta. A semana foi longa.

Certo. Eu agüento uma indireta. Tem outra pessoa, não tem? É o Kenny, certo? Vocês dois estão noivos? Quando é o casamento? Onde está a lista de presente de vocês? Na Sharper Image, certo? Vocês querem uma cadeira de massagem robotizada iJoy 550, não querem?

Não pude evitar cair na gargalhada com isso. O que, é claro, fez o sr. Hipskin olhar para a nossa mesa e dizer: "Algum problema, pessoal?"

"Não", o Kenny respondeu, e depois ficou olhando com raiva para a gente. "Será que vocês dois podem parar de trocar bilhetinho e *ajudar?*", ele sibilou por entre os dentes.

"Com certeza", o J.P. disse. "O que você quer que a gente faça?"

"Bom, para começar, pode me passar o amido", o Kenny disse.

E isso me lembrou de uma coisa:

"Então, Kenny", eu disse, enquanto ele salpicava alguma coisa branca em uma tigela com mais coisa branca. "Que história foi essa que eu ouvi de a Lilly ter ficado com um amigo seu lutador de muay thai na festa dela de sábado à noite?"

O Kenny quase derrubou toda a coisa branca. Daí me lançou um olhar muito irritado.

"Mia", ele disse. "Com todo o respeito. Estou no meio de um procedimento perigoso que envolve o uso de ácidos altamente corrosivos. Será que a gente pode falar sobre a Lilly em algum outro momento?"

Meu Deus! Que bebezão.

Sexta-feira, 17 de setembro, na limusine a caminho de casa para o consultório do doutor Loco

Falando sério, não sei o que é pior: aula de princesa ou terapia. Quer dizer, as duas coisas são igualmente horríveis, cada uma a seu modo.

Mas pelo menos eu vejo um MOTIVO nas aulas de princesa. Estou sendo preparada para governar um país. Com a terapia, é como se... eu nem SEI qual é o objetivo. Porque, se deveria estar fazendo com que eu me sentisse melhor, NÃO está conseguindo.

E tem LIÇÃO DE CASA. Quer dizer, como se eu já não tivesse o SUFICIENTE para fazer com uma semana de escola para retomar. Preciso fazer lição de casa na minha PSIQUE também?

Não sei por que estamos pagando o dr. Loco, se ele quer que EU faça todo o trabalho.

Tipo, a sessão de hoje começou com o dr. Loco me perguntando como tinha sido a escola. Desta vez estávamos sozinhos no consultório dele — o meu pai não estava lá, porque era uma sessão de verdade, não uma consulta. Tudo estava exatamente igual à última vez... a decoração maluca de caubói, os óculos de aro fino, o cabelo branco e tudo o mais.

A única diferença, realmente, é que eu estava com o meu uniforme da escola pequeno demais em vez do meu pijama da Hello

Kitty. Que eu contei para ele que a minha mãe jogou no incinerador. Na mesma noite que o meu padrasto levou embora a minha TV.

Ao que o dr. Loco respondeu: "Que bom. Então. O que aconteceu na escola hoje?"

Então eu disse a ele — MAIS UMA VEZ — que eu nem entendo por que eu tenho que IR à escola, já que eu já tenho MESMO garantia completa de emprego depois da formatura, e eu odeio aquilo, então por que não posso simplesmente ficar em casa?

Então o dr. Loco me perguntou por que eu odeio tanto a escola, e daí — só para ilustrar o que eu estava dizendo — contei a ele sobre a Lana.

Mas ele não entendeu absolutamente nada. Ele ficou, tipo: "Mas isso não é bom? Uma menina com quem você nunca se deu bem lhe abriu uma possibilidade de amizade. Ela está disposta a deixar para trás as diferenças que tiveram no passado. Não é isso que você gostaria que a sua amiga Lilly fizesse?"

"É sim", respondi, surpresa por ele não ser capaz de entender uma coisa tão óbvia. "Mas eu GOSTO da Lilly. A Lana nunca foi nada além de má comigo."

"E a Lilly tem sido gentil ultimamente?"

"Bom, não ULTIMAMENTE. Mas ela acha que eu roubei o namorado dela..." A minha voz foi sumindo quando eu me lembrei de que também já tinha roubado o namorado da Lana. "Certo", respondi. "Entendo o que você quer dizer. Mas... será que eu realmente devo ir fazer compras com a Lana Weinberger amanhã?"

"VOCÊ acha que deve ir fazer compras com a Lana amanhã?", o dr. Loco quis saber.

Falando sério. É para isso que estamos pagando a ele só Deus sabe quanto dinheiro.

"Não sei!", exclamei. "Estou perguntando para você!"

"Mas você se conhece melhor do que eu."

"Como é que você pode dizer uma coisa dessas?", eu praticamente berrei. "*Todo mundo* me conhece melhor do que você! Você não assistiu aos filmes da minha vida? Porque se não assistiu, foi a única pessoa do mundo!"

"Pode ser que eu os tenha encomendado na Netfix", o dr. Loco admitiu. "Mas ainda não chegaram. Eu só conheci você ontem, está lembrada? E eu sou mais fã de filmes do velho oeste."

Revirei os olhos para os retratos de mustangues. "Caramba, nem tinha notado."

"Então", o dr. Loco disse. "O que mais?"

Fiquei olhando para ele sem entender nada. "Como assim, o que mais? Tirando o fato de que, reitero, meu PADRASTO LEVOU EMBORA A MINHA TV!!!"

"Sabe qual é a única coisa que todos os alunos já admitidos em West Point têm em comum?"

Acorda. Que coisa do além. "Não sei. Mas aposto que você vai me contar."

"Nenhum deles tinha televisão no quarto."

"MAS EU NÃO QUERO ESTUDAR EM WEST POINT!", berrei.

O dr. Loco, no entanto, não reage bem a berros. Ele só disse assim: "O que mais você odeia na sua escola?"

Por onde começar? "Bom, que tal o fato de que todo mundo acha que eu estou namorando um cara que não estou?", perguntei. "Só porque saiu escrito no *New York Post*? E o fato de que o cara de quem eu gosto — que eu, aliás, amo — está me mandando e-mails para perguntar se eu vou bem, como se nada tivesse acontecido entre a gente, como se ele não tivesse arrancado meu coração para fora do peito e o chutado pela sala, como se fôssemos *amigos* ou algo assim?"

O dr. Loco pareceu confuso. "Mas você não concordou com o Michael que vocês dois *deveriam* ser amigos?"

"Concordei", respondi, frustrada. "Mas não falei sério!"

"Entendo. Bom, como foi que você respondeu ao e-mail dele?"

"Não respondi", de repente me senti um pouco envergonhada. "Eu apaguei."

"Por que você fez isso?", o dr. Loco quis saber.

"Não sei". É só que eu... não confiei em mim mesma para não implorar para ele me aceitar de volta. E não quero ser assim."

"Essa é uma razão válida para excluir o e-mail dele", o dr. Loco disse. E por alguma razão — apesar de ele ser um TERAPEUTA CAUBÓI — fiquei contente com isso. "Então. Por que você não quer ir fazer compras com a sua amiga?"

Parei de me sentir tão contente. Será que ele não consegue PRESTAR ATENÇÃO NO DETALHE MAIS SIMPLES DE TODOS?

"Eu já disse. Ela não é minha amiga. Ela é minha inimiga. Se você tivesse assistido aos filmes..."

"Vou assistir neste fim de semana."

"Tudo bem. Mas... o negócio é que... a mãe dela me pediu para fazer um discurso em um evento. E Grandmère diz que é uma grande honra. E ela está superanimada com isto. E acontece que a mãe dela pediu porque a Lana me recomendou. E isso foi... decente da parte dela."

"Então foi por isso que você não recusou o convite dela na mesma hora?", o dr. Loco perguntou.

"Bom, por isso e... porque preciso de roupas novas. E a Lana entende bastante de roupas. E se eu devo fazer todo dia uma coisa que me dá medo... bom, a idéia de fazer compras com a Lana DEFINITIVAMENTE me dá medo."

"Então, acho que você já tem a sua resposta", o dr. L disse.

"Mas eu gostaria muito mais de passar o dia inteiro na cama", respondi rapidinho. "Lendo", completei. "OU ASSISTINDO À TV."

"Lá na fazenda", o dr. Loco disse, com sua fala arrastada do velho oeste, "a gente tem uma égua chamada Dusty."

Acho que o meu queixo caiu de verdade. Dusty? Depois de tudo isso ele ia me contar uma história de uma égua chamada *Dusty*? Que tipo de técnica psicológica esquisita era aquela?

"Sempre que o verão está quente e a Dusty passa por um certo laguinho lindo na minha propriedade, ela entra na água e vai até o meio dele. Não importa se estiver selada ou se houver um cavaleiro montado nela. A Dusty não se importa. Ela tem que entrar na água. Quer saber por quê?"

Fiquei tão chocada com o fato de um psicólogo profissional me contar uma história sobre um CAVALO em seu local de trabalho que só assenti, como uma idiota.

"Porque ela está com calor", o dr. Loco respondeu. "E quer se refrescar. Prefere passar o dia inteiro naquele laguinho a ter que carregar alguém de um lado para o outro no lombo. Mas a gente nem sempre pode fazer o que quer. Porque não é necessariamente saudável ou prático. Além do mais, as selas estragam quando molham."

Fiquei olhando para ele.

E este cara supostamente era o melhor psicólogo adolescente e infantil da nação?

"Quero retomar uma coisa que você disse ontem", o dr. Loco disse, sem esperar que eu respondesse à história de Dusty, graças a Deus. "Você disse, com as suas palavras", e ele realmente REPETIU as minhas palavras. Na verdade, leu nas anotações dele. "*Talvez seja um pouco mais complicado do que o fim de namoro de uma adolescente normal, porque eu sou princesa, e o Michael é um gênio, e ele acha que precisa ir para o Japão para construir um braço cirúrgico robotizado para provar para a minha família que é digno de mim, quando a verdade é que eu não sou digna dele, e suponho que porque, lá no fundo, sabotei totalmente o nosso relacionamento.*"

Ergueu os olhos das anotações. "O que você quis dizer com isso?"

"Eu quis dizer..." Aquilo tudo estava indo longe demais para mim. Eu mal tinha me recuperado de ficar chocada com a história da Dusty, e ainda não tinha conseguido descobrir o que tinha a ver com eu ir fazer compras com a Lana Weinberger amanhã. "...que eu acho que imaginei que ele iria mesmo me largar por uma menina mais inteligente e mais realizada. Então eu me adiantei a ele e dei um pé na bunda primeiro. Apesar de depois ter me arrependido. A coisa toda com a Judith Gershner... quer dizer, a razão por que me aborreceu tanto foi porque eu sei que lá no fundo ela é realmente a pessoa com quem ele deveria estar. Com alguém capaz de clonar moscas de frutas. Não alguém como... como e-eu, que sou s-só uma p-princesa."

E, antes que eu me desse conta, já estava chorando de novo. Cara! Qual é o problema do consultório deste homem que me faz chorar igual a um bebê?

O dr. Loco me entregou os lencinhos. E ele também foi bem gentil.

"Ele já disse ou fez alguma coisa para você pensar assim?", ele quis saber.

"N-não", solucei.

"Então, por que você acha que se sente assim?"

"P-porque é verdade! Quer dizer, ser princesa não é nenhuma grande conquista! Eu simplesmente NASCI assim! Não CONQUISTEI isto, como o Michael vai conquistar fama e fortuna com o braço robótico cirúrgico dele. Quer dizer, todo mundo pode NASCER!"

"Acho", o dr. Loco disse, um pouco seco, "que você está sendo muito severa consigo mesma. Você só tem dezesseis anos. Poucas pessoas de dezesseis anos de fato..."

"A JUDITH GERSHNER JÁ TINHA CLONADO A PRIMEIRA MOSCA DE FRUTA DELA QUANDO TINHA DEZESSEIS ANOS!", eu berrei.

Daí, fiquei com vergonha de mim mesma. Quer dizer, por gritar. Mas eu não consegui me segurar.

"E olhe só para a Lilly", eu prossegui. "Ela tem dezesseis anos, e tem seu próprio programa de TV. Certo, é no canal de acesso público, mas tanto faz, alguns produtores demonstraram interesse nele. E ela tem milhares de telespectadores fiéis. E fez aquele programa todo sozinha. Ninguém nem ajudou. Bom, tirando eu, a Shameeka, a Ling Su e a Tina. Mas nós só ajudamos com o trabalho de câmera, mesmo. Então, dizer que só tenho dezesseis anos não quer dizer nada. Tem muita gente de dezesseis anos que já conquistou muito mais coisa do que eu. Eu não consigo nem publicar um texto na revista *Sixteen*."

"Vamos supor que eu acredite no que está dizendo", o dr. Loco falou. "Se você realmente se sente assim — que não é digna do Michael —, não seria melhor você tomar uma atitude sobre o assunto?"

De verdade. Ele disse isso. Ele não disse: *Caramba, Mia, como você pode dizer que não é digna do Michael? Claro que é! Você é uma pessoa fabulosa, tão generosa e cheia de vida...*

O que é basicamente o que todo mundo me diz sempre que toco nesse assunto.

Não, ele ficou, tipo: *É. Você tem razão. Você é mesmo meio que um saco. Então, o que vai fazer a este respeito?*

Fiquei tão chocada que parei de chorar e só fiquei lá sentada olhando para ele com a boca aberta.

"Você não devia... não devia me dizer que sou ótima do jeitinho que eu sou?", eu quis saber.

Ele deu de ombros. "De que isso adiantaria? Você não iria acreditar mesmo."

"Bom, você pelo menos não devia dizer que eu deveria querer melhorar o valor que tenho por *mim mesma*? Em vez de fazer isto por algum *garoto*?"

"Achei que isto já estava bem óbvio", o dr. L disse.

"Bom", eu ainda estava meio que tentando superar o meu choque. "Quer dizer, é verdade. Eu realmente preciso fazer alguma coisa para provar que sou algo a mais do que apenas uma princesa. Mas... o quê? O que eu posso fazer?"

O dr. Loco deu de ombros. "Como é que eu posso saber? Ainda preciso assistir aos filmes sobre a sua vida para conhecê-la tão bem quanto você diz que eu vou conhecer assistindo. Mas vou dizer uma coisa que sei com certeza: você não vai descobrir deitada na cama o dia inteiro, sem ir à escola... ou continuando a implicar com as pessoas simplesmente porque elas disseram alguma coisa desagradável sobre você no passado."

Desagradáveis? Espere só até ele dar uma olhada em euodeiomiathermopolis.com. Não que eu tenha dado o endereço do site para ele. Nem que a Lana seja responsável por isto.

Mas, mesmo assim. Ele não sabe o que é desagradável.

Então. Minhas tarefas?

1. Ir fazer compras com a Lana.
2. Descobrir por que fui colocada neste planeta (além de para ser princesa).
3. Voltar para uma consulta com o dr. Loco na próxima sexta, depois da escola.

Acho que consigo dar conta da última. Mas as duas primeiras? Acho que realmente podem me matar.

Sexta-feira, 17 de setembro, 19h, no loft

Caixa de entrada: 0

Não que eu realmente achasse que fosse receber notícias OU do Michael OU da Lilly. Principalmente depois de eu ter deletado o e-mail do Michael sem nem responder, e tendo em vista o jeito como a Lilly me ignorou em S & T.

Mesmo assim. Eu meio que tinha uma esperança... quer dizer, ela nunca tinha ficado tanto tempo assim sem falar comigo. Nunca.

Simplesmente não posso acreditar que tudo basicamente acabou entre nós.

E por causa de um MENINO.

Mas a Tina acabou de me mandar uma mensagem instantânea. Pelo menos eu ainda tenho a Tina.

ILUVROMANCE: Mia! Como você ESTÁ? Mal consegui falar com você na escola hoje. Está se sentindo melhor?

FTLOUIE: Estou, obrigada!

Tanto faz. Eu minto o tempo todo mesmo.

ILUVROMANCE: Fico tão feliz! Você parecia tão triste na escola...

FTLOUIE: Bom. É. Acho que isso já era de se esperar, levando em conta que perdi o amor da minha vida e tudo o mais.

ILUVROMANCE: Eu sei. E sinto muito, muito mesmo. Ei, já sei o que pode animar você! Um pouco de compraterapia! Quer dizer, afinal, você cresceu mais de dois centímetros e aumentou um tamanho inteiro! Precisa de roupas novas! Quer ir fazer compras amanhã? A minha mãe leva a gente. Você sabe como ela adora fazer compras!!!

E isso é totalmente o que eu recebo por ter concordado em ir fazer compras com a Lana. Porque a mãe da Tina é praticamente um GÊNIO das compras, por ser ex-modelo e tudo o mais. E ela conhece todos os estilistas.

FTLOUIE: Ah, eu adoraria. Mas preciso fazer uma coisa com a minha avó.

As mentiras só fazem crescer e crescer. Mas tanto faz. Não posso contar para a TINA que vou fazer uma coisa com a LANA WEINBERGER. Ela nunca compreenderia. Mesmo que eu explicasse sobre a história de fazer uma coisa por dia que dá medo na gente. E o negócio da Domina Rei.

ILUVROMANCE: Ah. Tudo bem. Bom, o que você vai fazer amanhã à noite, então? Quer vir aqui em casa? Os meus pais vão sair e eu vou ter que ficar de babá, mas a gente pode assistir a alguns DVDs ou algo assim.

Por alguma razão — certo, tudo bem, acho que é porque eu estou deprimida — o convite quase me fez chorar. Quer dizer, a Tina é mesmo um amor.

Além do mais, aquilo parecia ser algo com o qual eu seria capaz de lidar emocionalmente. Em vez de sair com o cara por quem a imprensa recentemente me acusou de estar apaixonada. Isso quando a verdade é que só amei um cara na vida, e no momento ele está no Japão, enviando e-mails aleatórios para me dizer como é difícil encontrar sanduíche de ovo lá.

É. Bem legal.

FTLOUIE: Acho que não tem nada que eu gostaria mais de fazer.

Tirando ficar deitada na minha própria cama assistindo à TV.

Mas a minha TV foi levada embora. Então eu nem tenho como fazer isto.

ILUVROMANCE: Oba! Achei que a gente podia reexaminar a obra da Drew Barrymore. Os trabalhos menos recentes dela, como *Para sempre cinderela* e *Afinado no amor*.

FTLOUIE: Isto me parece PERFEITO. Eu levo a pipoca.

Realmente não me sinto culpada de não ter contado para a Tina do e-mail do Michael... nem sobre o fato de que estou fazendo terapia. Porque simplesmente ainda não estou pronta para falar dessas coisas com ninguém.

Quem sabe algum dia vá estar.

Mas, antes de tudo? Vou tirar uma soneca bem comprida.

Porque estou exausta.

Sábado, 18 de setembro, 10h, loja de departamentos de luxo Henri Bendel

O que estou fazendo aqui?

Uma loja como esta não é lugar para mim. Uma loja como esta é para gente CHIQUE.

E, tudo bem, eu sou princesa. O que, reconheço, é bem chique.

Mas, no momento, estou usando um jeans da minha MÃE, porque nenhum dos meus serve.

Gente que usa o jeans da MÃE não pertence a lojas assim, em que tudo é dourado, brilhante e cheio de modelos segurando frascos de perfume que chegam para você e dizem: "Trish McEvoy?"

E quando você fala: "Não, o meu nome é Mia...", elas borrifam uma coisa em você que tem cheiro de Bom Ar, aquele produto para tirar cheiros ruins, só que mais frutal. Não estou brincando. Isto aqui não é a Gap. É mais o tipo de loja que Grandmère freqüenta. Só que mais cheia. Porque, quando Grandmère faz compras, ela liga antes e manda abrir a loja para ela depois do expediente, para que não precise trocar cotoveladas com plebeus.

A minha mãe quase teve um enfarto quando eu disse a ela aonde ia hoje de manhã — e por que precisava pegar emprestado o jeans dela.

"Você vai fazer compras com QUEM????"

"Não quero falar sobre este assunto", eu disse. "É uma coisa que eu preciso fazer. Para a terapia."

"O seu terapeuta mandou você fazer compras com a Lana Weinberger?" Minha mãe trocou olhares com o sr. G, que estava servindo mais Cheerios na tigela de cereal do Rocky, e que tinha ficado tão distraído com a nossa conversa que sem querer fez o Cheerios transbordar da tigela e cair todo pelas laterais do cadeirão do Rocky. E isso deixou o Rocky feliz da vida. "Isto supostamente é para ALIVIAR a sua depressão?"

"É uma longa história", eu disse a ela. "Eu tenho que fazer todo dia uma coisa que me dá medo."

"Bom", minha mãe entregou a Levi's dela para mim. "Fazer compras com a Lana Weinberger ia me deixar com medo."

Minha mãe tem razão. O que eu estou fazendo aqui? Aliás, por que fui dar ouvidos ao dr. L? O que ELE sabe sobre a longa e tórrida história entre a Lana e eu? Nada! Ele nunca nem assistiu aos filmes da minha vida! Não sabe todas as coisas odiosas que ela fez comigo e com os meus amigos no passado! Não tem como saber que essa coisa toda de sair para fazer compras provavelmente é um truque! Que o comediante Carrot Top é o único que vai aparecer aqui! Que me fazer vir até aqui e ficar parada no meio de borrifadoras de perfume esperando o Carrot Top é a idéia que a Lana faz de uma última piada grandiosa...

Ah. Lá vem ela.

Depois escrevo mais.

Sábado, 18 de setembro, 15h, banheiro do Nobu 57

Por razões que me são completamente alheias, a Lana Weinberger e seu clone, a Trisha Hayes, na verdade estão sendo legais comigo.

Bom, as razões não me são *completamente* alheias. A Lana já me disse por que está sendo tão legal: "Finalmente superei a coisa do Josh. A culpa não foi sua."

Quando observei — com a maior educação possível — que ela já me odiava muito antes de o namorado dela lhe dar um pé na bunda para ficar comigo (e que depois voltou para ela quando eu, por minha vez, dei um pé na bunda dele), ela disse, enquanto examinávamos sutiãs tamanho G (Estou usando sutiã tamanho G!!!! Não uso mais tamanho P!!!! A Lana fez questão que uma especialista em lingerie de verdade tirasse as minhas medidas, e a especialista confirmou o que eu desconfiava, que o meu peito aumentou um monte!). "Bom, não era tanto *você* que eu detestava, mas aquela sua amiga sacana."

Ao que Trisha completou: "É, como é que você consegue gostar daquela tal de Lilly? Ela é tão metida..."

Fiquei com vontade de dar gargalhada com isso. Porque, acorda, as Gêmeas Mortíferas do Mal falando que a LILLY é metida?

Mas daí eu comecei a pensar sobre o assunto, e vi que É mesmo verdade. A Lilly SABE ficar julgando os outros e ser mandona.

Mas é por isso que eu gosto dela! Quer dizer, pelo menos ela TEM opinião sobre as coisas. Sobre coisas importantes, pelo menos.

A maior parte das outras pessoas da nossa classe não se importa com nada além de quem vai vencer o *American Idol* e em que faculdade chique elas vão entrar.

Ou, no caso da Lana, qual tom de gloss labial fica melhor nela. Mas eu não disse nada para defender a Lilly porque, na verdade, apesar de eu sentir falta dela e tudo o mais — mesmo não sendo tanto a ponto de doer de verdade às vezes, como acontece com o Michael —, preciso descobrir um jeito de sair deste buraco em que me enfiei sem a ajuda dos Moscovitz. Porque, como os acontecimentos recentes comprovam, nem a Lilly nem o Michael vão estar por perto para me ajudar quando eu precisar. Preciso aprender a caminhar com as minhas próprias pernas, sem NEM a Lilly NEM o Michael para usar como muletas emocionais.

Então, não disse nada quando a Lana e a Trisha ficaram falando (levemente) mal da Lilly. A verdade é que consegui ver o lado delas. Até parece que algum dia a Lilly tentou se colocar no lugar da Lana, como se calçasse os Manolos tamanho 39 dela, para ver como é ser a Lana.

Mas eu já fiz isso.

E a visão dos sapatos 39 da Lana? Não é tudo isso. Não me entenda mal, ela é linda e todos os homens da loja que não eram gays (mais ou menos uns dois) ficaram seguindo os movimentos dela com o olhar, como se fosse uma coisa impossível de evitar.

E ela é SUPER MEGA EXCELENTE para fazer compras — quer dizer, eu nunca na vida teria experimentado um jeans True Religion. Só porque a Paris Hilton usa, e apesar de eu não conhecer a Paris pessoalmente, ela não parece contribuir muito com organizações beneficentes ambientais, não que eu saiba.

Mas a Lana insistiu, dizendo que ia ficar bom em mim e me fez experimentar uma calça e eu experimentei e...

Fiquei MARAVILHOSA!!!

E nem me faça começar a falar sobre a diferença que faz ter um sutiã do tamanho e do modelo certo. Com o meu sutiã meia-taça com armação da Agent Provocateur, agora eu realmente tenho peito. Tipo peito que equilibra o resto do meu corpo, de modo que não pareço uma pêra nem um cotonete. Eu realmente pareço ter curvas.

E, tudo bem, não são as *curvas* da Scarlett Johansson.

Mas tipo as curvas da Jessica Biel.

A cada top babydoll Marc Jacobs que a Lana jogou no meu braço e me mandou experimentar, fui sentindo cada vez menos que esta coisa toda era um truque e cada vez mais que a Lana realmente estava tentando compensar as injustiças que cometeu no passado, e realmente queria que eu ficasse bonita. Cada vez que ela ou a Trisha me obrigavam a experimentar alguma peça — tipo uma minissaia de pele de tigre falsa ou um cinto dourado de corrente Rachel Leigh — e elas falavam: "Ah, sim, ficou legal", ou "Não, não tem nada a ver com você, tira já", eu sentia que... bom, que elas se importavam comigo.

E confesso que me senti bem com isso. Não achei que fosse falsidade, nem que tipo eu fosse a Katie Holmes e elas fossem os amigos cientologistas do Tom Cruise me bombardeando com amor, porque elas falavam umas coisas para me deixar com os pés no chão, tipo: "Ai, Mia, você NUNCA pode usar vermelho. Certo? Promete que não vai usar. Porque você fica horrível com esta cor."

Foi só... coisa de menina. O tipo de coisa que a Lilly teria desprezado totalmente. Ela teria falado assim: "Ai, meu Deus, de quantos sutiãs você precisa? Ninguém nunca vai ver, então, qual é o motivo? Principalmente com tanta gente morrendo de fome em Darfur" e "Por que você está comprando um jeans com um BURACO? O negócio é que você tem que fazer os seus PRÓPRIOS buracos nos jeans, de tanto usar, não comprar uma calça em que OUTRA PESSOA já fez os buracos." E: "Ai, meu Deus, você vai comprar ESSES TOPS? ESSES TOPS foram feitos com o trabalho semi-escravo de criancinhas da Guatemala que só recebem cinco centavos por hora, só para você saber."

O que nem é verdade, porque a Bendel não vende produtos feitos com trabalho semi-escravo. Pelo menos, nenhuma das moças que trabalham na seção de tops vende. Eu perguntei.

E, falando sério, até parece que a Lana, a Trisha e eu em algum momento ficamos sem assunto. Elas falaram assim: "Então, você está ficando com aquele tal de J.P. ou o quê?" E eu respondi, tipo: "Não, nós somos só amigos." E elas disseram, tipo: "Bom, ele é bem fofo. Tirando aquela coisa do milho."

E daí expliquei como o Michael e eu tínhamos acabado de terminar e como eu me sinto completamente vazia por dentro, como se alguém tivesse escavado a parte de dentro do meu peito com uma colher de sorvete e jogado o conteúdo na via expressa West Side, como fazem com prostitutas mortas.

E elas nem acharam aquilo esquisito. A Lana falou: "É, foi assim que me senti quando o Josh me largou para ficar com você." E eu respondi, tipo: "Ai, meu Deus, sinto muito." E a Lana falou: "Tanto faz. Eu superei. E você também vai superar."

Só que ela está errada. Nunca vou esquecer o Michael. Nem em um milhão de trilhões de anos.

Mas estou tentando — se é que dá para chamar de tentativa de esquecê-lo a ação de colocar todas as cartas, as fotos e os presentes dele em uma sacola de compras daquelas que tem escrito "Eu ♥ NY e enfiar embaixo da cama o mais fundo possível ontem à noite. E não consegui jogar tudo fora. Simplesmente não consegui.

Mas bom, o negócio é que foi... surpreendentemente normal conversar com a Lana e a Trisha. Foi bem parecido com o jeito que a Tina e eu conversamos. Só que com calcinha fio dental (que, aliás, é bem confortável quando você escolhe o tamanho certo).

E, tudo bem, a Lana e a Trisha nunca leram *Jane Eyre* (e me olharam de um jeito esquisito quando comentei que esse era o meu livro preferido de todos os tempos) nem assistiram a *Buffy* ("Por acaso é aquele seriado que tem a garota de *A maldição?*".)

Mas não são más pessoas. Acho que são mais... mal compreendidas. Tipo, a obsessão que elas têm por delineador de olho pode ser tomada por superficialidade, mas na verdade é só que elas simplesmente não têm muita curiosidade em relação ao mundo ao seu redor. A menos que o assunto seja sapatos.

E eu meio que fico com pena delas — da Lana, pelo menos —, porque quando chegou a hora de passar no caixa para pagar o que a gente estava comprando e a conta da Lana deu US$ 1.847,56, e a Trisha suspirou e disse: "Cara, a sua mãe vai MATAR você", já que a Lana tinha o limite de gastos de mil dólares, a Lana só deu de ombros e disse: "Tanto faz, se ela falar alguma coisa, vou citar o Bubbles." E eu fiquei, tipo: "Bubbles?" E a Lana fez uma cara toda triste e falou: "O Bubbles era o meu pônei." E eu perguntei, tipo: "*Era?*"

E daí a Lana explicou que, aos treze anos, ela ficou muito pesada e com as pernas muito compridas para o pequenino Bubbles carregá-la, então os pais dela venderam seu adorado pônei sem lhe dizer, achando que a separação repentina e completa, sem possibilidade de despedidas, seria menos traumática do ponto de vista emocional.

"Eles estavam errados", a Lana entregou o cartão de crédito para a vendedora. "Acho que nunca superei. Ainda tenho saudade daquele cavalinho de traseiro gordo."

O quê. Sabe como é. Que droga. Pelo menos Grandmère nunca fez ISSO comigo.

Mas, bom, acho que preciso voltar para a nossa mesa. Nós estamos nos dando ao luxo de almoçar em um bufê freqüentado por mulheres que saem para fazer compras... o especial do chef do Nobu. Custa "só" cem dólares por pessoa.

Mas a Trisha disse que vale a pena. E, além do mais, é quase só proteína, já que é peixe cru.

Claro que a Lana e a Trisha só precisam pagar para elas mesmas. Eu tenho que pagar para o Lars também. E ele está comendo um filé, porque disse que peixe cru acaba com a força masculina dele.

Sábado, 18 de setembro, 18h, na limusine, a caminho da casa da Tina

Quando entrei no loft depois das compras, a minha mãe já estava louca da vida. Isso porque eu tinha pedido ao serviço ao cliente da Bendel que entregasse as minhas compras (e também o da Saks, onde paramos depois para comprar algumas botas e sapatos), para que eu não precisasse ficar carregando as sacolas o dia inteiro, e elas formavam uma pilha tão grande no meu quarto que o Fat Louie não conseguia dar a volta nela para chegar à caixa de areia dele no meu banheiro.

"QUANTO VOCÊ GASTOU?", a minha mãe quis saber. Os olhos dela estavam enlouquecidos.

É verdade, havia MESMO muitas sacolas. O Rocky estava se divertindo, fazendo os caminhões dele baterem na camada de baixo, tentando fazer todas caírem. Felizmente, é difícil estragar Lycra.

"Relaxa", eu disse. "Eu usei aquele cartão American Express preto que o meu pai me deu."

"AQUELE CARTÃO DE CRÉDITO É SÓ PARA EMERGÊNCIAS!", a minha mãe praticamente berrou.

Acorda! "Você não acha que os meus novos PEITOS TAMANHO G contam como emergência?"

Daí os lábios da minha mãe ficaram totalmente apertados e ela disse: "Acho que a Lana Weinberger não é uma boa influência para você. Vou ligar para o seu pai", e saiu pisando firme.

Pais. Fala sério. Primeiro, ficam pegando no meu pé porque não quero sair da cama nem nada. Daí faço o que eles querem, saio da cama e me socializo, e eles também ficam bravos com ISSO.

Não dá para vencer.

Enquanto a minha mãe estava me entregando para o meu pai (e tanto faz, tudo bem, gastei mesmo um monte de dinheiro, muito mais do que a Lana. Mas, tirando vestidos de baile e um macacão de vez em quando, faz, tipo, uns três anos que não compro roupa, então eles que superem isso), eu comecei a enfiar minhas roupas velhas que não servem mais em sacos de lixo para doar para uma instituição de caridade, e fui pendurando minhas roupas novas e totalmente cheias de estilo, além de preparar uma bolsa para passar a noite na casa da Tina.

E fiquei meio surpresa de perceber que estava ansiosa para ir lá. A Lana e a Trisha tinham me convidado para uma festa qualquer a que iam em um apartamento do Upper West Side, de um aluno do último ano, cujos pais tinham ido passar o fim de semana em um spa para trabalhar o chi deles. Mas eu disse a elas que já tinha outro programa.

"Vai inaugurar um iate novo ou algo assim?", a Lana perguntou, toda sarcástica.

Só que agora eu tinha aprendido a não levar cada coisinha que ela dizia tão a sério. Na maior parte do tempo, quando ela faz seus comentariozinhos ácidos, só está tentando ser engraçada. Mesmo que o comentário só pareça engraçado para ela e mais ninguém. Aliás, nesse sentido, a Lana é muito parecida com a Lilly.

"Não, só combinei uma coisa com a Tina Hakim Baba", eu respondi, e deixei assim. E nenhuma das duas pareceu ofendida por eu ter dispensado "a festa do semestre" para ficar com uma pessoa que não fazia parte da turminha dos populares.

Eu estava enfiando a minha escova de dentes na bolsa quando a minha mãe entrou no quarto e estendeu o telefone para mim.

"O seu pai quer falar com você", ela disse, com um ar todo presunçoso, daí deu meia-volta e foi embora.

Fala sério. Eu amo a minha mãe e tudo o mais. Mas ela não pode ter tudo o que quer. Ela não pode me criar para ser uma rebelde com consciência social e daí ficar preocupada quando o peso da minha depressão relativa ao mundo me oprime a ponto de eu não conseguir mais sair da cama, me mandar fazer terapia e depois ter um ataque quando eu sigo os conselhos do terapeuta. Ela simplesmente não pode agir assim.

E, tudo bem, o dr. L na verdade não me DISSE para gastar tanto dinheiro com lingerie. Mas tanto faz.

"Não vou devolver nada", digo ao meu pai.

"Não estou pedindo para devolver.

"Você sabe quanto eu gastei?", perguntei, desconfiada.

"Sei. A empresa de cartão de crédito já me ligou. Acharam que o cartão tinha sido roubado e que alguma adolescente estava enlouquecida fazendo compras. Porque você nunca tinha gastado tanto assim."

"Ah, então, sobre o que você queria falar comigo?"

"Nada. Só preciso fingir que estou dando uma bronca em você. Você sabe como a sua mãe é. Ela é do Meio-Oeste. Não é culpa dela. Se custa mais de vinte dólares, já começa a ficar com coceira. Ela sempre foi assim."

"Ah", eu disse. Daí, completei: "Mas, pai. Não é justo!"

"O que não é justo?", ele quis saber.

"Nada", abaixei a voz. "Só estou fingindo que você está me dando bronca."

"Ah", ele pareceu impressionado. "Bom trabalho. Ai, não."

"Ai, não, o quê?"

"A sua avó acabou de entrar." Meu pai parecia tenso. "Ela quer falar com você."

"Sobre quanto gastei?", fiquei surpresa. Para Grandmère, a quantia que eu paguei hoje na Bendel's só se iguala a uma pequena fração do que ela gasta toda semana só em tratamentos de cabelo e beleza.

"Hum, não exatamente."

E, antes que eu me desse conta, Grandmère já estava baforando no telefone.

"Amelia", ela disparou. "Que história é essa que o seu pai me disse sobre o cancelamento das suas aulas de princesa no futuro próximo porque você está passando por alguma espécie de crise pessoal que precisa resolver?"

"Mãe", ouvi a voz de meu pai no fundo. "Não foi isso que eu disse!"

Eu sabia exatamente o que estava acontecendo. Meu pai estava tentando me livrar das aulas de princesa com Grandmère sem contar a ela POR QUE eu precisava faltar às aulas de princesa — em outras palavras, sem dizer que estou fazendo terapia. Com um psicólogo caubói.

"Quieto, Phillipe", Grandmère explodiu. "Você não acha que já fez o suficiente?" Para mim, ela disse: "Amelia, isto não é do seu feitio.

Está se acabando por causa Daquele Garoto? Será que eu não lhe ensinei NADA? As mulheres precisam dos homens assim como um peixe precisa de uma bicicleta! Entre outras coisas. Tome jeito!"

"Grandmère", eu disse, cansada. "Não é... Não é SÓ por causa do Michael, certo? As coisas estão meio estressantes para mim neste momento. Você sabe que perdi várias aulas nesta semana, tenho um monte de matéria para recuperar, então, se não for fazer mal, eu realmente queria adiar as aulas de princesa até..."

"MAS E A DOMINA REI?", Grandmère berrou, histérica.

"O que tem?", perguntei.

"Precisamos começar a trabalhar no seu discurso!"

"Grandmère, sobre isso, é que eu não sei se..."

"Você vai fazer este discurso, Amelia", Grandmère rosnou. "E ponto final. Eu já disse a elas que você faria. E eu já me GABEI disto para a Contessa! Então, amanhã à tarde, você vai se encontrar comigo na Embaixada da Genovia e, juntas, vamos examinar os arquivos reais em busca de algum tipo de material que, espero, possa inspirar o seu discurso. Está entendido?"

"Mas, Grandmère..."

"Amanhã. Na embaixada. Duas horas."

Click!

Bom. Acho que ela mandou sua mensagem.

E acho que o meu sonho de passar o dia inteiro na cama no domingo foi despedaçado.

A minha mãe acabou de enfiar a cabeça aqui dentro. Parece que ela superou seu acesso de fúria por causa dos meus gastos. Estava mordendo o lábio inferior e dizendo: "Mia, desculpa. Mas eu precisava fazer isso. Você se dá conta de que gastou uma quantia quase igual ao produto interno bruto de uma pequena nação em desenvolvimento... só que você gastou em jeans de cintura baixa?"

"Sei", eu disse, tentando parecer arrependida. E não foi difícil, porque fiquei arrependida.

Arrependida por nunca ter comprado jeans assim antes. Porque fico GOSTOSA com esta calça.

Além do mais, o que a minha mãe não sabe — e o meu pai também não, ainda — é que, enquanto a Lana, a Trisha e eu estávamos comendo, eu liguei para a Anistia Internacional e doei exatamente a mesma quantia que eu tinha gastado na Bendel, usando o AmEx preto de emergência.

Então eu nem me sinto culpada. Não tanto assim.

"Eu sei que as coisas no momento estão ruins com o Michael, e entre você e a Lilly", minha mãe prosseguiu. "E fico feliz que você esteja tentando fazer novas amizades. Só não sei muito bem se a Lana Weinberger é a amiga CERTA para você..."

"Ela não é tão má assim, mãe", eu disse, pensando na história do pônei. E também na outra coisa que a Lana me contou no almoço. Que a mãe dela disse que, se ela não entrar em uma faculdade de primeira linha, ela não vai pagar para ela estudar em LUGAR NENHUM. Isso é que é dureza.

"E é tão injusto", a Lana tinha dito. "Porque até parece que eu sou inteligente igual a você, Mia."

Eu quase engasguei com o meu wasabi depois dessa. "*Eu? Inteligente?*"

"É", a Trisha completou. "E, ALÉM DO MAIS, você é princesa, e isso significa que vai entrar em qualquer lugar em que se inscrever, porque todo mundo quer ter integrantes da realeza em suas instituições."

Ai, essa doeu. E também é verdade.

"Bom, Mia", a minha mãe disse, parecendo desconfiada — acho que em relação ao meu comentário de que a Lana não é assim tão má. "Fico feliz por você estar com a mente aberta e se mostrar um pouco mais disposta do que já foi no passado a experimentar coisas novas" — nem sei o que ela pode querer dizer com isso, a menos que esteja falando de carne e seus derivados — "mas lembre-se da regra das Bandeirantes."

"Você está falando do fato de que, com um bom sutiã, o seu mamilo tem que ficar bem no meio da distância entre o ombro e o cotovelo?"

"Hum", minha mãe disse, com uma cara de muito sofrimento. "Não. Eu estava falando de fazer novos amigos, mas conservar os antigos. O primeiro de prata, o segundo, de ouro."

"Ah, está certo. Não se preocupe. Agora vou passar a noite na casa da Tina. A gente se vê."

Daí caí fora. E bem rapidinho também, porque estava morrendo de medo que ela reparasse nos meus brincos compridos, que custaram o mesmo preço que o carrinho do Rocky.

Sábado, 18 de setembro, 21h, no banheiro da Tina Hakim Baba

Estou realmente feliz de ter vindo passar a noite na casa da Tina. Apesar de eu ainda estar sofrendo de uma depressão mórbida, a casa da Tina é o meu terceiro lugar preferido no mundo (sendo que o primeiro é nos braços do Michael, é claro, e o segundo é a minha cama).

Então, estar na casa da Tina não é nem um pouco torturante, como estar, digamos, na Bendel's durante uma liquidação de lingerie.

Apesar de eu ainda não ter contado nada à Tina a respeito do meu atual estado emocional — tipo, que eu me sinto como se estivesse no fundo de um buraco e não consigo encontrar a saída etc. — ela deu mais do que apoio à transformação do meu visual: elogiou meus brincos, disse que a minha bunda ficou ótima com o meu jeans novo e até perguntou se eu tinha PERDIDO peso, não *ganhado*!

Isso, é claro, é o resultado de um sutiã do tamanho certo e com um suporte fantástico — além de ser um pouco acolchoado, para camuflagem extra para a ereção dos mamilos.

A primeira coisa que fizemos (depois de pedir pizzas de calabresa com queijo extra e comer) foi trocar a hora de todos os relógios para os irmãos dela acharem que estava na hora de dormir, então colocamos todos na cama, ignorando as reclamações de que não estavam cansados. Eles ficaram lá chorando, mas dormiram logo.

Daí pegamos os DVDs e começamos a trabalhar. A Tina elaborou a seguinte tabela para que possamos acompanhar o corpo das obras de Drew Barrymore, que, como a Tina afirma, é importante, porque um dia a Drew vai ser uma estrela do nível de Meryl Streep ou Dame Judi Dench, e nós vamos querer ser capazes de discursar sobre a obra dela com conhecimento de causa.

Drew Barrymore:
Os trabalhos mais importantes

George, o curioso
Tina: Nunca assisti.
Mia: Tanto faz, é para bebezinhos!
0 entre 5 Drews de ouro

Amor em jogo
Tina: Excelente, um clássico da Drew. Ela está ótima ao lado do parceiro romântico, Jimmy Fallon.
Mia: Tem coisa demais sobre beisebol.
Tina: Bom, este é meio o objetivo do filme.
3 entre 5 Drews de ouro

Como se fosse a primeira vez
Tina: Nunca consegue alcançar o tom cômico de *Afinado no amor*, o último filme em que a Drew fez par com Adam Sandler.
Mia: Mesmo assim, é engraçado.
3 entre 5 Drews de ouro

Duplex

Tina: Fico muito triste por Drew ter participado desse filme.

Mia: Eu sei. Também me dói muito, lá no fundo. Mesmo assim, ela é a Drew, então...

1 entre 5 Drews de ouro

As panteras-Detonando

Tina: Maravilhosos, a Drew detona mesmo!

Mia: Não sei por que ela dava tanto as mãos para a Lucy Liu e a Cameron durante a divulgação desse filme.

Tina: Certo. Quem é que anda de mãos dadas com as amigas?

Mia: Só Spencer e Ashley na série *South of nowhere*, é claro. Mas elas estão namorando.

Tina: E isso é totalmente diferente.

Mia: É, mas mesmo assim...

5 entre 5 Drews de ouro

Confissões de uma mente perigosa

Tina: Os meus pais não me deixaram ver este filme. Era proibido para menores.

Mia: Eu não QUIS ver esse filme. Tinha gente velha nele, mas ela é a Drew, então...

1 entre 5 Drews de ouro

Os garotos da minha vida

Tina: Você viu esse filme?

Mia: Não. Nunca ouvi falar.

Tina: Mas deve ser bom.

Mia: Se a Drew está nele, claro que é.

1 entre 5 Drews de ouro

Nunca fui beijada

Tina: TÃO MARAVILHOSO!!! A DREW ESTÁ TÃO FOFA NELE!!!

Mia: E não está? Ela é repórter E aluna de ensino médio!!! Ela tinha que fazer uma aluna de ensino médio em TODOS OS FILMES DE QUE PARTICIPA.

5 entre 5 Drews de ouro

Nosso louco amor

Tina: Não me lembro de nada nesse filme, só que ela estava com o cabelo crespo.

Mia: Ela não estava grávida ou algo assim?

Tina: Então o crespo com certeza não era permanente. Se não, poderia prejudicar o bebê.

Mia: O crespo era fofo, então vamos dar uma nota alta.

4 entre 5 Drews de ouro

Donnie Darko

Tina: Espera... a Drew estava nesse filme?

Mia: Eu realmente não me lembro dela. Só lembro do Jake.

Tina: Eu sei. Ele estava o maior gostoso nesse filme.

Mia: Vamos dar uma nota alta pelo Jake.

Tina: Total. E os meus pais não me deixam ver nem *Brokeback* nem *Soldado anônimo*.

5 entre 5 Drews de ouro

Para sempre Cinderela

Tina: O melhor filme de todos os tempos.

Mia: Concordo. Quando ela carrega o príncipe...

Tina: Fala sério!!! EU AMO ESSA PARTE!!!!

Mia: Simplesmente...

Tina: ...respire! ÊÊÊÊÊ!

5.000.000 entre 5 Drews de ouro

Afinado no amor

Tina: A Drew fica muito fofa com uniforme de garçonete.

Mia: Eu também acho! E quando ela canta aquela música ruim...

Tina: ...ela continua legal com aquele uniforme.

5 entre 5 Drews de ouro

Quatro mulheres e um destino

Tina: Esse filme é tão ruim que é meio bom.

Mia: Eu também acho. Mas acho que quando a Drew é capturada e a amarram na cama e ela fica de bruços...

Tina: Chama estilo turco.

Mia: Quem diz que livros de amor não são educativos está mentindo.

4 entre 5 Drews de ouro

A ninfeta assassina

Tina: O filme feito para a TV! E a Drew faz o papel de uma adolescente assassina de Long Island!

Mia: Brilhantemente, devo dizer.

5 entre 5 Drews de ouro

Diferenças irreconciliáveis
Tina: Uma Drew muito novinha em um papel muito fofo!
Mia: Adoro. E adoro ela.
4 entre 5 Drews de ouro

Chamas da vingança
Tina: Eu sei que você adora este filme, então não vou dizer nada.
Mia: Fica quieta! Como é que você pode não gostar? Ela está tão bem!
Tina: Ela está extraordinária para a idade. É só que... a história é tão boba!
Mia: As pessoas podem, total, colocar fogo nas coisas com a mente se forem emotivas o suficiente. Olha só o que você vive falando do J.P.
Tina: É verdade.
4 entre 5 Drews de ouro

E.T. — O Extraterrestre
Tina: Ela está tão fofa nesse filme!
Mia: E é tão boa atriz. Parece que inventou os próprios diálogos, de tanta naturalidade que ela tem.
Tina: Vamos encarar. A Drew é um gênio. Eu queria que ela ganhasse um programa de entrevistas só para ela.
Mia: Eu queria que ela concorresse à presidência.
Tina: Presidente Barrymore! QUE MÁXIMO!!!!
5 entre 5 Drews de ouro

Agora estamos fazendo uma pausa entre *Afinado no amor* e *Para sempre Cinderela*, enquanto a Tina faz pipoca. Durante as partes chatas sem a

Drew de *Afinado no amor*, a Tina perguntou se eu tinha tido notícias do Michael, então contei a ela sobre o e-mail dele, e ela ficou totalmente indignada em meu nome. Quer dizer, de o Michael tentar fingir que nós somos apenas amigos e ficar me contanto sobre a dificuldade que ele tem de encontrar sanduíches de ovo em vez de me dizer como sente a minha falta ou como queria que a gente voltasse.

Mas daí falei para a Tina que eu tinha concordado em ser só amiga dele. E também que a coisa toda foi minha culpa, em primeiro lugar, por ter exagerado no caso dele com a Judith Gershner, em vez de levar na boa, como a Drew teria feito.

E a Tina foi obrigada a reconhecer que era verdade. Ela também concordou que foi bom eu não ter respondido.

"Porque você não vai querer dar a ele a impressão de que está em casa sem nada melhor para fazer do que responder a e-mails dos seus ex-namorados", ela disse.

Mesmo que isso seja realmente verdade.

Mas não é exatamente. Eu me sinto meio culpada por não contar à Tina como eu passei o dia — sabe como é, com a Lana e a Trisha. Não sei por quê. Quer dizer, Grandmère já observou um milhão de vezes que é totalmente falta de educação falar para alguém sobre um passeio ao qual a pessoa em si não foi convidada. Então, não há motivo para que eu DEVA contar à Tina sobre a Lana e a Trisha.

Mesmo assim. Era a LANA.

Eu...

O que foi ISSO? Acho que acabei de ouvir o porteiro da Tina chamar pelo interfone para avisar que tem alguém lá embaixo...

Domingo, 19 de setembro, 2h, no banheiro da Tina Hakim Baba

Ai. Meu. Deus.

Então, a Tina estava acabando de despejar manteiga derretida por cima da pipoca de microondas light para deixá-la com gosto de alguma coisa quando o porteiro avisou que o Boris e "um amigo" estavam lá embaixo.

A Tina teve um ataque, é claro, porque ela não pode receber meninos em casa quando os pais dela estão fora.

Mas o Boris pegou o interfone e disse que ele só queria deixar uma coisa com ela, um presente que tinha trazido para a gente. Então é claro que a Tina não resistiu e deixou ele subir. Porque, como ela colocou: "Presente!!!!!"

Mas, se quer saber a minha opinião, o presente foi só uma desculpa para o Boris poder subir e ficar beijando a Tina. Porque "o presente" era só dois potinhos de sorvete Häagen-Dazs. (Para ser sincera, eram os nossos sabores preferidos, baunilha suíça com amêndoas e crocante de macadâmia. Mas, mesmo assim...)

A verdadeira surpresa — pelo menos para mim — foi que o "amigo" se revelou ser o J.P.

Eu nem sabia que o J.P. e o Boris andavam muito juntos. Quer dizer, fora do refeitório na hora do almoço.

O J.P. estava tão... bom, tão *bem* quando entrou atrás do Boris no apartamento da Tina que foi chocante. Não sei o que ele fez, mas estava todo alto e... com cara de *homem*.

O negócio é que eu geralmente não reparo nesse tipo de coisa sobre cara nenhum, a não ser o Michael. Não sei qual é o meu problema. Talvez tenha sido só o choque de ver o J.P. em um ambiente fora da escola, de jeans e não com o uniforme ou com roupa de ir ao teatro. Talvez seja só porque todo mundo fica me falando tanto como o J.P. é gostoso que estou começando a acreditar.

Ou talvez eu só esteja sofrendo de falta de caras gostosos, já que faz tanto tempo que não vejo o Michael, ou qualquer coisa assim. De todo jeito, foi esquisito.

O J.P., além de estar gostoso, também parecia meio acanhado. Ele entrou arrastando os pés e me deu oi, enquanto a Tina dava gritinhos por causa do sorvete e saía correndo para buscar colheres.

A Tina não é das pessoas mais difíceis de agradar quando se trata de presentes. Especificamente, ela é capaz de praticamente desmaiar com qualquer coisa da Kay Jewelers.

"Oi", eu respondi, e não sei por quê (bom, eu sei por quê: era a coisa da gostosura), mas foi esquisito. Acho que foi esquisito principalmente porque o J.P. tinha me perguntado o que eu ia fazer hoje à noite e eu meio que o dispensei e... bom, lá estávamos nós juntos.

Mas também por causa da coisa da gostosura.

E as coisas foram ficando cada vez mais esquisitas. Porque, apesar de no começo estar tudo bem, e todos nós comermos sorvete assistindo a *Para sempre Cinderela* (a Tina disse para os caras que eles podiam ficar para UM filme, mas que daí teriam que ir embora, porque se os pais dela encontrassem os dois ali, iam matá-la. Bom, pelo menos o pai ia. E provavelmente também matasse o Boris, e de um jeito especialmente doloroso que ele tinha aprendido com o guarda-costas da Tina, o Wahim, que tinha ganhado a noite de folga, junto com o Lars, já que foram informados que nós não sairíamos naquela noite).

Mas daí a Tina e o Boris pararam de prestar atenção ao filme e começaram a prestar atenção um ao outro. MUITA atenção. Tipo, basicamente, eles estavam com a língua enfiada um na boca do outro. Bem na frente do J.P. e de mim! O que não deixou a gente nada sem graça (até parece).

Depois de um tempo, eu não agüentava mais o barulho dos beijos (apesar de eu ter aumentado o volume da TV várias vezes. Mas nem o sotaque pseudobritânico da Drew foi capaz de abafar aqueles dois).

Então eu finalmente peguei os potes de sorvete derretido e disse: "Alguém precisa guardar isto aqui no congelador antes que derreta tudo", e me levantei de um pulo para sair da sala.

Infelizmente — ou talvez felizmente, não sei —, o J.P. disse: "Eu ajudo", e veio atrás de mim. Mas, falando sério: não é muito difícil guardar dois potinhos de sorvete no congelador. Eu poderia ter feito isso sozinha, total.

Na cozinha bacana e limpa dos Hakim Baba, com os balcões de granito preto e os equipamentos de última geração, o J.P. pegou um refrigerante da geladeira e depois puxou um banquinho do balcão da cozinha enquanto eu procurava um lugarzinho para o sorvete no freezer lotado. Tinha um MONTE de jantares congelados de dieta Healthy Choice ali (o pai da Tina supostamente devia consumir poucas calorias e pouco colesterol).

"Então", o J.P. disse como quem não quer nada. No fundo, dava para ouvir a televisão ligada na sala, mas não dava mais para ouvir, graças a Deus, o barulho de beijo. "Você perdeu muita aula na semana passada."

"Hum", eu respondi enquanto brigava com o que parecia ser um bife congelado. "É. Acho que perdi."

"Como você está agora?", o J.P. quis saber. "Quer dizer, acho que você vai ter que estudar muito para se atualizar na matéria."

"É", eu respondi. A verdade é que eu mal olhei para tudo aquilo. Quando você está afundado em um buraco tão grande quanto eu, dever de casa não parece assim muito importante. Não tão importante quanto um jeans novo, pelo menos. "Amanhã eu dou um jeito, acho."

"É mesmo? Então, o que foi que você fez hoje?"

Eu estava tão ocupada enfiando a carne mais para o fundo do freezer que nem pensei na resposta. "Saí para fazer compras com a Lana", soltei um gemido. Daí, a carne FINALMENTE se mexeu e eu pude colocar o sorvete dentro do freezer.

Foi só quando bati a porta e me virei, tirando pedacinhos de gelo da mão, que vi a expressão do J.P. e percebi que eu tinha confessado.

"Com a Lana?", ele repetiu, incrédulo.

Dei uma olhada no corredor, na direção da sala de TV. Vazio, ainda bem. O Boris e a Tina ainda estavam, hum, ocupados.

"Hum", eu disse, sentindo o estômago revirar. *O que eu fiz?* "É. Sobre isso... não sei de onde saiu. Eu não ia contar para ninguém."

"Dá para ver por quê", o J.P. disse. "Quer dizer, a LANA? Por outro lado, foi ela que escolheu essa blusa?"

Abaixei os olhos para o top babydoll sedoso que eu estava usando. Reconheço que era bem bonitinho. E decotado.

E, surpreendentemente, com um dos meus sutiãs novos — e meu novo tamanho de peito — eu realmente estava com uma covinha entre os seios. Nada assim com jeito de vagabunda, mas com certeza estava *lá*. "Hum, foi." Senti meu rosto ficar vermelho. "A Lana realmente é ótima para fazer compras..." E essa deve ser a coisa mais ridícula que eu já disse. Quero dizer, em toda a minha vida.

Mas o J.P. só assentiu com a cabeça e falou: "Estou vendo. Acho que ela encontrou a coisa para a qual ela mais leva jeito. Mas como diabos ISSO foi acontecer?"

Hesitante, contei a ele sobre a Domina Rei, e como a mãe da Lana tinha me convidado para fazer um discurso no evento que ela está organizando, e como a Lana tinha me agradecido por ter aceitado, e como uma coisa levou à outra e...

"Eu entendo tudo isso", o J.P. disse quando eu terminei de falar. "Quer dizer, eu vejo a Lana convidando você para fazer compras com ela. Há anos ela sonha em ser sua amiga. Mas por que você concordou?"

Realmente não sei como explicar o que aconteceu em seguida. Quer dizer, por que eu falei o que falei. Talvez tenha sido porque estávamos só nós dois na cozinha silenciosa dos Hakim Baba (bom, tirando o barulho da máquina de lavar louça, que estava limpando nossos pratos de pizza. Mas era uma daquelas lava-louças supersilenciosas, que só fazem *swish-swish* bem baixinho).

Talvez seja porque o J.P. parecia tão deslocado ali sentado — um cara grande e ossudo naquela cozinha toda moderna, com as mangas do suéter de cashmere cinza-carvão arregaçadas até os cotovelos, jeans desbotado, botas Timberland e o cabelo meio espetado porque ele estava de gorro antes. Para o mês de setembro, está bem frio. Todos os meteorologistas culpam o aquecimento global.

Ou talvez seja a coisa da gostosura de novo — que ele, sabe com é, estava... bom, bem fofo.

Ou talvez seja só porque eu NÃO o *conheço* — pelo menos, não tão bem quanto conheço a Tina e o Boris e os outros amigos que ainda me restaram, agora que a Lilly não fala mais comigo. Seja lá o que tenha sido, de repente, antes que eu pudesse me segurar, ouvi eu mesma dizer: "Bom, sabe como é, o negócio é que eu estou fazendo terapia, e o meu terapeuta disse que eu tenho que fazer todo dia uma coisa que me dá medo. E achei que fazer compras com a Lana Weinberger seria realmente assustador. Só que, no final, não foi."

Daí, mordi o meu lábio. Porque, sabe como é. Isso é muita coisa para descarregar em cima de alguém. Principalmente um cara. Principalmente um cara a quem a imprensa conectou você romanticamente, mesmo que não haja absoluta e categoricamente nenhuma verdade que seja nos boatos.

O J.P. não disse nada na hora. Só ficou lá tirando o rótulo da garrafa de refrigerante com a unha do dedão. Ele realmente parecia muito interessado no nível do líquido que restou na garrafa.

E isso não foi o melhor dos sinais, sabe? Tipo, ele nem conseguia olhar para mim.

"É estranho", eu disse, sentindo um pânico total de repente. Como se eu estivesse me afundando mais do que nunca no buraco. "É estranho para você eu ter acabado de confessar que estou fazendo terapia, não é? Agora você acha que eu sou a maior esquisita.

Certo? Quer dizer, ainda mais esquisita do que antes." Mas, em vez de dar uma desculpa para ir embora, como eu esperava que ele fizesse, o J.P. ergueu os olhos da garrafa, surpreso. E sorriu.

E senti que a minha sensação de perder o chão estava cedendo um pouco. E não só porque o sorriso fez com que ele ficasse mais fofo do que nunca.

"Está de brincadeira?", ele perguntou. "Eu estava mesmo me perguntando se tem algum aluno da Albert Einstein que NÃO faz terapia. Além da Tina e do Boris, quer dizer."

Fiquei olhando para ele sem entender nada. "Espera... você também?"

O J.P. deu uma gargalhada. "Desde que eu tinha 12 anos. Bom, foi quando desenvolvi uma enorme afinidade por jogar garrafas do telhado do nosso prédio. Foi uma coisa idiota de se fazer... alguém poderia ter morrido. No final, me pegaram — e eu bem que mereci — e os meus pais se asseguraram de que eu não perdesse nenhuma sessão desde então."

Não dava para acreditar nisso. Alguém mais que eu conhecia estava passando pela mesma coisa que eu? De jeito nenhum.

Deslizei para a banqueta da cozinha ao lado da do J.P. e perguntei, ansiosa: "Você também tem que fazer uma coisa que dá medo em você todo dia?"

"Hum, não. Na verdade, eu tenho que fazer MENOS coisas assustadoras todos os dias."

"Ah. Eu me senti levemente decepcionada. "Bom. Está adiantando?"

"Ultimamente", o J.P. deu um gole no refrigerante. "Ultimamente tem adiantado muito. Quer um deste aqui?"

Sacudi a cabeça. "Quanto tempo demorou?", perguntei. Isso era demais. Não dava para acreditar que eu realmente estava falando com alguém que tinha passado — que estava passando — pela mesma coisa que eu. Ou alguma coisa parecida, pelo menos. "Quer dizer, antes de você começar a se sentir melhor? Antes de começar a adiantar?"

O J.P. olhou para mim com um sorriso engraçado no rosto. Demorou um minuto até eu perceber que era dó. Ele estava com pena de mim.

"As coisas estão tão mal assim, hein?", ele perguntou. Mas não foi com maldade. Era como se ele realmente estivesse com pena de mim.

Mas não é isso que eu quero. Não quero que ninguém fique com pena de mim. É uma idiotice eu me sentir tão mal com tudo se, de maneira geral, a minha vida é fantástica. Quer dizer, olhe só as coisas que a Lana tem que agüentar — uma mãe que vendeu o pônei que ela adorava sem nem lhe dizer e uma ameaça de que, se não entrar em uma faculdade de primeira linha, pode dar tchauzinho para o apoio financeiro dos pais. Eu sou uma PRINCESA, pelo amor de Deus. Posso fazer o que eu quiser. Posso comprar tudo que eu quiser. Bom, dentro de limites razoáveis. A única coisa — a única *coisa* que eu não tenho — é o homem que amo.

E a culpa idiota é toda minha por tê-lo perdido, em primeiro lugar.

"É que eu ando meio para baixo", eu disse, rápido. Não mencionei a parte sobre não querer sair da cama a semana toda.

"O Michael?", o J.P. perguntou, ainda que com compaixão.

Assenti com a cabeça. Acho que eu não teria conseguido falar, nem se quisesse. Um caroço enorme tinha se formado na minha garganta, como sempre acontece quando ouço o nome dele — ou mesmo quando *penso* no assunto.

Mas acontece que eu não precisava falar. O J.P. largou a garrafa de refrigerante e colocou a mão dele em cima da minha.

Mas eu meio que preferia que ele não tivesse colocado. Porque isso me deu mais vontade de chorar do que nunca. Porque não tive como evitar a comparação da mão dele — que é grande e de homem, mas não tão grande nem tão de homem — quanto a de outra pessoa.

"Ei", ele disse com gentileza, apertando um pouco os meus dedos. "Um dia melhora. Eu juro."

"É mesmo?", perguntei. Agora já era tarde demais. As lágrimas estavam vindo. Tentei engoli-las o melhor que pude. "Não é só... só o Michael, sabe", eu ouvi a mim mesma garantindo a ele. Porque não queria que ninguém achasse que eu estava deprimida só por causa de um menino. Nem que essa realmente fosse a verdade. "Quer dizer, tem a coisa toda com a Lilly. Não posso acreditar que ela realmente acha que você e eu algum dia..."

"Ei", o J.P. pareceu um pouco assustado, acho que por causa da velocidade com que as minhas lágrimas estavam caindo. "Ei."

E, antes que eu me desse conta, ele já tinha me envolvido em um enorme abraço de urso. E eu estava chorando em cima do suéter dele. Que tinha cheiro de roupa lavada a seco.

E isso na verdade fez com que eu chorasse mais, quando me lembrei de que eu nunca mais sentiria o cheiro da coisa de que eu mais sinto falta e que mais amo no mundo... o pescoço do Michael.

Que definitivamente não tem cheiro de roupa lavada a seco.

"Shiii", o J.P. dando tapinhas nas minhas costas enquanto eu chorava. "Vai dar tudo certo. Vai mesmo."

"Não vejo como", solucei. "A Lilly me odeia! Ela nem olha para mim!"

"Bom, talvez com isso você devesse se dar conta de uma coisa."

"Eu devia me dar conta de quê?", solucei encostada no peito dele. "Que ela me odeia? Disso eu já sei."

"Não. Que talvez ela não seja uma amiga assim tão maravilhosa quanto você sempre achou que ela era."

Isso realmente me fez parar de chorar e me sentar reta na cadeira e ficar olhando para ele sem entender nada, com os olhos cheios de lágrimas.

"O-o que você quer dizer?"

"Bom, é só que, se ela realmente fosse tão boa amiga quanto você parece pensar ela não acreditaria que existe alguma coisa entre você e eu. Porque iria saber que você não é capaz de uma coisa dessas. Ela com certeza não estaria brava por algo que você nem fez — apesar de talvez existirem algumas poucas provas do contrário. Quer dizer, por acaso ela se deu ao trabalho de perguntar se aquela coisa no *Post* sobre nós era verdade?"

Enxuguei os cantos dos meus olhos com um guardanapo que o J.P. tirou de um porta-guardanapo próximo e me entregou.

"Não", eu disse.

"Eu nunca tive muitos amigos. Isso eu admito. Mas, mesmo assim, não acho que os amigos devam se tratar assim — simplesmente acreditando em alguma coisa que leram ou ouviram sem nem confirmar se é ou não verdade. Certo? Quer dizer, que tipo de amigo faz isso?"

"Eu sei", soltei um último solucinho que fez meu corpo tremer. "Você tem razão."

"Olha, eu sei que você é amiga dela desde sempre, Mia. Mas tem muita coisa sobre a Lilly que eu acho que você não sabe. Coisas que ela me contou enquanto nós estávamos juntos que... bom, quer dizer, por exemplo, que ela sempre teve bastante inveja de você."

Fiquei olhando para ele, totalmente estupefata.

"Do que é que você está FALANDO? Por que diabos a Lilly teria inveja de MIM?"

"Pela mesma razão que eu imagino que muitas garotas — inclusive a Lana Weinberger — tenham inveja de você. Você é bonita, é inteligente, é popular, é princesa, todo mundo gosta de você..."

"O QUÊ?" Agora eu estava rindo. De descrença. Mas, mesmo assim. Era melhor do que chorar. "Eu pareço um cotonete! E estou com nota abaixo da média na maior parte das matérias! E a MAIOR PARTE das pessoas na escola acha que eu não passo de uma esquisita de 1,75m — quer dizer, 1,78m — sem peito..."

"Talvez algumas pessoas pensassem assim antes", o J.P. sorriu para mim. "E talvez antes você parecesse isso mesmo para algumas pessoas. Mas, Mia, você precisa dar uma boa olhada no espelho. Você não é mais aquela pessoa. E talvez esse seja o problema da Lilly. Você mudou... e ela, não."

"Isso... isso é ridículo. Eu continuo sendo a mesma velha Mia de sempre..."

"Que come carne e sai para fazer compras com a Lana Weinberger", o J.P. observou. "Encare os fatos, Mia. Você não é mais a pessoa que era. Isso não significa que você não está MELHOR, nem que existem pessoas que vão gostar de você independentemente do que você come ou com quem você anda. Mas nem todo mundo vai conseguir se adaptar como, digamos, eu e a Tina nos adaptamos."

Fiquei olhando fixamente para ele mais um pouco. Será que isso pode ser verdade? Será que a verdadeira razão para que a Lilly não queira mais saber de mim é porque, longe de ter ficado enojada comigo, ela realmente tem inveja de mim?

"Mas isso é tão absurdo!", eu finalmente soltei. "A Lilly é muito mais inteligente e muito mais realizada do que eu. Ela é um gênio, pelo amor de Deus! O que eu posso ter que ela não tem? Tirando uma tiara?"

"Esta é uma grande parte da coisa", o J.P. deu de ombros. "O fato de você ser princesa é muito especial. Não consigo entender por que você nunca achou isso. A maior parte das pessoas mataria para fazer parte da realeza, e você passa o tempo todo desejando não ser. Não que ser integrante da realeza seja a única coisa especial a seu respeito... de jeito nenhum."

"Se você passasse cinco minutos no meu lugar", resmunguei, "iria perceber que ser eu realmente não tem nada de especial. Pode acreditar. Não tem nem um osso especial no meu corpo."

"Mia", o J.P. tirou a minha mão do balcão. "Tem uma coisa que eu quero falar para você há um tempo..."

Mas foi bem nesse momento que o porteiro tocou o interfone para avisar para a Tina que os pais dela estavam subindo (ainda bem que a Tina sempre dá biscoitos com gotas de chocolate para ele, de modo que ele sempre a ajuda). A Tina entrou correndo na cozinha, com olhos enlouquecidos, berrando que o Boris e o J.P. tinham que sair pela porta de serviço NAQUELE EXATO MOMENTO... e eles saíram rapidinho.

Então, não consegui descobrir o que o J.P. ia me dizer.

Depois que eles foram embora, nós demos oi para os pais da Tina e fomos para o quarto dela para fugir deles, a Tina pediu desculpa por ter passado tanto tempo agarrada com o Boris.

"É só que", ela disse, "ele é tão fofo que às vezes não consigo me segurar."

"Tudo bem. Eu entendo."

"Mesmo assim", a Tina insistiu. "Foi horrível da nossa parte esfregar a nossa felicidade na sua cara, sendo que você ainda está tentando superar o Michael. Aliás, sobre o que você e o J.P. ficaram conversando?"

"Ah", eu disse, pouco à vontade. "Nada, na verdade."

A Tina pareceu surpresa. "Porque o Boris disse que, quando ele comentou que você ia dormir na minha casa, o J.P. não parou de falar que eles dois tinham que vir aqui. Apesar de o Boris ter explicado a ele sobre a regra do meu pai. Mas o J.P. ficou repetindo que tinha uma coisa muito importante para falar com você, e praticamente forçou o Boris a trazê-lo aqui. Tem certeza de que ele não disse nada?"

"Bom, nós conversamos sobre várias coisas", eu detesto mentir para a Tina! Mas não posso falar para ela que conversamos sobre fazer terapia. Simplesmente ainda não estou pronta para admitir isso para ela. Sei que é idiotice — sei que ela não ficaria me julgando. Mas... simplesmente não dá. "Sabe como é. Quase só sobre a Lilly."

"Que interessante. Sabe, o Boris acha que o J.P. está apaixonado por você, e eu concordo. Talvez seja isso que ele quisesse dizer."

Eu dei boas risadas com essa. Realmente, foi a melhor risada que eu dei desde que o Michael e eu terminamos. Para falar a verdade, foi a ÚNICA risada que eu dei desde então.

Mas acontece que a Tina não estava brincando.

"Encare os fatos", ela disse. "O J.P. deu um pé na bunda dela no minuto em que ficou sabendo que você e o Michael tinham terminado. Ele deu um pé na bunda dela porque está apaixonado por você e percebeu que finalmente tinha uma chance de ficar com você, agora que está livre."

"Tina!", Eu enxuguei as lágrimas dos meus olhos. "Se liga. Fala sério."

"Eu *estou* falando sério, Mia. Isto totalmente aconteceu em *O filho secreto do xeque*... e aposto que é por isso que a Lilly está tão brava com você."

"Porque eu entreguei o segredo de que ela tinha dado à luz o filho secreto do xeque?" Eu não pude deixar de rir. É difícil ficar deprimida quando se está perto da Tina. Nem quando você está presa no fundo de uma cisterna.

A Tina pareceu decepcionada comigo. "Não. Porque ela desconfia que a verdadeira razão por que o J.P. deu um pé na bunda dela é você. Porque ele ama *você*. E isso é totalmente injusto da parte dela, porque a culpa não é sua. Você não pode fazer nada se os caras se apaixonam por você, da mesma maneira que aconteceu com a princesa de *O filho secreto do xeque*. Mas, mesmo assim, você tem que admitir — foi totalmente isso que aconteceu. Isso explica TUDO."

Eu ri mais, tipo, uns dez minutos. Falando sério, a Tina vive em um mundo fofo de fantasia. Ela realmente deveria escrever seus próprios livros de romance para ganhar a vida. Ou virar comediante.

Pena que ela quer ser cirurgiã torácica em vez disso.

Domingo, 19 de setembro, 17h, no loft

Estar com Grandmère dificilmente é divertido.

Estar com Grandmère depois de basicamente zero de sono na sala do arquivo real da Embaixada da Genovia é o OPOSTO total de diversão. Seja lá qual for a coisa menos divertida que você seja capaz de imaginar.

O meu dia com Grandmère hoje foi assim.

Não me entenda mal. Tenho total interesse na vida dos meus ancestrais.

É só que... depois de um tempo, tanta guerra e fome? Tudo meio que começa a parecer a mesma coisa.

Mesmo assim, Grandmère insiste na idéia de que o arquivo real é o melhor lugar para eu encontrar material para o meu discurso na Domina Rei.

"Agora, lembre-se, Amelia", ela ficava dizendo. "Você deseja INSPIRÁ-LAS... mas, ao mesmo tempo, é importante que as deixe BOQUIABERTAS. Ao mesmo tempo que as INFORMA, é claro. De modo que elas sintam que você não alimentou apenas a mente e o coração delas, mas também sua ALMA."

Certo, Grandmère, qualquer coisa que você disser.

E também, acorda, não é pressão demais?

Grandmère, é claro, gravitou na direção dos escritos dos Renaldo mais conhecidos e pediu que lhe trouxessem as obras completas de Grandpère.

Mas eu estava mais interessada em obras menos conhecidas. Sabe como é, que eu talvez pudesse usar sem dar o crédito, para parecer que eu tinha inventado tudo.

Porque eu estou *deprimida*. Isso não é exatamente muito favorável à criatividade. Apesar do que alguns compositores podem dizer.

O fulano encarregado do arquivo — que, na verdade, se parecia muito com o que eu esperava do dr. Loco... sabe como é, mais velho, careca e com cavanhaque — soltou muitos suspiros enquanto Grandmère o fazia subir pelas prateleiras. "Não guardamos", ele tentou explicar, TODOS os escritos reais na embaixada. "A MAIOR PARTE deles está no palácio. Só trouxeram algumas toneladas para cá quando a Embaixada da Genovia comemorou seu qüinquagésimo aniversário, há uma década, e ainda não tiveram oportunidade de mandar de volta de novo, já que ninguém demonstrou interesse neles desde..."

Grandmère não estava interessada em escutar nada disso. Nem estava interessada em saber por que não devia ter trazido o poodle toy dela, o Rommel, para a sala de arquivo, já que caspa de animal pode ser nociva para manuscritos antigos. Ela deixou o Rommel exatamente onde ele estava, no colo dela, e disse: "Não fique aí com cara de quebra-nozes, Monsieur Christophe." (O que realmente foi engraçado, porque ele se parecia MESMO com um quebra-nozes!) "Traga-nos chá. E não economize nos sanduichinhos desta vez."

"Sanduichinhos!", Monsieur Christophe exclamou, parecendo, se é que isso era possível, ainda mais pálido do que antes (o que é difícil para um sujeito que obviamente passa praticamente zero de seu tempo na rua). "Mas, Vossa Alteza, os *manuscritos*... se alguma comida ou bebida cair nos *manuscritos*, pode..."

"Deus do céu, não somos criancinhas, Monsieur Christophe!", Grandmère exclamou. "Não vamos fazer guerra de comida! Agora, vá buscar para nós as obras completas do meu marido, antes que eu precise subir lá para pegar sozinha!"

Lá foi Monsieur Christophe, parecendo extremamente infeliz e dando uma desculpa a Grandmère para voltar seu olhar hipercrítico para mim.

"Meu Deus, Amelia", ela disse, depois de um minuto. "O que são essas... COISAS nas suas orelhas?"

Porcaria. Esqueci de tirar os meus brincos compridos novos.

"Ah, isto aqui. É. Bom. Eu comprei outro dia..."

"Você está parecendo uma cigana", Grandmère declarou. "Remova-os neste instante. Que diabos está acontecendo com o seu peito?"

Eu tinha tentado ficar com um ar conservador com um vestido Marc Jacobs de gola Peter Pan que, a Lana me garantiu, era o máximo do chique urbano sofisticado. Principalmente quando combinado com meias-calças marrons estampadas e sapatos boneca de plataforma.

Infelizmente, era o que estava embaixo do top de lã marrom que fez Grandmère se armar.

"Comprei um sutiã novo", eu disse, entre dentes.

"Isso eu estou vendo. Não sou cega. Estou confusa é com o que você enfiou para enchê-lo."

"Não tem enchimento nenhum, Grandmère", eu disse, de novo entre dentes. "É tudo meu. Eu cresci."

"Só acredito vendo."

E, antes que eu me desse conta, ela esticou o braço e me deu um beliscão!

No peito!

"AI!", eu berrei, pulando para longe dela. "Qual é o seu PROBLEMA?"

Mas Grandmère já estava com aquela cara presunçosa dela.

"Você cresceu MESMO. Deve ter sido todo aquele azeite de oliva de excelente qualidade da Genovia que nós fizemos você consumir no verão..."

"É mais provável que sejam os hormônios nocivos que o Departamento de Agricultura dos Estados Unidos enfia no gado", massageei o peito, que latejava. "Desde que comecei a comer carne, cresci três centímetros de altura e mais três centímetros... bom, em todos os lugares. Então, não precisa me beliscar. Garanto que é tudo de verdade. E também uau. Doeu muito. Você ia gostar se alguém fizesse isso em você?"

"Vamos nos assegurar de que a Chanel receba as suas novas medidas", Grandmère parecia contente. "Isto é maravilhoso, Amelia. Finalmente, vamos poder colocar você em um modelo tomara que caia — e você realmente vai poder sustentá-lo, para variar!"

Fala sério. Às vezes eu odeio Grandmère.

Monsieur Christophe finalmente voltou com o chá e os sanduíches... e com os escritos de Grandpère. Que ele acomodou em várias caixas de papelão. E tudo parecia ser a respeito de questões de drenagem, que era o maior problema na Genovia durante o reinado dele.

"Não quero fazer um discurso sobre DRENAGEM", informei a Grandmère. A verdade era que eu não queria fazer discurso nenhum.

Mas como eu sabia que esse tipo de atitude não me levaria a lugar nenhum — NEM com Grandmère NEM com o dr. Loco, que têm muito em comum, pensando bem —, eu me contentei em reclamar do tema. "Grandmère, todos esses papéis... falam basicamente do sistema de esgoto da Genovia. Não posso falar para a Domina Rei sobre ESGOTO. Você não tem nada", eu me voltei para Monsieur Christophe, que pairava ali por perto, engolindo em seco cada vez que uma de nós erguia um de seus papéis preciosos, "mais PESSOAL?"

"Não seja ridícula, Amelia", Grandmère disse. "Você não pode ler os escritos pessoais do seu avô para a Domina Rei."

A verdade era, claro, que eu não estava pensando em Grandpère. Apesar de ele ter algumas cartas excelentes que escrevera durante a guerra, eu estava atrás de algo menos...

Masculino? Chato? RECENTE?

"E ela?", perguntei, apontando para um retrato pendurado no nicho acima do bebedouro. Era uma pintura bem legal de uma menina com o rosto levemente arredondado com roupas tipo da Renascença, com uma moldura folheada a ouro toda detalhada.

"*Ela?*" Grandmère quase deu uma gargalhada. "Nem ligue para ela."

"Quem é ela?", perguntei. Principalmente para irritar Grandmère, que obviamente queria continuar lendo sobre drenagem. Mas também porque era um retrato muito bonito. E a menina parecia triste. Como se não lhe fosse desconhecida a sensação de escorregar para o fundo de uma cisterna.

"Aquela", Monsieur Christophe informou, em tom cauteloso. "é Vossa Alteza Real Amelie Virginie Renaldo, a qüinquagésima sétima princesa da Genovia, que reinou no ano 1669."

Fiquei estupefata. Então, olhei para Grandmère.

"Por que nós nunca a estudamos?", perguntei. Porque, pode acreditar, Grandmère me fez estudar a linhagem dos meus ancestrais. E não tem em nenhum lugar alguma Amelie Virginie. Amelie é um nome de muito sucesso na Genovia, porque é o nome da santa padroeira do país, uma jovem camponesa que salvou o principado de um invasor bandido ao fazer com que caísse no sono com uma canção melancólica, e depois cortando a cabeça dele fora.

"Porque ela só governou durante doze dias", Grandmère respondeu, impaciente, "antes de morrer de peste bubônica."

"Ela MORREU?", não consegui me segurar. Pulei da cadeira em que estava sentada e corri até o bebedouro para olhar para o pequeno retrato. "Ela parece ter a MINHA idade!"

"E tinha mesmo", Grandmère disse com voz cansada. "Amelia, pode fazer o favor de se sentar? Não temos tempo para isto. A festa de gala é daqui a menos de uma semana, precisamos arrumar um discurso para você *agora*..."

"Ai, meu Deus, que coisa mais triste." Acho que um dos sintomas de estar deprimida é que você basicamente passa o tempo todo chorando. Porque meus olhos estavam totalmente se enchendo de lágrimas. A princesa Amelie Virginie era tão bonitinha, tipo a Madonna, na época antes de ela adotar a macrobiótica, se interessar por cabala e começar a levantar peso, quando ainda tinha bochechas fofinhas e tal. Ela se parecia um pouco com a Lilly, de certo modo. Se a Lilly fosse morena. E se usasse coroa e gargantilha de veludo azul. "Quantos anos ela tinha mais ou menos, uns dezesseis?"

"De fato." Monsieur Christophe tinha se aproximado de mim. "Era uma época terrível para se estar vivo. A peste negra dizimava, além de moradores do interior, a corte real também. Ela perdeu os pais e todos os irmãos para a doença. Foi assim que herdou o trono. Ela só governou durante, como Vossa Alteza disse, doze dias, antes de perecer ela mesma perante a peste negra. Mas, nesse período, ela tomou algumas decisões — controversas na época — que terminaram por salvar muitos súditos da Genovia, se não toda a população do litoral... entre as quais, fechar o porto do país a todo tráfego de barcos, tanto os que chegavam quanto os que partiam, e fechar os portões do palácio a todos os visitantes... até mesmo aos médicos que a poderiam ter salvado. Ela não queria que a doença se disseminasse mais entre seu povo."

"Ai, meu Deus", pousei a mão no peito e tentando não soluçar. "Que coisa mais triste! Onde estão os escritos dela?"

Monsieur Christophe ergueu os olhos estupefatos para mim (porque, com os meus sapatos boneca de plataforma, eu estava, tipo, com 1,85m, e ele era só um cara baixinho — como Grandmère disse, um quebra-nozes). "Creio não ter compreendido bem, Vossa Alteza?"

"Os escritos dela", eu disse. "Da princesa Amelie Virginie. Eu gostaria de vê-los."

"Pelo amor de Deus, Amelia", Grandmère explodiu, com cara de quem realmente estava precisando de um Sidecar e um cigarro, e não de chá com sanduichinhos (sem maionese), que eram as únicas coisas que o médico dela lhe deu permissão para consumir. "Ela não tem escrito nenhum! Ela estava lutando contra a peste negra! Não tinha tempo para escrever nada! Estava ocupada demais mandando queimar o corpo das criadas no pátio do palácio."

"Na verdade", Monsieur Christophe disse, pensativo, "ela tinha um diário..."

"NÃO PEGUE O DIÁRIO", Grandmère disse, levantando-se de um salto. Ao fazê-lo, desalojou o Rommel, que caiu com tudo no chão e ficou lá escorregando, tentando retomar o equilíbrio, antes de se retirar, cabisbaixo, para um canto da sala. "NÃO TEMOS TEMPO PARA ISTO!"

"Pegue o diário", eu disse a Monsieur Christophe. "Quero ler."

"Na verdade", o arquivista explicou, "temos uma tradução dele. Como foi escrito em francês do século XVII e era, é claro, tão curto — só doze dias — nós mandamos fazer a tradução, mas só depois descobrimos que não tinham sido doze dias especialmente, hum, importantes para a história da Genovia. Só de dar uma olhada nas primeiras páginas, dá para ver que a princesa escreve bastante sobre a saudade que sente da gata dela..."

Foi aí que eu vi que TINHA de ler.

"Quero ver a tradução", eu disse, bem quando Grandmère berrou: "Amelia, SENTE-SE!"

Monsieur Christophe hesitou, obviamente sem saber o que fazer. Por um lado, eu estou mais próxima do trono do que Grandmère. Por outro lado, ela faz mais barulho e é bem mais assustadora.

"Sabe o quê?", eu sussurrei para Monsieur Christophe. "Ligo para você mais tarde."

Só que eu não fiz isso. Assim que saí dali e estava na segurança da minha limusine, liguei para o meu pai e disse a ele o que eu queria.

Se ele achou estranho, não fez nenhum comentário sobre o assunto. Mas acho que, para ele, o fato de eu me interessar por qualquer coisa que não seja a minha cama já parece um avanço.

Mas, bom, quando cheguei em casa, havia um pacote à minha espera. O meu pai tinha pedido para o Monsieur Christophe mandar por mensageiro não apenas a tradução do diário da princesa Amelie Virginie, mas também o retrato dela.

Que encostei na parede na ponta da minha cama, onde a TV costumava ficar. Ela cobre perfeitamente a saída do cabo, que é bem feia, e posso olhar para ela de qualquer ângulo quando estou na cama.

Que é onde estou neste momento.

Porque podem levar embora a minha televisão.

E podem jogar fora o meu pijama da Hello Kitty.

E podem me obrigar a ir à escola e à terapia.

Mas não podem fazer com que eu não fique na minha própria cama!

(Mas devo dizer que os meus problemas esmaecem em comparação aos da coitada da princesa Amelie Virginie. Quer dizer, pelo menos eu não tenho PESTE NEGRA.)

Domingo, 19 de setembro, 23h, no loft

Acabei de perceber que faz exatamente uma semana que eu recebi aquele telefonema do Michael para me dizer que está tudo terminado entre nós. Quer dizer, tirando o fato de que somos amigos.

Eu realmente não sei o que dizer a respeito disso. Uma parte de mim ainda quer se enfiar na cama e só ficar chorando para sempre, claro, apesar de ser possível pensar que, a esta altura, eu já tivesse chorado tudo que há para chorar (mas sempre que penso em como nunca mais vou sentir os braços dele ao meu redor, as lágrimas enchem os meus olhos rapidinho).

Mas daí eu penso sobre quanta gente tem mais dificuldades do que eu. A princesa Amelie Virginie, por exemplo. Quer dizer, primeiro, os pais dela pegaram a peste negra e morreram. E isso não foi assim TÃO ruim, porque ela não era mesmo muito próxima deles, já que eles a mandaram para um convento para ser educada quando tinha quatro anos, e ficava tão longe que, depois disso, ela mal via os membros da família dela.

Mas daí todos os irmãos dela morreram por causa da peste — e isso nem a incomodou muito, porque ela também mal os conhecia.

Mas isso significava que ela era a próxima da fila para o trono.

Então as freiras mandaram a Amelie fazer as malas e voltar para o palácio para ser coroada princesa da Genovia. E a Amelie realmente não ficou muito feliz com isso, já que precisou deixar a gata dela, Agnès-Claire, para trás.

Porque os gatos não são permitidos no Palais de Genovia (é impressionante como, quanto mais os tempos mudam, mais continuam iguais).

E, quando ela chegou ao palácio, o irmão do pai dela, seu tio Francesco, de que ninguém na família realmente gostava por causa da vez que ele chutou o cachorro deles, Padapouf (cachorros PODEM entrar no palácio), já estava lá mandando em todo mundo.

E, se eu me lembro corretamente das minhas aulas de história da Genovia (e pode acreditar, depois de tanta tortura de Grandmère, eu me lembro), ninguém gostava do tio Francesco, nem mesmo a família dele — ele se tornou príncipe Francesco Primeiro depois da morte de Amelie (na verdade, ele é príncipe Francesco ÚNICO, porque foi uma pessoa tão horrível que ninguém na Genovia nunca voltou a colocar o nome de Francesco em um filho depois que ele morreu). Ele foi o pior governante que a Genovia já viu, devido à tentativa que fez de cobrar impostos tão altos da população depois da peste negra para recompensar a perda de tributos que muita gente morreu de fome.

Ele também tinha reputação de ser um libertino (como provaram seus quase trinta filhos ilegítimos que tentaram alegar direito ao trono depois de sua morte). Aliás, durante o reinado de Francesco, a Genovia por muito pouco não foi absorvida pela França, já que o príncipe devia tanto dinheiro por causa de jogo, sendo que até perdeu as jóias da coroa em um jogo de cartas com Guilherme III da Inglaterra a certa altura (elas só foram recuperadas um século mais tarde, quando uma princesa esperta, Margarèthe, seduziu Jorge III, que, segundo boatos, não era muito bom da cabeça, e as resgatou).

Mas, bem, graças ao fato de Francesco basicamente pensar que já era príncipe, apesar de não ser — ainda —, a coitada da Amelie não tinha nada para fazer. Então, como qualquer adolescente entediada que não tem ninguém com quem conversar — todas as camareiras tinham morrido de peste negra — ela foi para a biblioteca do palácio e começou a ler os livros que havia lá. Um pouco como a Bela de *A Bela e a Fera*, na verdade! Só que a Fera era o tio dela, então não tinha chance de haver uma conexão amorosa.

E, em vez de xícaras e candelabros dançarinos, só havia chanceleres cobertos de pústulas e coisas assim.

Foi até este ponto do diário dela que eu cheguei. É tão chato que provavelmente não vou seguir em frente.

Mas quero descobrir o que acontece com a gata.

Eu...

Eu acabei de receber um e-mail. Dá só uma olhada:

CHEERGRL: Oi, Mia! Sou eu, a Lana. Espero que você tenha se divertido ontem à noite com o seu programa. Você perdeu uma festa MARAVILHOSA. Se quiser ver, tem fotos dela no site FestasOntemDeNoite.com. Ai, meu Deus, a caminho de casa, acho que vi a sua amiga Lilly agarrando um ninja ou algo assim no Around the Clock. Mas o que ela estaria fazendo com um NINJA? Acho que ontem eu realmente exagerei DEMAIS na balada. Então, o que está achando daqueles Louboutins que você comprou na Saks? Pena que você não pode ir de salto agulha à escola. Bom, a gente se fala!

~*Lana*~

Então, o romance da Lilly com um dos amigos lutadores de muay thai do Kenny continua! Se é que dá para chamar o que rola entre eles de "romance".

Quando é que a Lilly vai perceber que nunca vai encontrar a satisfação emocional que procura em um relacionamento que se baseia puramente na atração física? Quer dizer, que tipo de lutador de muay thai é capaz de acompanhar a Lilly no campo intelectual? Ela vai jogá-lo na sarjeta assim que ele abrir a boca.

É triste, de verdade. É um caso a se pensar que a filha de dois psicanalistas seja capaz de reconhecer sua própria patologia pelo que ela é.

Mas acho que, como a Lilly não faz terapia formal, como eu, ela acha que não tem nenhum problema.

Ha!

E isso me lembra: tem escola amanhã.

E eu não fiz nenhum dos meus deveres atrasados.

Será que dá para eu pegar um bilhete com o dr. Loco? *Por favor, liberem a Mia do dever de casa dela. Ela está deprimida. Atenciosamente, dr. Arthur T. Loco.*

É. Isso colaria bem demais. Principalmente com a srta. Martinez...

AI, MEU DEUS. Outro e-mail do Michael acabou de aparecer na minha caixa de entrada.

Certo, preciso parar de ter um ataque de pânico cada vez que isso acontece. Quer dizer, agora somos amigos. Ele vai escrever para mim. Preciso parar de perder a cabeça quando ele escreve. Preciso ser normal. Não posso ficar com falta de ar só porque ele tentou falar comigo pelo ciberespaço.

Tenho certeza de que ele não está escrevendo porque percebeu que cometeu um erro terrível ao dizer que só queria ser meu amigo. E que quer voltar. Tenho certeza de que não é nada disso. Tenho certeza de que ele só está se perguntando por que eu não respondi ao último e-mail dele.

Ou talvez eu esteja em algum grupo de mensagens dele, e que esta seja apenas uma atualização sobre sua busca por um sanduíche de ovo no Japão, ou qualquer coisa assim.

Bom, acho que é melhor abrir a mensagem, ou nunca vou saber.

Talvez seja melhor eu esperar os meus batimentos cardíacos desacelerarem um pouco...

SKINNERBX: Querida Mia,

Ei, ouvi dizer que você estava com bronquite. Que saco. Espero que você esteja se sentindo melhor agora.

As coisas aqui continuam boas. Já estamos nos empenhando muito no primeiro estágio do braço robotizado — ou Charlie, como apelidamos a máquina. Estou até começando a me acostumar com a comida, apesar de filhotes de lula realmente não serem o que eu considero como petisco.

Sei que a minha irmã está dificultando as coisas para você. Você sabe como a Lilly é, Mia. Mas um dia ela supera. Você só precisa dar espaço a ela.

Sei que você está se sentindo para baixo e provavelmente está atolada de dever de casa e de coisas de princesa, mas, se tiver um tempinho, adoraria receber notícias suas.

Michael

Ai... Céus.

Depois de eu passar mais ou menos meia hora chorando em cima deste e-mail, excluí sem responder.

Porque, quer dizer, fala sério! Não posso ser amiga dele.

Simplesmente não posso.

Eu preferia ter peste negra.

Segunda-feira, 20 de setembro, Francês

Mia — o que é isso que você está lendo?

Não é nada, Tina. É só um diário de uma das minhas ancestrais.

Tem uma história de romance ardente nele????

Hum... não exatamente. Na verdade, é meio chato. Neste momento ela está redigindo alguma espécie de ordem executiva com base em algo que ela leu na biblioteca do palácio. Não que isso vá fazer bem para alguém. Ela, e mais todo mundo no palácio, morre de peste negra no fim.

Isso não me parece o seu tipo de leitura de jeito nenhum!

É, eu sei. Não sei o que deu em mim ultimamente.

Bom, tem muita coisa acontecendo. Naturalmente, você está crescendo e mudando com o tempo. Falando em crescer... Esse aí é o seu uniforme novo?

Ah, é, é sim. Graças a Deus que chegou. Eu achei que ia sufocar naquele velho. Mas acho que não era nem de longe tão ruim quanto os corseletes que obrigavam a minha ancestral a usar. Ei, você sabia que a Lilly saiu neste fim de semana com o lutador de muay thai misterioso dela?

Não! Quem foi que contou para você?

Hum, esqueci. Mas, bom, T, é sério. Você precisa pegar as informações deste cara! A Lilly pode se magoar de verdade!

Não sei, eu também não sou exatamente a pessoa preferida da Lilly ultimamente. É como se ela me odiasse por continuar andando com você. Acho que você vai ter mais sorte com o Kenny na sua aula de química.

Certo. Pode deixar. Ai, meu Deus, você sabia que no século XVII as pessoas usavam os piolhos que tiravam da cabeça em um medalhão como sinal de carinho?

Que nojo! Ainda bem que hoje a gente tem a Kay Jewelers.

Fala sério.

Segunda-feira, 20 de setembro, S & T

Sabe, eu realmente não achei que as coisas podiam ficar piores do que o meu namorado me dar um pé na bunda e a minha melhor amiga resolver que eu sou uma vagabunda traidora e se recusar a voltar a falar comigo. Ah, e alguém fazer um website para dizer como eu sou burra e como sou digna do ódio alheio.

Daí a Lana Weinberger resolveu que é a minha melhor amiga.

Olha, não estou dizendo que novos amigos são dispensáveis. E só Deus sabe como estou precisando disso.

Mas não tenho bem certeza se estou pronta para ter TANTOS AMIGOS quanto pareço ter agora.

Principalmente levando em conta que a única coisa que quero fazer é voltar para a cama e ficar lá.

Preferivelmente para sempre.

Mas não. Claramente, isto é pedir demais, demais mesmo.

Porque hoje no almoço, quando fui sentar perto da Tina, do Boris e do J.P., fiquei surpresa de ver que a Lana e a Trisha tinham colocado a bandeja do lado da minha também.

"Ai, meu Deus", a Lana disse, quando viu o que eu estava comendo. "Você vai comer o enroladinho de salsicha? Você faz idéia de quantos carboidratos tem nisso? Não é à toa que você aumentou um tamanho. Ei, esses são os brincos que você comprou no sábado? Ficaram fofos."

Ah, sim. Fui revelada:

Revelada como sendo Amiga da Lana.

Bom tanto faz. Quer dizer, ela não é TÃO má assim. Claro, já tivemos nossas diferenças no passado.

Mas ela realmente tem algumas boas dicas para parar de roer as unhas (passar o esmalte de tratamento Sally Hansen Hard As Nails toda noite sem falta, e depois um creme de cutículas de azeite de oliva).

A Tina ficou olhando para a Lana com a boca aberta, estupefata, o que fez a Trisha dizer: "Tira uma foto, fofa. Assim, dura mais", e então observou que gostava do jeito que a Tina passa o delineador dela, e perguntou se ela usava assim por causa da religião dela ou sei lá o quê.

Isso fez a Tina engasgar com a salada de atum dela.

"Então, algum de vocês pegou o Schuyler em pré-cálculo?", a Lana quis saber. "Porque eu não faço a menor idéia do que está acontecendo naquela aula."

Ao que Boris respondeu, com cara de quem está com dor: "Hum... eu peguei."

E daí ele passou o resto do almoço ajudando a Lana com o dever de casa dela, enquanto a Tina passou o resto do almoço mostrando para a Trisha como ela maquia os olhos, e o J.P. passou o resto do almoço dando um sorriso afetado para o chili dele (sem milho).

Eu só queria ler a minha tradução do diário da Amelie. Mas não consegui porque estava preocupada a respeito da impressão que isso transmitiria. Quer dizer, de eu parecer anti-social.

E já recebi acusações suficientes para que "anti-social" seja adicionado à lista.

Reparei que a Lilly me lançou um olhar bem maldoso por cima do ombro quando foi levar a bandeja para o balcão.

Mas isso pode ter sido porque eu estava deixando a Lana colocar minifivelas no meu cabelo e a Lilly implica com gente que fica se arrumando no refeitório.

Segunda-feira, 20 de setembro, Química

O J.P. quer saber como, simplesmente por sair para fazer compras com a Lana, passei a fazer parte da turminha dos populares.

Eu disse a ele que nós não saímos simplesmente para fazer compras: fomos comprar *sutiã.*

Ao que o J.P. respondeu: "Por favor, me conte tudo. E eu quero saber de *tudo*."

Mas eu estava ocupada demais lendo sobre a Princesa Amelie. O tio Francesco entrou de supetão na biblioteca do palácio e ordenou que todos os livros de lá fossem queimados, só para ser maldoso, tenho certeza, porque ele por acaso sabia que a Amelie realmente gostava de ler, não por acreditar de verdade que os livros contribuíam para a disseminação da doença.

Como se isso já não fosse horrível o suficiente, ele também jogou no fogo os pergaminhos com a ordem executiva que ela tinha redigido e assinado com tanto cuidado — e ainda tinha arrumado as testemunhas, o que não era brincadeira, já que era difícil encontrar duas pessoas vivas no palácio para testemunhar a assinatura de um documento. Apesar de Amelie ter explicado a ele que aquilo que ela tinha escrito era para o bem do povo da Genovia! E ela acreditava que ele não se importava nem um pouco com os súditos. Principalmente porque todos estavam morrendo como moscas, e ele continuava permitindo que navios estrangeiros atracassem no porto, e parecia que isso só fazia levar mais doença para dentro do país... sem mencionar o fato de que levava a doença de volta para as cidades de onde os navios tinham vindo, quando retornavam.

Amelie acusou o tio de só se preocupar com o fato de o azeite de oliva ser ou não entregue. Para o tio Francesco, tudo *sempre* tinha a ver com azeite de oliva. E a coroa, é claro.

Mas não! Ele achou que queimar livros (e ordens executivas) era a resposta para todos os problemas deles!

Eu realmente queria continuar a ler, porque as coisas finalmente estavam ficando boas para a coitada da Amelie (ou más, como pode ser o caso).

Mas o Kenny me deu uma bronca, dizendo que, se eu não ia ajudar com a experiência, eu poderia simplesmente aceitar o zero que eu merecia.

Então, estou mexendo o líquido no frasco. E isso explica por que a minha letra está tão feia.

Segunda-feira, 20 de setembro, no loft

Apesar de eu ainda estar nas profundezas do desespero e tudo o mais, realmente estava meio animada depois da escola porque:

1. Nada de aula de princesa
2. Apesar de eu não ter TV, tenho uma coisa totalmente excelente para ler.

Tenho total intenção de tirar o meu uniforme da escola, colocar um moletom, me enrolar na cama e ficar lendo sobre a minha ancestral.

Mas a minha animação (reconhecidamente leve) teve vida curta, devido ao fato de eu ter entrado no loft e encontrado o sr. G à mesa de jantar com todo o material das aulas que eu tinha perdido na semana passada.

"Sente", ele apontou para uma cadeira.

Então eu sentei.

E agora estamos dando conta de todas as aulas atrasadas. Uma aula por vez.

Isto é tão injusto...

Segunda-feira, 20 de setembro, 23h, no loft

Ai, meu Deus, estou tão cansada. E ainda não chegamos nem na metade de todo o estudo que eu preciso retomar.

Qual é o SENTIDO de jogar tanta lição para cima de nós? Será que essa gente não sabe que está destruindo o nosso espírito, que já é frágil? Será que é realmente isso que os detentores do poder desejam? Uma geração de almas feridas e dilaceradas?

Não é para menos que tantos adolescentes se voltam para as drogas. Eu também faria isso, se não estivesse tão cansada. E se soubesse onde arrumar.

Então, acontece que tio Francesco não gostou nada de a Amelie dizer que ele não se importava com as pessoas da Genovia. Ele disse que se ela realmente se preocupasse com elas abdicaria do trono e o deixaria governar. Porque ela era só uma menina que não tinha a menor idéia do que estava fazendo.

!!!!!!!!!!!

Mas acho que a Amelie tinha mais idéia do que estava fazendo do que deixava transparecer, porque redigiu MAIS UMA ordem executiva — esta era para fechar todas as estradas e os portos da Genovia. Ninguém podia entrar no país nem sair dele. Ela fez isso porque achou que ajudaria um pouquinho mais a reduzir a disseminação da peste do que queimar todos os livros do país.

Ha! Engole essa, Francesco, seu fracassado! Além do mais, ela também fez com que os melhores exterminadores de ratos da cidade fossem levados até o palácio. Porque ela não pôde deixar de notar que não houve surtos da doença em lugares que havia gatos — como lá no convento, onde ela tinha deixado a Agnès-Claire.

Para uma menina que viveu no século XVII, quando ainda não sabiam o que eram germes, a Princesa Amelie era bem esperta.

Ah, e ela mandou expulsar o tio do castelo.

Cara. E eu achei que a MINHA família era desequilibrada.

Terça-feira, 21 de setembro, Introdução à Escrita Criativa

Parece que os meus parentes não são os únicos que estão conspirando contra mim. No minuto em que entrei na escola hoje, a diretora Gupta estava à minha espera. Ela fez um sinal com o indicador para que eu a seguisse até a sala dela. O Lars e eu trocamos olhares de pânico, tipo: "*Ô-ou!*" Desta vez, eu não consegui saber o que a gente tinha feito.

Ou o que *eu* tinha feito, pelo menos. Eu tinha certeza de que a diretora Gupta tinha descoberto sobre a vez que acionei o alarme de incêndio quando não tinha incêndio nenhum. É verdade que faz um ano, mas talvez eles tenham demorado todo este tempo para examinar os vídeos de segurança das câmeras dos corredores ou algo assim...

Mas acontece que não tem nada a ver com isso. O que aconteceu é que ela confiscou o meu diário.

Neste momento, estou escrevendo no meu caderno de química.

A diretora Gupta disse: "Mia, compreendo que você esteja passando por um momento difícil. Mas as suas notas estão caindo. Você está no ensino médio. Logo as faculdades vão começar a examinar o seu histórico escolar."

Fiquei com vontade de fazer uma observação sobre um fato que ela e todo mundo conhece perfeitamente bem: que eu vou ser aceita em qualquer faculdade em que eu me inscrever. Porque sou princesa.

Gostaria que isso não fosse verdade. Mas é. Quer dizer, até a Trisha sabe disso.

"Fui informada pela sra. Potts", a diretora Gupta prosseguiu, "que você estava escrevendo no seu diário até durante a aula de educação física outro dia. Isto não pode continuar assim. Você não pode ficar achando que pode fazer o que quiser só porque é um pouco famosa, Mia."

Isso sim que é injustiça! Eu nunca tentei me aproveitar do fato de ser famosa, mesmo que seja só um pouco!

"Considere escrever no seu diário durante as aulas absolutamente proibido a partir deste momento", a diretora Gupta disse. "Vou ficar com o seu diário — não se preocupe, eu NÃO vou ler — até o fim das aulas hoje. E faça a gentileza de NÃO trazê-lo para a escola amanhã novamente. Está entendido?"

O que eu posso dizer? Bom... ela não está errada.

Ela instruiu todos os meus professores a tirar de mim qualquer papel em que me vejam escrevendo, a menos que tenha a ver com a aula. Só estou conseguindo escrever isto aqui porque a srta. Martinez acha que é a lição de escrita criativa que ela acabou de nos passar, para descrever um momento que nos deixou profundamente abalados.

Sabe qual foi o momento que me deixou profundamente abalada?

Foi quando a diretora Gupta trancou o meu diário no cofre da escola. Foi a mesma sensação de ser destripada com uma caneta Bic descartável.

Terça-feira, 21 de setembro, Inglês

Mia — cadê o seu diário????

Não quero falar sobre este assunto.

Ah. Tudo bem. Desculpa!

Não, *eu* é que peço desculpa. Foi falta de educação. É só que... a diretora Gupta tirou de mim. Porque as minhas notas estão caindo.

Ah, Mia! Que coisa horrível!

Não, não é. A culpa é toda minha. Eu também não devia estar passando bilhetinho. Todos esses professores supostamente têm que tirar de mim qualquer coisa em que eu esteja escrevendo que não tenha a ver com a aula. Então, tome cuidado.

Então, vamos tomar cuidado. Mas, bom, eu queria dizer... que ontem no almoço foi meio esquisito, hein? Eu não sabia que você e a Lana tinham ficado tão amigas! Quando foi que isso aconteceu? Quer dizer, se você não se importa de eu perguntar.

Não, tudo bem. Eu devia ter contado para você. É que eu acho tudo isso muito esquisito. Eu sei que ela foi supermaldosa com você no passado, e eu não... bom, eu não queria que você me odiasse.

Mia! Eu nunca poderia odiar você! Você sabe disto!

Obrigada, Tina. Mas você é a única.

Do que é que você está falando? Ninguém nunca poderia odiar você!

Hum... Um monte de gente me odeia, na verdade. E a Lilly me odeia DE VERDADE.

Ah. Bom. A LILLY. Você sabe por que ela odeia você.

Certo. A sua teoria sobre o J.P. que está errada. Mas, bom, eu supostamente vou fazer um discurso em um evento beneficente que a mãe da Lana está organizando, e uma coisa levou à outra, e... ela realmente não é tão má assim, sabe como é. Quer dizer, ela é MÁ. Mas não tão MÁ quanto a gente pensava antes. Acho. Você entende o que eu estou dizendo?

Acho que sim. Pelo menos, quando ela diz coisas sarcásticas, parece que ela simplesmente não sabe como

agir de outra maneira, tipo, é como se ela só soubesse magoar os outros.

Eu sei. É mais ou menos igual à Lindsay Lohan.

Exatamente! Mesmo assim. Acho que a Lilly não está muito feliz com isso.

Como assim? Ela falou alguma coisa de mim?

Bom, ela também não fala mais COMIGO, já que eu sou sua amiga, então não, ela não me disse nada. Mas eu vi quando ela olhou feio para você do outro lado do refeitório.

Ah, é. Eu também vi. Eu...

Não vou mais passar bilhetinho na aula.
Não vou mais passar bilhetinho na aula.
Não vou mais passar bilhetinho na aula.
Não vou mais passar bilhetinho na aula.
Não vou mais passar bilhetinho na aula.
Não vou mais passar bilhetinho na aula.
Não vou mais passar bilhetinho na aula.
Não vou mais passar bilhetinho na aula.
Não vou mais passar bilhetinho na aula.
Não vou mais passar bilhetinho na aula.

Não vou mais passar bilhetinho na aula.
Não vou mais passar bilhetinho na aula.
Não vou mais passar bilhetinho na aula.
Não vou mais passar bilhetinho na aula.
Não vou mais passar bilhetinho na aula.
Não vou mais passar bilhetinho na aula.
Não vou mais passar bilhetinho na aula.
Não vou mais passar bilhetinho na aula.
Não vou mais passar bilhetinho na aula.
Não vou mais passar bilhetinho na aula.
Não vou mais passar bilhetinho na aula.
Não vou mais passar bilhetinho na aula.

Terça-feira, 21 de setembro, Almoço

Eu pedi desculpas SEM PARAR para a Tina por ter causado problemas a ela na aula de inglês. Graças a DEUS o nosso bilhetinho não foi lido em voz alta. Essa é a única coisa boa.

A Tina disse que não é para eu me preocupar, que não é nada.

Mas NÃO É VERDADE que não é nada. Não dá para acreditar que estou arrastando as minhas amigas para o buraco comigo. Simplesmente está ERRADO, e preciso PARAR com isso.

Mas, bom, ninguém pode me impedir de escrever no ALMOÇO. Mesmo que eu escreva no meu caderno de química. Apesar de ser bem difícil escrever quando a Lana fica me dando cotoveladas o tempo todo e dizendo: "Espera, então a Gupta disse que você precisa estudar mais se quiser entrar na faculdade? Ai, meu Deus, isso pode ser retificado com muita facilidade. É só você entrar para o Esquadrão do Bem. Fala sério, a gente não precisa FAZER nada além de organizar uma venda de bolo, tipo, a cada cinco semanas. Aaah, ou, já sei! Você pode entrar para o Hola — o clube de espanhol? A gente fica lá assistindo a filmes em espanhol. Tipo aquele em que uns caras gostosos lutam até a morte com uns outros gostosões. Bom, na verdade a gente não assistiu a esse na aula, porque era sexy demais, a Trisha e eu assistimos em casa para ganhar nota extra. Ah, ou o comitê do baile! Estamos trabalhando no Baile da Diversidade Cultural neste momento! Neste ano, vamos detonar, estamos tentando arrumar uma banda ao vivo, em vez de DJ, para variar um pouco.

E você também pode ser tutora de um aluno mais novo. Eu estou com uma do primeiro ano superfofa, ensinei a ela como passar sombra sem borrar."

Eu só fiquei, tipo: "Hum. Sabe, já tenho muita coisa para fazer, com minhas funções de princesa. E com o dever da escola."

"Certo", a Lana respondeu. "Ei, o que você acha de esmalte com glitter? Sabe como é, para as minhas unhas? Será que é demais?"

Quando foi que isto aqui virou a minha vida?

Ah, certo, já lembrei. No dia que o meu ex-namorado me deu um pé na bunda e perdi toda a vontade de viver.

Terça-feira, 21 de setembro, S & T

Certo, ninguém pode me proibir de escrever aqui porque

A) Ninguém sabe o que eu deveria estar fazendo nesta aula idiota, de qualquer jeito, tendo em vista o fato de que eu não sou superdotada nem talentosa e

B) A sra. Hill nem está aqui. Deve ter algum leilão no eBay que ela está tentando vencer, ou qualquer coisa assim, porque ela está na sala dos professores.

Mas, bom, a coisa mais esquisita do mundo acabou de acontecer. Depois do almoço, fui ao banheiro e, quando estava lavando as mãos, a Lilly saiu de um dos reservados e começou a lavar as mãos DELA.

Ela estava totalmente me ignorando, como se eu nem existisse. Só olhando para si mesma no espelho.

Não sei o que deu em mim. De repente, simplesmente não suportei mais aquilo. Fechei a torneira da minha pia e peguei umas toalhas de papel e QUASE falei, enquanto enxugava as mãos: "Sabe o quê, Lilly? Pode me ignorar o quanto quiser, mas isso não muda o fato de que você está errada. Eu NÃO fui a causa do seu rompimento com o J.P. e NÃO estou ficando com ele. Nós somos SÓ amigos. Não dá para acreditar que depois de todos estes anos de amizade você pode PENSAR isso de mim. E, além do mais, você sabe que eu amo o seu irmão. Quer dizer, apesar do fato de agora nós também só sermos amigos."

Mas eu não disse.

Não proferi nenhuma palavra.

Afinal, por que eu deveria dizer alguma coisa? Por que eu deveria dar o primeiro passo, se não fiz nada de errado? É ela quem está me dando as costas, sendo que eu estou passando por uma enorme dor pessoal. Quer dizer, será que já passou pela cabeça dela que eu realmente estou precisando de uma amiga neste momento? Será que já passou pela cabeça dela que este não é o melhor momento para me dar um gelo?

Mas parece que sempre que eu passo por um período de crise pessoal — quando descobri que era princesa; quando o irmão dela me deu um pé na bunda —, a Lilly sempre dá as costas para mim.

A Lilly devia saber que eu estava pensando em dizer alguma coisa para ela, porque ela me lançou o olhar mais feio do mundo. Então enxaguou as mãos, fechou a torneira, pegou algumas toalhas de papel para si, jogou-as no lixo — da mesma maneira que parece ter feito com a nossa amizade — e saiu sem dizer nenhuma palavra.

Quase saí correndo atrás dela. De verdade. Quase corri atrás dela e disse que, seja lá o que eu tivesse feito, sentia muito, e que sei que sou uma esquisita, mas que estou tentando obter ajuda. Eu quase falei: "Olha, estou fazendo terapia. Está feliz agora? Você me fez ir parar na terapia!"

Mas, em primeiro lugar, sei que isso não é verdade. Não estou na terapia por causa da Lilly nem do Michael nem de ninguém, de verdade, a não ser o Buraco Gigante.

E, em segundo lugar... bom, eu ainda carrego *um pouco* de orgulho dentro de mim. Quer dizer, eu é que não ia dar a ela tanta satisfação assim.

Além do mais, e se ela contasse para o Michael ou algo assim? Daí ele ia achar que eu estava tão destruída com a nossa separação que estou sentindo impulsos suicidas.

E eu *não* estou.

Só estou triste. Como o dr. L disse.

Só estou triste.

Então, bom. Deixei que ela fosse embora. E não proferi nenhuma palavra.

E agora estou aqui em S & T, observando enquanto ela conversa com a Perin no telefone sobre a iniciativa da antena de celular delas.

E quer saber de uma coisa? Nem tenho mais certeza se ainda quero ser amiga dela. Quer dizer, para ser sincera, na verdade a Lana Weinberger é uma amiga MELHOR do que a Lilly jamais foi. Pelo menos com a Lana, a gente sempre sabe onde está pisando. É verdade que a Lana totalmente acha que o mundo gira ao redor dela e as coisas que ela diz são tão profundas quanto uma piscina infantil.

Mas pelo menos a Lana não fica tentando fingir ser quem não é. O contrário de outras pessoas cujo nome não posso citar.

Meu Deus, vou ter TANTA COISA para falar com o dr. L na sexta....

Terça-feira, 21 de setembro, 16h, Chanel

A diretora Gupta ficou toda: “Mia. Vamos conversar”, de um jeito todo sério, quando fui pegar meu diário de volta com ela.

Então eu tive que me sentar e ouvi-la ficar falando sobre como eu sou uma menina inteligente, com tanta coisa a oferecer... é uma pena eu ter saído do conselho estudantil e não participar de mais atividades extracurriculares neste ano. As faculdades, ela disse, olham para outras coisas além de notas e de recomendações dos professores, sabe como é. Querem ver que as pessoas que desejam estudar em suas instituições também têm interesses fora da academia.

A Lana estava supercerta sobre o Hola.

“Estou no jornal da escola”, eu ofereci, para dar uma desculpa.

“Mia”, a diretora Gupta disse. “Você não foi a nenhuma reunião do jornal neste semestre.”

Eu estava torcendo para que ela não tivesse reparado nisso.

“Bom até agora, o semestre tem sido meio difícil.”

“Eu sei”, atrás dos óculos, os olhos da diretora Grupta pareciam gentis. Pelo menos desta vez. “Está claro que você passou por muita coisa ultimamente. Mas não pode simplesmente se fechar por causa de um garoto, Mia.”

Fiquei olhando para a diretora, horrorizada. Quer dizer, mesmo que possa ser verdade, não acredito que ela disse isso.

"*N-não* estou", gaguejei. "Isto não tem nada a ver com o Michael. Quer dizer, claro que estou triste por termos terminado. Mas... é só que... tem muito mais coisa do que isso."

"O que realmente me incomoda é que você parece ter desistido dos seus amigos também. Reparei que você não senta mais com a Lilly Moscovitz na hora do almoço."

"*Ela* é que não senta mais comigo", eu disse, indignada. "Não sou eu que..."

"E reparei que, em vez de ficar com ela, você anda passando bastante tempo com a Lana Weinberger." A boca da diretora Gupta ficou toda pequena, como a da minha mãe fica quando ela está brava. "Ao mesmo tempo em que eu fico feliz de você e a Lana não viverem mais se atacando, não posso deixar de me perguntar se ela é alguém com quem você realmente tem tanta coisa assim em comum..."

Agora que eu tenho peito, ela é sim. Ela sabe TUDO sobre cobertura de mamilos.

E também sobre como exibi-los, quando é apropriado fazê-lo.

"Eu realmente aprecio o fato de a senhora se preocupar comigo, diretora Gupta", eu respondi. "Mas é preciso se lembrar de uma coisa."

Ela olhou para mim, cheia de expectativa. "Do quê?"

"Eu sou princesa. Eu vou entrar em todas as faculdades em que me inscrever, porque as faculdades gostam de alardear que têm em seu quadro de alunos uma garota que um dia vai governar um país. Então, realmente não faz diferença se eu entrar para o clube de espanhol, para o Esquadrão do Bem, ou para sei lá o quê. Mas", sacudi o meu diário para ela, "obrigada pela preocupação."

Assim que saí da sala da diretora G, meu telefone tocou, olhei no visor e vi que Grandmère estava me ligando.

Maravilha. Porque é evidente que não tinha como o meu dia melhorar.

"Amelia", ela cantarolou quando atendi. "Por que você está demorando? Eu estou ESPERANDO."

"Grandmère? Do que você está falando? Nesta semana não vamos ter aulas de princesa, está lembrada?"

"Eu sei disso. Estou na frente da escola com a limusine. Hoje, vamos à Chanel para tentar achar alguma coisa para você usar no evento de gala da sexta. Está lembrada?"

Não, eu não tinha lembrado. Mas que escolha eu tinha? Nenhuma.

Então, aqui estou eu na Chanel.

As funcionárias estão muito animadas com as minhas novas medidas. Principalmente porque não precisam mais apertar a parte de cima de todos os vestidos que Grandmère escolhe para mim.

O tailleur que ela escolheu para o evento de gala é bem legal, para falar a verdade. *E* ela finalmente vai me deixar usar preto.

"O seu primeiro tailleur Chanel", ela fica murmurando com um suspiro. "Onde o tempo foi parar? Parecia ontem quando você era uma garotinha de 14 anos com os joelhos arranhados, que chegou para mim sem nem saber como usar uma faca de peixe! E agora, olhe só para você! PEITOS!"

Tanto faz. Nunca tive arranhões nos joelhos.

Então Grandmère me entregou o discurso que tinha mandado escrever para mim. Para o evento de gala. Acho que tinha desistido da idéia de me deixar escrever o meu próprio discurso. Ela tinha se adiantado e contratado um ex-redator de discursos presidenciais para criar um solilóquio de vinte minutos sobre o sistema de drenagem da Genovia. O redator de discursos que ela arrumou aparentemente é muito famoso, ele escreveu um discurso a respeito de mil pontos de luz.

Acho que ele costumava escrever para *Star Trek: A nova geração*, ou algo assim.

Devo decorar o meu discurso, Grandmère diz, para parecer mais "espontâneo".

Por sorte, posso ficar lendo enquanto ajustam meu tailleur novo.

Só que não estou lendo o meu discurso. Porque Grandmère saiu para experimentar o vestido dela para o evento de gala. Porque foi convidada para participar como minha "acompanhante". Sei que ela tem a esperança de que nós DUAS recebamos convites para entrar para a Domina Rei.

E talvez isso até nem seja tão ruim assim. Daí eu posso dizer à diretora Gupta que tenho uma atividade extracurricular para colocar nas minhas fichas de inscrição para a faculdade. Assim ela vai ficar feliz.

Mas, bom, o tio da Princesa Amelie não ficou longe do palácio muito tempo depois de ela o expulsar. Isso porque não tinha sobrado nenhum guarda, já que todos tinham pegado peste também. Ele voltou e ficou dizendo para a Amelie quanto dinheiro ela estava perdendo por não permitir que os navios que exportavam o azeite da Genovia saíssem dos portos. E também por não exigir que o povo continuasse pagando tributos para ela, apesar de ninguém ter dinheiro, porque todo mundo tinha pegado peste e não podia trabalhar.

Mas o tio Francesco não se importava. Ele ficava dizendo que ela não sabia o que estava fazendo porque era *só uma menina*, e que ela ia levar a família real dos Renaldo à falência, e que passaria para a história como a pior governante da Genovia de todos os tempos.

Como é irônico que, no fim, ELE foi quem ganhou esta distinção.

De qualquer forma, bom, a Amelie disse ao tio para parar de incomodar. Ela sabia que estava salvando vidas. Devido às iniciativas dela, havia menos casos da doença registrados.

Mas já era tarde demais para ela. Porque tinha descoberto a primeira pústula.

Ela resolveu não contar para o tio. Porque a Amelie sabia que, quando morresse, Francesco conseguiria o que desejava: o trono, que era a única coisa que importava para ele. Nem ligava se não sobrasse ninguém para governar. Ele só queria o dinheiro de Amelie. E a coroa dela.

E isso era algo de que ela ainda não estava pronta para abrir mão. Porque tinha mais uma coisa que precisava fazer.

Pena que Grandmère voltou e NÃO PÁRA DE FALAR, E POR ISSO NÃO POSSO DESCOBRIR O QUE ERA!

Quarta-feira, 22 de setembro, 1h, no loft

Ai, meu Deus ! Que coisa mais triste! A princesa Amelie morreu, total!!

Quer dizer, ela sabia que estava doente.

E, obviamente, eu sabia que ela ia morrer.

Mas foi simplesmente tão... traumático! Ela estava completamente sozinha! Não tinha ninguém nem para lhe entregar um lencinho de papel no fim, porque todo mundo estava morto (tirando o tio dela, mas ele ficou longe, porque não quis pegar a doença que ela tinha).

Além do mais, naquele tempo não existiam lencinhos de papel.

Isso é tão... errado.

Não a coisa de não existirem lencinhos. A coisa de estar sozinha.

Agora não consigo parar de chorar. E isso é ótimo, sabe como é. Já que eu preciso acordar para ir para a escola amanhã. Por alguma razão. E, de qualquer forma, até parece que eu não tenho andado deprimida o suficiente nos últimos dias. É que isto aqui, sabe como é. É só mais uma escavada no fundo daquele buraco.

Eu nem sei por que me dou ao trabalho de seguir em frente. Quer dizer, vamos encarar os fatos:

Nós nascemos.

Vivemos durante um tempinho. E daí nós morremos, nosso tio assume o trono, queima todas as nossas coisas e faz tudo que pode para deslegitimar os doze dias que passamos no governo por ser, basicamente, o príncipe mais sacal de todos os tempos.

Pelo menos a Amelie conseguiu salvar o diário dela, que — como ela escreveu nas últimas páginas — ela tinha a intenção de mandar para o convento onde tinha sido tão feliz, comparativamente, por medida de segurança, junto com o pequeno retrato dela. Ela disse que as freiras "saberiam o que fazer".

Tem mais uma coisa que ela também salvou de ser queimada — além da Agnès-Claire, que, eu imagino, morreu feliz e cheia de ratos na abadia onde o diário da dona dela acabou aparecendo, apenas para ser devolvido ao palácio pelas freiras prestativas, de acordo com os desejos da Amelie, ao Parlamento, que...

...ignorou totalmente.

Só posso partir do princípio que o diário foi ignorado porque todo mundo achou que uma menina de 16 anos não tinha nada a dizer.

Além do mais, o tio dela não estava exatamente facilitando a vida dos membros do Parlamento, já que estava decidido a gastar até o último centavo do tesouro da Genovia. Então eles não tinham assim muito tempo de ir para casa ler o diário de uma princesa morta qualquer.

Mas, bom, a outra coisa que a Amelie conseguiu salvar foi uma última cópia da coisa que ela tinha escrito e feito assinar por aquelas testemunhas — seja lá o que fosse. Ela diz que escondeu o pergaminho em "algum lugar próximo do meu coração, onde alguma princesa futura vai encontrar, e fazer o que é certo".

Só que, é claro, quando a gente está morrendo de peste, realmente não é uma boa idéia esconder uma coisa perto do coração.

Porque o seu cadáver simplesmente vai ser queimado e reduzido a cinzas pelo seu tio em uma pira funerária.

Quarta-feira, 22 de setembro, S & T

A Lana acabou de lançar uma pequena arma de destruição em massa à mesa do almoço. Simplesmente a largou e depois deu de ombros, como se não fosse nada. Mas estou aprendendo que esse é o jeito dela. "Então, há quanto tempo está rolando?", ela quis saber, abanando os dedos para a mesa de almoço onde a Lilly estava sentada com o Kenny Showalter e todo mundo mais.

Dei uma olhada para o lugar que ela apontava. "Ah. Bom, a Lilly não está falando comigo por diversas razões. A primeira, e provavelmente a mais importante, é que ela me culpa por o J.P. ter dado um pé na bunda dela..."

"Ei!", o J.P. reclamou. "Eu não dei um pé na bunda dela! Eu disse a ela que seria melhor se fôssemos apenas amigos."

"Sei. Tem muita gente dizendo isso por aí. Em segundo lugar", informei à Lana, "a Lilly está aborrecida por que me recusei a concorrer para a vaga de presidente do conselho estudantil. Apesar de eu nunca ter desejado ser presidente para começo de conversa; ela era que queria isso. Em terceiro, ela..."

"Não estou falando de quanto tempo vocês estão brigadas", a Lana revirou os olhos. "Quero saber há quanto tempo ela e o Poste estão mandando ver." Às vezes é um tanto difícil entender o que a Lana está dizendo, porque ela usa um tipo de gíria que ninguém mais na nossa mesa de almoço conhece (além da Trisha Hayes e da Shameeka, que também voltou para a turma).

"Poste?", repeti.

"Mandando ver?", a Tina completou.

A Lana revirou os olhos mais uma vez e disse: "Há quanto tempo a Lilly Moscovitz está indo para a cama com o sr. Cientista de Foguetes?" Eu larguei meu taquito de carne com queijo.

"O QUÊ?", eu berrei. "A Lilly e o *Kenny*?"

Mas a Lana só bateu seus cílios supercompridos e volumosos, cobertos de rímel, e falou: "Dã, eu disse para você que vi os dois se engolindo no Around the Clock no fim de semana passado."

"Você disse que viu a Lilly e um NINJA se agarrando", eu disse. "Não o KENNY. O Kenny Showalter não é ninja."

"Não", a Lana mastigava seu rolinho de atum com abacate — que ela mandava entregar especialmente para ela todo dia no almoço. Já que o refeitório não oferece sushi. "Era aquele cara ali com toda a certeza."

"Totalmente", a Trisha concordou. "Eu reconheceria aquele pomo-de-adão saltado em qualquer lugar. Estava sacudindo para tudo que é lado."

A Tina e eu nos entreolhamos, chocadas, Daí a Tina lançou um olhar acusatório para o namorado dela.

"Boris", ela disse, "o cara que a Lilly estava agarrando na cozinha da casa dela era o KENNY?"

O Boris pareceu pouco à vontade. "Estava difícil de ver. Ele estava de costas para mim. Todos aqueles lutadores de muay thai pareciam iguais sem camisa."

"Ai, meu Deus!", a Tina exclamou. "Era o Kenny! Boris! Você deixou a Mia toda preocupada por nada, achando que a Lilly estava ficando com um lutador de muay thai desconhecido qualquer porque estava desesperada por causa do J.P. ter dado um pé na bunda dela, quando na verdade era o Kenny o tempo todo!"

"Eu não dei um pé na bunda dela", o J.P. insistiu.

Mas o Boris só ficou com cara de tédio. "Quem se importa? Quando é que as coisas vão voltar ao *normal* por aqui?"

Quando disse a palavra *normal*, ele olhou para a Lana e a Trisha.

Ninguém reparou, é claro. Só o J.P., que sorriu para mim. O J.P. tem *mesmo* um sorriso bacana.

Não que isso tenha nada a ver com qualquer uma destas coisas.

Mas, bom, no começo, eu fiquei, tipo: "Mas a Lilly poderia quebrar o pescoço do Kenny com as coxas com a maior facilidade, igual a Daryl Hannah em *Blade Runner — O caçador de andróides*."

Mas daí eu me lembrei de como o Kenny anda ficando forte com tanta luta de muay thai.

Então. Estou feliz por ela. Estou mesmo, de verdade. Quer dizer, se ela está feliz, eu estou feliz.

Mas, mesmo assim. O KENNY SHOWALTER????????

Quarta-feira, 22 de setembro, Química

Não me importo com a proibição sobre eu escrever durante a aula. Eu TENHO QUE colocar isto aqui no papel.

Não consegui mais me segurar. Eu TIVE QUE perguntar para o Kenny o que estava acontecendo entre ele e a Lilly.

Então, eu simplesmente falei assim: "Kenny. É verdade que você e a Lilly estão ficando? Porque, se estiverem, eu quero saber, porque vocês formam um casal legal de verdade."

(Mentira. Mas desde quando eu falo a verdade?)

De todo modo, o Kenny pareceu não apreciar, de jeito nenhum, os meus comentários gentis. Ele falou: "Mia! Pode me dar licença? Estou na fase da neutralização ácida!"

Daí, eu fiquei, tipo: "Tudo bem, desculpa por ter falado qualquer coisa", e voltei para a minha banqueta para escrever isto.

E daí, há um segundo, o J.P. se sentou do meu lado e ficou, tipo: "Então, estou liberado agora?"

E eu fiquei, tipo: "Liberado de quê?"

E ele ficou, tipo: "De ter despedaçado o coração da Lilly. Agora que ela aprendeu a amar de novo, como a Tina diria."

Então eu ri: "J.P., tanto faz. Nunca culpei você pelo lance com a Lilly. Você não pode fazer nada se não sentia por ela a mesma coisa que ela sentia por você."

Mas ele bem que podia ter ajudado se não tivesse enrolado durante tanto tempo. Mas eu não falei esta parte em voz alta.

"Fico feliz por saber que você pensa assim, Mia", o J.P. disse. "Porque tem uma coisa que já faz um tempão que eu quero dizer para você, e cada vez que começo a falar, parece que acontece alguma coisa para me interromper, então eu vou simplesmente falar agora, apesar de este talvez não ser o momento ide _______________
_______________"

Quarta-feira, 22 de setembro, saída de evacuação da AEHS na rua East 75

Ai, meu Deus.

Ai, meu Deus.

O J.P. está apaixonado por mim.

E nós explodimos a escola.

Quarta-feira, 22 de setembro, pronto-socorro do hospital Lenox Hill

Para dizer a verdade, eu não sabia o que escrever primeiro naquela hora.

Quer dizer, eu não sei o que me perturba mais — que o J.P. se apaixonou por mim, ou que a gente quase morreu por causa da experiência do Kenny, em que ele estava tentando recriar — sem que os resto de nós soubesse — uma substância que no passado era usada como recheio de granadas de mão durante a Segunda Guerra Mundial, com ponto de deflagração altíssimo, que na língua das pessoas normais quer dizer que é muito instável e que COSTUMA EXPLODIR.

E nós não deveríamos fazer aquilo! O sr. Hipskin não percebeu que a gente estava fazendo aquilo porque o Kenny disse a ele que estávamos fazendo nitrocelulose, que é uma substância parecida com a dos rolos de filme.

Não nitroamido, que é um EXPLOSIVO!

A enfermeira do pronto-socorro não pára de me garantir que as sobrancelhas do Kenny vão voltar a crescer algum dia.

Eu tive bem mais sorte. Estou aqui na sala de emergência contra a minha vontade — na verdade, não há nada de errado comigo. Eles simplesmente me mandaram para cá para evitar um processo, tenho certeza. Quer dizer, eu só fiquei com falta de ar. Isso porque, logo antes de a deflagração ocorrer, quando o Kenny gritou: "Todo mundo se abaixe!", o J.P. me arrancou da minha banqueta e jogou o corpo em cima do meu, de modo que todos os dejetos em chamas caíram em cima dele, não de mim.

E isso, devo ressaltar, aconteceu logo depois de ele dizer: "Porque tem uma coisa que já faz um tempão que eu quero dizer para você, e cada vez que eu começo a falar, parece que acontece alguma coisa para me interromper, então eu vou simplesmente falar agora, apesar de este talvez não ser o momento ideal. E eu sei que agora você vai ter um chilique, porque você é assim. Então, largue a caneta e respire fundo."

Foi quando os olhos azuis dele se prenderam aos meus, cinzentos, e ele disse, todo atencioso de atenção e sem desviar o olhar: "Mia, eu estou apaixonado por você. Eu sei que até agora fomos só amigos — bons amigos —, mas quero mais do que isso. E acho que você também quer."

Foi bem aí que o Kenny gritou para a gente se abaixar. E que o J.P. se jogou em cima de mim.

Por sorte do J.P., o Lars LOGO apareceu com o extintor de incêndio — acredito que para compensar o fato de não ter sido ele a se jogar em cima de mim, que é, afinal de contas, o trabalho dele, e não do J.P. — e apagou o fogo que surgiu nas costas do suéter do J.P. Ele nem se queimou, porque os nossos uniformes escolares contêm muitas fibras artificiais, e a maior parte delas é do tipo que não pega fogo.

Então, na verdade, nenhuma chama tocou na pele do J.P. Só o suéter com gola em V dele.

Mas todos nós tivemos que fugir da enorme nuvem de vapor de dióxido de nitrogênio. E não só quem estava no laboratório de química. A escola inteira.

Ainda bem que não estava assim tão frio lá fora (algum tipo de frente fria tinha vindo do Canadá, deixando a cidade gelada ainda no outono), e nenhum de nós estava de casaco nem nada. Até parece.

Uma das enfermeiras acabou de vir aqui e disse que a coisa toda passou no canal público local, o New York One — uma cena ao vivo filmada de um helicóptero de todo mundo do lado de fora da Albert Einstein High School tremendo, com os caminhões de bombeiro e as ambulâncias com as luzes piscando e tudo o mais.

Mas só três pessoas na verdade foram levadas para o hospital: o J.P., o Kenny e eu.

A diretora Gupta me pegou segundos antes de fecharem as portas da ambulância. Ela ficou toda assim: "Mia, quero lhe dar as minhas garantias mais sinceras de que tenho a intenção de chegar até o cerne desta questão. O sr. Showalter *não* ficará impune..."

Observei que ficar sem sobrancelha já é castigo suficiente, se quiser saber a minha opinião. Mas a diretora Gupta já tinha passado para a ambulância do J.P. para repetir a mesma coisa.

O que foi inteligente da parte dela, porque ouvi dizer que o pai dele ADORA um processo.

É engraçado ninguém ter dito nada a respeito do fato de o J.P. e eu sermos parceiros de laboratório do Kenny, e nós com toda a certeza não fizemos nada para impedir que ele explodisse a escola. Só que nós dois somos tão ruins em química que nem sabíamos o que ele estava tentando fazer.

Claro que o Kenny jura que destruir o laboratório de química nunca foi a intenção dele. Ele afirma que só queria descobrir como a síntese do nitroamido poderia ser feita em ambiente laboratorial. Além do mais, ele também não sabe como a coisa saiu tanto do controle. Ele diz que estava perfeitamente estável apenas alguns segundos antes... e daí, CABUM!

Sinceramente, estou até contente por a experiência do Kenny ter explodido. Porque assim eu não precisei descobrir uma maneira de responder ao anúncio totalmente chocante do J.P., de que ele está apaixonado por mim.

O que, sinceramente, acho meio difícil de acreditar. Levando em conta o fato de que há apenas duas semanas ele e a Lilly estavam totalmente juntos.

E, tudo bem, até parece que eles não tinham problemas. Quer dizer, a Lilly estava bem aborrecida com o fato de o J.P. nunca dizer "Eu também" quando ela falava que o amava.

Mas ele *explicou* isso. Ele explicou que nunca tinha se sentido daquele jeito em relação a ela, e que foi por isso que terminou o namoro, porque percebeu que não era justo com ela. Ele fez a coisa certa... mesmo que a Lilly o odeie por isso agora.

E eu também, por ser amiga dele.

Mas isso não significa — apesar da teoria insana da Tina sobre o J.P. ter sido sempre apaixonado por mim e não pela Lilly desde o começo que ele *esteve* apaixonado por mim desde o começo. Na verdade, o J.P. explicou — enquanto o Lars apagava o fogo nas costas dele — que os sentimentos dele por mim foram se formando gradualmente, e que ele só resolveu mencioná-los porque não agüentava mais me ver tão triste por causa do Michael.

"J.P.", eu engoli em seco. Era difícil falar quando se está completamente sem ar. Além do mais, tinha a fumaça tóxica. "Vamos conversar sobre isto depois, certo?"

"Mas eu realmente preciso falar sobre isto para você agora", o J.P. insistiu.

"PRINCESA, CORRA!", o Lars gritava. Porque, àquela altura, a nuvem de fumaça tóxica já estava baixando por cima de nós.

Por sorte, como o J.P. e eu fomos levados em ambulâncias separadas, eu tive tempo para processar a informação — mais ou menos — e descobrir o que vou fazer a esse respeito.

E tenho bastante certeza de que não vou fazer nada.

E, sim, eu sei que o dr. Loco não aprovaria. Ele quer que eu faça as coisas que mais me assustam.

Que, neste caso, seria ficar com o J.P.

Mas eu não posso fazer isto! Não estou pronta! Mal terminei com o meu namorado de um tempão — e ainda estou perdidamente apaixonada por ele! Não posso mergulhar em outro relacionamento amoroso assim tão rápido!

Além do mais, não sinto isso pelo J.P., quando eu o cheiro, meus níveis de oxicitocina não se elevam. Quando eu o cheirei na outra noite, quando ele me abraçou, eu não senti... nada. Só senti o cheiro do fluido de lavagem a seco.

E este não é, de jeito nenhum, o cheiro que sinto quando o Michael me abraça, que é... bom, tudo bem, é só de sabonete e essas coisas.

Mas não é QUALQUER cheiro de sabonete. É o cheiro especial com que a pele do Michael fica — e só a pele do Michael — quando ele usa sabonete Dove sem perfume. Isso, mais o sabão em pó que ele usa nas camisas dele, combinado com aquele cheiro específico do Michael simplesmente forma...

...bom, o melhor cheiro do mundo.

Eu sei que não faz sentido. Mas eu simplesmente não tenho certeza se estou pronta para passar de Dove sem perfume / sabão em pó / Michael para... fluido de lavagem a seco.

E ELE? E o J.P.? Quer dizer, quanto desse "amor" é apenas uma reação à descoberta de que a Lilly já deu a volta por cima e está com outra pessoa? O momento que ele escolheu para se declarar é um tanto suspeito. Quer dizer, na hora do almoço descobrimos que a Lilly e o Kenny estão juntos, e, de repente, o J.P. me ama? Fala sério!

E, tudo bem, ele falou que já faz um tempo que está tentando me contar... mas tenho certeza de que não pode ser verdade. Porque até muito pouco tempo atrás eu estava comprometida!

E o J.P. sabe que eu ainda não superei o Michael. Ele precisa saber que é bem provável que eu NUNCA supere o Michael. Pelo menos, não por um bom tempo. Ele não seria bobo de se apaixonar por mim se souber que eu nunca vou poder retribuir o sentimento dele da mesma maneira...

Antes do último ano da escola mais ou menos, no mínimo.

E, tudo bem, o J.P. no momento está com um certo toque de dr. McDreamy (aquele gato do seriado *Grey's Anatomy*), já que o hospital deu para ele uma daquelas roupas de médico que parecem um pijama, porque o suéter dele derreteu e a camisa está toda chamuscada. Então ele está bem fofo.

E ele realmente salvou a minha vida e tudo o mais...

Ai, ai, ai! Não estou em condições de lidar com isto neste momento! Só quero ir para casa, deitar na minha cama e tentar descobrir como eu me sinto em relação a tudo isto!

Não a parte de quase ter ido pelos ares. Essa parte é fácil. Quer dizer, a esta altura, quase ter ido pelos ares não é NADA em comparação com as humilhações pelas quais eu passo praticamente todos os dias.

Mas a parte do J.P. me amar? Isso é esquisito demais! Como ele pode pensar que eu algum dia me sentiria assim em relação a ele? Porque eu não me sinto!

Pelo menos, acho que não. Quer dizer, eu gosto muito dele. Ele é um dos meus melhores amigos — principalmente agora que a Lilly me dispensou.

Mas ele não é o Michael.

Ele não é o Michael.

Ele não é o Michael.

Ah, lá vem o médico...

Quarta-feira, 22 de setembro, no loft

Estou em casa...

Nem me importo por não ter mais TV. Simplesmente é tão bom estar na minha própria cama, onde nenhum nitroamido pode explodir e nenhum garoto pode anunciar seu amor por mim...

Sabe, seria algo a se pensar, depois de tudo o que aconteceu hoje, se eu teria permissão para me mudar para a Genovia e receber a minha educação em casa. Pela minha própria *segurança física e emocional.*

Mas não. O sr. G acabou de me informar que a Albert Einstein vai estar limpa e em funcionamento total amanhã — inclusive o laboratório de química, que já foi todo desinfetado, e já substituíram as vidraças das janelas que quebraram com a explosão (vidraceiros de emergência idiotas), e que eu vou ter que estar lá, igualzinho a todo mundo.

Bom, menos o Kenny, que está suspenso por ter criado, de maneira consciente, um explosivo secundário no laboratório. Quando reclamei que, se o Kenny ia ser suspenso, iam ter que suspender a mim e ao J.P. também, já que somos os parceiros de laboratório dele, o sr. G só olhou para mim e disse: "Mia, esta semana estou tentando fazer você retomar toda a matéria que perdeu, está lembrada? Pode acreditar, sei que você e o J.P. não fazem a menor idéia do que estão fazendo naquela aula."

E isso, sabe como é. Foi dureza. Mas é verdade, acho. Então, parece que o Kenny vai ter seus quinze minutos de fama agora, em vez de isso acontecer quando ele começar a trabalhar na empresa do braço cirúrgico robotizado do Michael, como uma vez ele me perguntou se eu achava que ele podia trabalhar. O que aconteceu hoje na escola está EM TODOS os noticiários e na internet INTEIRA. Os repórteres estão chamando o Kenny de "Beaker", por causa daquela cientista louco dos Muppets (e isso é a maior maldade, porque o Kenny realmente ganhou bastante definição nos braços ultimamente e a boca dele não vive aberta — não tanto quanto antes, pelo menos), e ficam mostrando uma imagem dele saindo de ambulância, com o cabelo todo despenteado em uns tufos malucos.

Isso, combinado com o avental de laboratório chamuscado e o negócio de ele não ter mais sobrancelha, deixou-o com uma aparência similar à de uma certa princesa viúva — não de um Muppet — que eu conheço.

A coisa já foi exibida tantas vezes a esta altura que eu tenho CERTEZA de que o Michael deve estar sabendo. Todos os artigos descrevem o J.P. como um grande herói por ter jogado o corpo por cima do meu e por ter me protegido do fogo.

E todos os artigos dizem que ele é "o novo namorado da Princesa Mia".

É. Maneiríssimo.

Eu estava quase com medo de dar uma olhada no meu e-mail. Mas não precisava ter me preocupado. O Michael não me escreveu.

Mas a Tina me mandou uma mensagem instantânea no minuto em que me viu online.

ILUVROMANCE: Ai, meu Deus, Mia!!!! Você viu o noticiário????

FTLOUIE: Se vi? Eu achei que eu ERA o noticiário.

ILUVROMANCE: Não dá para acreditar! Coitado do Kenny! Ele recebeu suspensão!

FTLOUIE: Bom, mas ele REALMENTE explodiu o laboratório de química.

ILUVROMANCE: Eu sei! Mas não era intenção dele. Você sabe disso. Espero que isto não entre no histórico escolar dele. Pode totalmente afetar as chances dele de ir para a faculdade!

FTLOUIE: Tenho certeza de que vai ficar tudo bem com o Kenny, Tina. Quer dizer, não se esqueça de que ele conseguiu MESMO fazer uma bomba com amido. Eu não ficaria surpresa se ele saísse direto do ensino médio para a Agência de Segurança Nacional.

ILUVROMANCE: O que é Agência de Segurança Nacional?

FTLOUIE: É... deixa para lá. Olha, você está sabendo o que aconteceu logo ANTES de o nitroamido explodir?

ILUVROMANCE: Você está falando da parte em que o J.P. cobriu o seu corpo com o dele para proteger você do paredão de fogo implacável??? Estou sim!!! É tão romântico!!!!

FTLOUIE: Hum, não tinha nenhum paredão de fogo implacável. Mas estou falando de antes DISSO. Tina — ELE ME DISSE QUE ME AMA.

ILUVROMANCE: Ê

FTLOUIE: Eu sei. Achei que você diria isso.

ILUVROMANCE: EU DISSE PARA VOCÊ!!!!!! EU DISSE QUE ELE AMAVA VOCÊ!!!! EU SABIA!!!! AI, MEU DEUS, VOCÊS DOIS FORMAM O CASAL MAIS FOFO DO MUNDO!!!!!! PORQUE VOCÊS DOIS SÃO TÃO ALTOS E TÃO LOIROS E TÊM OS OLHOS TÃO AZUIS!!!!

FTLOUIE: Os meus olhos são cinzentos.

ILUVROMANCE: TANTO FAZ!!!! Certo, pode contar tudo. Como ele falou? O que você respondeu? Como você se sentiu? Vocês já se beijaram? Aonde vocês vão no primeiro encontro? Ou... espera. Ter ido ver A *Bela e a Fera* foi o primeiro encontro de vocês? Ele disse QUANDO descobriu que amava você? Foi antes de ele dar um pé na bunda da Lilly, certo? Eu SABIA que tinha sido por isso que ele dispensou a Lilly. E agora faz todo o sentido por que ela está tão brava com você.

Ai, meu Deus!

FTLOUIE: É CLARO que ele não sabia que gostava de mim quando estava com a Lilly! Você acha que me passaria pela cabeça que ele sempre gostou de mim e que estava só usando a Lilly para... sei lá o quê? Quer dizer, que tipo de amiga eu seria se fizesse isso???

ILUVROMANCE: Ah. Então, você está dizendo... ele NÃO se apaixonou no momento em que você falou com ele pela primeira vez no refeitório, no ano passado? E que a coisa toda com a Lilly NÃO foi só porque você estava comprometida, e ficar com ela era conveniente para o J.P. poder ficar perto de você?

FTLOUIE: NÃO! Ai, meu Deus, Tina, tem certeza de que você não inalou um pouco daquela fumaça que foi liberada hoje à tarde?

ILUVROMANCE: Tenho bastante certeza de que não inalei nada. O Wahim fez um ótimo trabalho em me tirar de lá. Bom, é para ISSO que o meu pai o paga. Então, se o J.P. NÃO se apaixonou no momento em que você falou com ele pela primeira vez no refeitório, no ano passado, HÁ QUANTO TEMPO ele disse que está apaixonado por você?

FTLOUIE: Ele disse que a coisa foi se instalando bem devagar ultimamente, e que ele ficou tentando me dizer, mas toda vez a gente era interrompido. Mas que, apesar de saber que eu iria ficar apavorada, ele queria que eu soubesse. E daí o laboratório de química explodiu.

ILUVROMANCE: AI, MEU DEUS!!!!

FTLOUIE: Eu sei. Para falar a verdade, foi meio assustador. No começo, achei que a sala da caldeira finalmente tinha explodido. Você sabe como vivem dizendo que isso pode acontecer a qualquer momento...

ILUVROMANCE: NÃO ESTOU FALANDO DISSO!!! QUERO DIZER... Mia, eu SEMPRE disse que o J.P. só precisava da mulher certa para destrancar o coração dele — que até agora ele mantinha sob uma couraça fria e dura, para a própria proteção — e que ele vai se transformar em um vulcão de paixão irrefreável!!!

FTLOUIE: Sei. E daí?

ILUVROMANCE: E DAÍ QUE ELE ENCONTROU ESSA MULHER!!! E FOI POR ISSO QUE O LABORATÓRIO DE QUÍMICA EXPLODIU!!!!

É sério. Às vezes eu fico me perguntando como foi que a Tina pôde ser colocada em tantas classes avançadas. Sem ser maldosa nem nada.

Mas, mesmo assim...

FTLOUIE: Tina, o laboratório de química explodiu porque o Kenny estava sintetizando nitroamido e obviamente fez alguma coisa errada...

ILUVROMANCE: Ele fez alguma coisa errada, sim. O que ele fez de errado foi misturar um composto químico tão volátil assim tão perto do

J.P. enquanto ele admitia seus sentimentos verdadeiros por você, a mulher que finalmente destrancou o coração dele!!!!!!!

Ai, caramba. Eu queria ter a minha TV de volta. Eu realmente poderia ficar feliz com uma reprise bem tranqüila de *Judging Amy* ou de *Joan of Arcadia* neste momento, para acalmar os meus nervos.

FTLOUIE: Tina. Fala sério. A paixão do J.P. por mim não causou a explosão do laboratório de química hoje.

ILUVROMANCE: Ah, tudo bem, certo. Que seja assim mesmo — totalmente sem nenhum romance! Mas você precisa reconhecer que é MESMO a maior coincidência. Bom, mas então, o que foi que você respondeu?

FTLOUIE: Quando o J.P. pulou em cima de mim? Eu disse: "Sai daí, você está me esmagando e não consigo respirar."

ILUVROMANCE: Não! Estou falando de quando ele declarou os verdadeiros sentimentos dele por você!

FTLOUIE: Ah. Para falar a verdade, eu não disse nada. Não tive oportunidade. O laboratório de química explodiu.

ILUVROMANCE: Certo. Mas e depois?

FTLOUIE: Bom, depois fomos para a ambulância. E, depois, para o pronto-socorro. E daí os pais do J.P. chegaram para buscá-lo. E foi só isso.

ILUVROMANCE: FOI SÓ ISSO??? Mas o que você disse sobre o fato de que ele ama você? Disse que também o ama?

FTLOUIE: Claro que não, Tina! Eu amo o Michael!

ILUVROMANCE: Bom, é claro que você ama. Mas, Mia, sem querer ofender... você e o Michael terminaram. Você não pode continuar amando o Michael para sempre. Bom, quer dizer, é claro que você PODE, igual ao Ross ficou amando a Rachel para sempre em *Friends*, mas... e o baile de formatura?

FTLOUIE: O que TEM o baile de formatura?

ILUVROMANCE: Bom, Mia, você precisa de ALGUÉM para ir à formatura! Não pode deixar de ir! Você pode ir com outra menina, acho, tipo a Perin e a Ling Su estão dizendo que vão fazer... mas não está lembrada da nossa promessa? De que nós iríamos perder a virgindade na noite do nosso baile de formatura?

Não dava para acreditar que ela tinha tocado nesse assunto. BEM NAQUELA HORA.

FTLOUIE: É, mas, Tina, isso foi antes de o amor da minha vida ter saído fora dela.

ILUVROMANCE: Ah! Eu sei! E fico muito triste por as coisas não terem dado certo entre você e o Michael. Mas, Mia, você vai aprender a amar de novo. E o J.P. fica bem lindo de smoking. Não ouça o que as pessoas com ódio no coração dizem.

Do que é que ela está FALANDO? Esta não é a Tina que eu conheço, a pessoa que me apóia da maneira mais firme e inabalável possível! A Tina que eu conheço nunca me diria para aprender a amar de novo. A Tina que eu conheço me diria para ter força, que o Michael logo recobraria a noção e voltaria galopando em cima de um cavalo branco como leite, possivelmente de armadura, trazendo uma semijóia de zircônio cem por cento puro da Kay Jewelers...

Ou não. Porque isso é uma coisa que o Michael nunca, nunquinha, faria.

E até a Tina — com seus olhos brilhantes, cheios de romantismo — sabe disso.

Eu provavelmente já devia saber disso também, a esta altura.

FTLOUIE: O Michael nunca mais vai voltar, não é mesmo, Tina?

ILUVROMANCE: Ah, Mia! É claro que ele pode voltar! A questão é que... se ele voltar, você ainda vai querer ficar com ele? Ou será que você vai ter seguido em frente... provavelmente com alguém melhor?

Meus olhos se encheram de lágrimas.

FTLOUIE: Não existe ninguém melhor, Tina. Você sabe disso.

ILUVROMANCE: Pode ser que exista! Você não sabe!

FTLOUIE: E, de todo modo, de que adianta ter esta conversa? Ele nunca vai me querer de volta mesmo. Não depois de eu ter sido tão idiota.

ILUVROMANCE: Ele pode querer! Nunca se sabe! Eu DISSE para você não escutar as pessoas com ódio no coração!

FTLOUIE: Pessoas com ódio no coração? Que pessoas com ódio no coração? Por que você fica repetindo isso?

ILUVROMANCE: Ah... Mia, eu não estou nem aí. Pediram para eu não falar, mas você tem o direito de saber.

FTLOUIE: De saber O QUÊ? DO QUE É QUE VOCÊ ESTÁ FALANDO?

ILUVROMANCE: De euodeiomiathermopolis.com.

FTLOUIE: Ah. Disso.

ILUVROMANCE: VOCÊ JÁ ENTROU NO SITE???? VOCÊ SABE QUE ELE EXISTE????

FTLOUIE: Claro.

ILUVROMANCE: ENTÃO, POR QUE VOCÊ NÃO FAZ O SEU PAI MANDAR TIRAR DO AR?????

FtLouie: Tina, o meu pai pode ser príncipe, mas ele não tem controle sobre a internet.

Iluvromance: Mas ele pode reclamar com a diretora Gupta!

FtLouie: Para a diretora Gupta? Por que ELA? O que ELA tem a ver com isso?

Iluvromance: Bom, é que o site obviamente é feito por alguém que estuda na AEHS...

FtLouie: Como assim, obviamente?

Apesar de estar meio difícil de enxergar com todas as minhas lágrimas e tudo o mais, cliquei em euodeiomiathermopolis.com. Tinha acontecido tanta coisa na minha vida que eu não tinha tido oportunidade de entrar lá havia um tempo.

Percebi imediatamente que não dar atenção ao site tinha sido um erro. Porque tinha havido atualizações desde a minha última visita. MUITAS atualizações.

A pessoa que era dona do site tinha ficado de olho em cada movimento meu. No dia em que eu fui tomar água no bebedor do segundo andar da AEHS e o jato foi direto no meu rosto, em vez de entrar na minha boca? Registrada com alegria. A vez que tropecei no meu sapato novo e derrubei todos os meus livros na frente do laboratório de química? Anotada. A vez que eu derramei molho na parte da frente do meu uniforme no refeitório? Aliás, tinha até uma foto... uma bem ruim, obviamente tirada com uma câmera de celular.

Mas estava lá.

E a pessoa que tinha fundado o site não parou por aí. Ela dava vários conselhos a respeito de como eu poderia melhorar a minha aparência para não parecer tão repulsiva. Por exemplo, de acordo com euodeiomiathermopolis.com, eu precisava deixar o cabelo crescer (bom, isso é óbvio), e parar de usar meus sapatos boneca de plataforma para ir à escola, porque estou "mais alta do que todo mundo, como se fosse algum tipo de supermodelo. Ou como ela obviamente PENSA que é. Pena que ninguém disse para ela que se parece mais com uma superpateta".

Legal.

Foi aí que as lágrimas nos meus olhos começaram a escorrer. De repente, meu corpo foi tomado por soluços incontroláveis.

FTLOUIE: Tina. Desculpa. Preciso desconectar.

ILUVROMANCE: Mia? Está tudo bem com você? Não está levando toda aquela idiotice a SÉRIO, está?

FTLOUIE: Não, claro que não! Só preciso desconectar. Ligo para você mais tarde.

ILUVROMANCE: Mia! Sinto muito... mas achei que você precisava saber! O seu pai realmente devia ligar para a escola.

FTLOUIE: Fico feliz por você ter me contado. De verdade. Boa noite, Tina.

ILUVROMANCE: Boa noite...

Quarta-feira, 22 de setembro, meia-noite, no *loft*

Eu simplesmente fiquei chorando durante, tipo, meia hora — no meu banheiro, com a porta fechada e a torneira aberta, para todo mundo achar que eu só estava tomando banho e não me incomodar, perguntando qual era o problema. Acho que eu chorei mais agora há pouco do que já tinha chorado minha vida inteira. O pêlo do Fat Louie está ENCHARCADO com todas as lágrimas que caíram em cima dele enquanto estava aninhado no meu colo.

Bom, tudo bem. Na verdade ele não estava aninhado no meu colo. Eu o agarrei bem forte para ficar ali, e ele estava tentando escapar, miando feito doido para pedir ajuda.

Mas que se dane! Se uma menina não pode ter seu gato para reconfortá-la no momento em que mais precisa, de que adianta então TER um gato???

É só que... isto é a maior chatice, sabe? Eu não QUERO ser esse tipo de menina. Uma menina que fica chorando. Daqui a pouco vou começar a usar jeans skinny, lápis de olho borrado, esmalte preto e vou ler livros de vampiro.

Meu Deus. É só que... quando é que vou começar a me sentir MELHOR? Quando é que vou sair deste buraco de que o dr. Loco PROMETEU que ia me ajudar a sair?

E isso é tão ridículo, porque sei como tenho SORTE. Quer dizer, não tenho nenhum problema DE VERDADE. Bom, tirando a coisa toda de ser princesa. E a coisa do euodeiomiathermopolis.com.

Mas e daí? Tem muita gente que vê coisas horríveis escritas sobre elas na internet. Olhe só para a Rachael Ray, aquela mulher que dá receitas na Food Network. Tem uma comunidade online que se dedica a dizer como as pessoas a odeiam, e ela é totalmente adorável. Não dá para levar tudo para o lado pessoal. Com toda a certeza não dá para dar muita importância a isso. Assim, as pessoas com ódio no coração só conseguem o que querem: a atenção pela qual tão obviamente anseiam.

E se eu dedurar essas pessoas — tipo, se eu contar para o meu pai e ele for falar com a diretora Gupta a respeito, e ela descobrir quem é o responsável e expulsar a pessoa da escola, ou algo assim (porque a Albert Einstein High School tem uma política contra a difamação na internet que visa a proteger os alunos de afrontas como esta) —, de que vai adiantar?

Essas pessoas só vão me odiar ainda mais — e, vamos ser sinceros, eu faço uma boa idéia de quem essas "pessoas" são.

Certo.

E daí que o meu namorado me deu um pé na bunda, e eu continuo apaixonada por ele — tanto que continua doendo? Grande coisa. Milhões de garotas já levaram um pé na bunda do namorado ao longo dos anos. Eu não sou especial. Minha própria melhor amiga levou um pé na bunda igual há apenas duas semanas.

E agora o cara que deu um pé na bunda dela diz que me ama.

Vai entender..

Mas também não é por isso que eu estou chorando. Acho. Não sei...

E, coitado do J.P.! Não acredito que eu simplesmente o deixei na mão daquele jeito. Não dei nenhum tipo de resposta para ele. Eu só meio que... ignorei a existência dele.

Mas preciso dizer *alguma coisa*, se não vai ficar muito esquisito.

Claro que vai ser esquisito de qualquer jeito.

Mas ele assumiu um risco ao se expor daquela maneira. O mínimo que posso fazer é retribuir com a cortesia mínima de dar uma resposta.

É só que... eu não sei o que falar para ele.

Não sei! Quer dizer, eu sei que não correspondo ao amor do J.P. ... obviamente.

Mas isso não significa, como a Tina disse, que eu não poderia aprender a retribuir. Se me permitisse fazer isso.

Aliás, se eu me permitir, tenho na cabeça a idéia de que poderia aprender a amar muito o J.P.

Mas sabe como é. De um jeito diferente do que eu amei o Michael.

Mas talvez eu não devesse tomar decisões assim depois da meia-noite de um dia em que eu quase morri com uma explosão, duas semanas depois de levar um pé na bunda uma semana depois de ter começado terapia de caubói, duas noites antes de eu ter que fazer um discurso sobre drenagem perante duas mil empresárias sofisticadas de Nova York e uma hora depois de eu descobrir que euodeiomiathermopolis.com é escrito por alguém que estuda na minha escola e talvez, possivelmente, pela minha ex-melhor amiga.

(Mas *não pode* ser ela, certo? Isso seria maldade demais, até mesmo para a Lilly.)

Talvez eu deva deixar passar um tempo para pensar melhor. Talvez eu deva só ir para a cama e...

Certo. Isto aqui nunca vai dar certo. Não vou conseguir dormir, a menos que eu...

FTLOUIE: Querido J.P.,

Oi. Então... hoje foi bem esquisito, hein?

E amanhã provavelmente vai ser ainda mais esquisito, com tantos jornais e tal dizendo que o Kenny é um louco psicopata, e que você e eu estamos juntos e tudo o mais. Não que eu me importe... se vão inventar uma relação romântica falsa para mim, fico feliz por ser você. Ha ha.

É só que... não sei se já estou pronta para estar em uma relação romântica que NÃO é falsa com alguém. Sabe do que eu estou falando? Apesar de já fazer quase umas duas semanas, ainda parece que foi ontem que o Michael e eu terminamos. E não tenho certeza se já estou pronta para montar na sela e começar a sair com alguém de novo...

Ai, meu Deus. O dr. Loco nem está aqui, e estou usando metáforas de cavalos. Isto é simplesmente totalmente errado.

Certo, excluir, excluir, excluir.

Apesar de já fazer quase umas duas semanas, ainda parece que foi ontem que o Michael e eu terminamos. Acho que preciso de mais tempo para tentar entender quem eu sou sem ele antes de me ligar a outra pessoa...

Me ligar!!! NÃO NÃO NÃO NÃO!!!! EXCLUIR!!!

Acho que preciso de mais tempo para tentar entender quem eu sou sem ele antes de começar a sair com outra pessoa.

Certo. Ficou melhor assim.

Eu realmente considero você um dos meus melhores amigos, J.P. E se eu FOSSE sair com alguém assim tão rápido, seria com você.

Ai, meu Deus. Será que isso é verdade? Quer dizer, eu gosto dele *sim*... Ele não é o Michael. Mas quem é? Tirando o Michael, é claro.

Mas e a Lilly? É verdade que ela está louca da vida comigo neste momento (mas ela *não pode* ser responsável por euodeiomiathermopolis.com... onde ela poderia encontrar tempo, entre o conselho estudantil, o *Lilly Tells It Like It Is,* o Kenny e tudo o mais?) — e eu nem sei bem por quê.

Mas e se por algum milagre ela resolver me perdoar pela coisa que eu fiz para ela? E daí descobrir que eu estou ficando com o ex dela?

Por outro lado... ela está ficando com o meu ex.

E, tudo bem, eu passei a maior parte do tempo que namorava o Kenny tentando descobrir um jeito de terminar com ele. Mas, mesmo assim. Ela não pode ficar brava comigo por fazer exatamente a mesma coisa que ela está fazendo... pode?

Ai, meu Deus. Não sei.

Não sei de mais nada.

O que me leva a:

Mas eu preciso ordenar as minhas idéias antes que possa deixar qualquer outra pessoa entrar na minha vida. Você acha que isso faz sentido?

Por favor, não me odeie.

Com carinho,

Mia

Certo. Vou clicar em ENVIAR antes que eu possa mudar de idéia...

Quinta-feira, 23 de setembro, 7h, no loft

Caixa de entrada: 2!

A primeira era do Michael. Meu coração começou a bater super-rápido quando vi a mensagem.

Mas devo estar melhorando um pouco, porque as palmas das minhas mãos não ficaram suadas desta vez.

Será que a terapia está funcionando? Ou será que estou apenas totalmente desidratada de tanto chorar ontem à noite?

Não pude deixar de me perguntar, como sempre, se ele talvez não mudou de idéia e resolveu que a gente tem mesmo que voltar...

Se ele fez isso, será que eu aceitaria? Será que eu realmente me rebaixaria tanto a ponto de aceitá-lo de volta, depois de tudo pelo qual eu passei nas últimas semanas?

É. Eu me rebaixaria sim.

Mas fiquei arrasada (de novo) quando vi que era só um link para a reportagem do *New York Post* sobre a explosão na AEHS ontem, com um recado que dizia:

Então, acho que o Kenny finalmente encontrou um jeito de conseguir a atenção que ele sempre acreditou merecer...

Daí tinha uma carinha piscando e a assinatura do Michael.

Então. Acho que ele não está aborrecido com tudo o que falaram de mim e do J.P. no final das contas.

Não que ele ficaria aborrecido. Já que somos só amigos e tudo o mais.

Suspiro.

O segundo e-mail era do J.P., em resposta ao meu. Preciso confessar que o meu coração não se acelerou NEM UM POUCO quando vi a mensagem.

JPRA4: Querida Mia,

Pode demorar todo o tempo que você precisar para colocar a cabeça no lugar (mas preciso confessar que a sua cabeça sempre pareceu perfeita para mim). Eu espero.

Com carinho,

J.P.

Então. Isso é legal.

Acho.

Quinta-feira, 23 de setembro, sala de estudo

Eu sei que não devo escrever o meu diário na escola, mas isto aqui é só a sala de estudo, e não uma aula de verdade, de qualquer jeito, então ninguém pode reclamar.

E isto aqui não é o meu diário, que está em casa, e sim o meu caderno de pré-cálculo.

E, além do mais, eu PRECISO escrever isto aqui, porque acabei de ver a coisa mais sem sentido do mundo. E tenho certeza de que o dr. Loco ia querer que eu escrevesse isso, em nome da minha própria SANIDADE MENTAL, só para conseguir processar a informação:

Quando a limusine estacionou na frente da escola para me deixar — em uma área especial, isolada por uma fita, porque ainda há muitos repórteres e vans de televisão na frente da escola, tentando entrevistar alunos e professores a respeito do "inventor de bombas maluco" — eu desci e fiquei procurando o Lars, que aliás estava bem do meu lado, mas eu totalmente nem reparei de tão tonta que estou pela falta de sono.

Mas bom, foi por isso que por acaso eu vi, por baixo dos andaimes que estão usando para substituir a argamassa de um dos prédios de tijolinhos do outro lado da rua, um cara alto de jaqueta de couro preta, jeans desbotado e óculos escuros com uma bandana vermelha amarrada na cabeça, olhando fixamente para a escola.

E, no começo, eu fiquei, tipo: *O que o Ryan de,* The OC — Um estranho no paraíso, *está fazendo do outro lado da rua, na frente da nossa escola? Achei que esse seriado tinha sido cancelado...*

E daí uma coisa totalmente bizarra aconteceu: uma menina com uniforme da AEHS foi até o cara, e puxou a manga dele...

...e ele se virou e a abraçou e os dois começaram a se beijar cheios de paixão.

E daí eu percebi que a menina era a Lilly Moscovitz, e que o gostosinho de jaqueta de couro era o KENNY SHOWALTER!!!!

ISSO MESMO!!! O delinqüente juvenil suspenso que causou todo esse trauma, para começo de conversa!!! Ali na frente da escola para dar um beijo na namorada antes de a aula começar!!!!

E tudo isso, é claro, suscita a questão:

Quando foi que o Kenny Showalter ficou gostoso????

E também...

POR QUE A LILLY NÃO FALA COMIGO????

Porque eu estou totalmente me MATANDO de curiosidade de perguntar para ela como essa coisa toda com o Kenny começou, antes de mais nada. E também como está indo o conselho estudantil. E se o Kenny mostrou para ela a coleção de bonequinhos de Final Fantasy que ele começou a colecionar quando a gente estava junto. E se ela é responsável por euodeiomiathermopolis.com, e se for, o que foi que eu fiz para ela me odiar tanto assim.

E também quero saber se o Michael pergunta alguma coisa sobre mim.

Mas não posso. Porque ela não me diria nada, de todo jeito.

Quinta-feira, 23 de setembro, Inglês

Mia! Como você ESTÁ?

Estou bem, Tina! Quer dizer, estou meio dolorida por ter sido jogada no chão ontem. Mas é só a minha bunda que dói, se eu sentar em uma certa posição.

Que bom! Mas o que eu queria saber... é como você está EMOCIONALMENTE? Você sabe... por causa do euodeiomiathermopolis.com. E também do J.P. e o que ele disse para você.

Ah! Isso! Certo. Não tem nada de mais. Nós, as celebridades, precisamos nos acostumar a ter pessoas que nos odeiam na internet. E no que diz respeito ao negócio do J.P., acho que está tudo bem. O J.P. disse que está disposto a esperar, sabe, até eu estar pronta. Para começar a sair com outra pessoa. Então. Está tudo bem.

Ele é tão fofo! E é tão romântico o jeito como ele SALVOU você, a mulher que acendeu o vulcão de paixão que ele carrega dentro dele. E você viu como ele estava gostoso naquela foto do New York Post de hoje de manhã, na traseira da ambulância, olhando para você na traseira da

outra ambulância? Agora a cidade inteira quer que você fique com ele!

Eu sei. Sem pressão.

Você sabe que eu estou brincando!

Eu sei, Tina. Mas esta é a questão: É verdade mesmo. O problema é que... eu não sei se quero.

Bom, seja lá o que você decida, sempre vou gostar de você. E você sabe disso, certo?

Obrigada, T. Eu queria que todo mundo fosse tão fofo quanto você.

Quinta-feira, 23 de setembro, S & T

O almoço hoje foi uma tortura só. Todo mundo foi falar com o J.P. para dar parabéns por ele ter me salvado.

Não que eu ache que o J.P. não mereça os elogios e os agradecimentos de todos.

É só que... aquela coisa que a Tina disse, sabe? Realmente é verdade. Parece que todo mundo está torcendo para que o J.P. e eu fiquemos juntos — isso sem contar as pessoas que já pensam que nós ESTAMOS juntos.

E eu me sinto totalmente mal de ficar ressentida com isso, porque o J.P. realmente é ótimo, e nós totalmente DEVERÍAMOS estar juntos.

É só que... como é que todo mundo não ficou assim tão animado com o fato de *o Michael e eu estarmos juntos*? Quer dizer, claro, o Michael nunca me salvou de nitroamido explosivo.

Mas ele salvou a minha sanidade mental MUITÍSSIMAS vezes.

E até parece que ele está lá no Japão aprendendo a desenhar MANGÁ ou algo assim. Ele está lá para fazer uma coisa que vai salvar *vidas*.

Caramba.

Quinta-feira, 23 de setembro, Educação Física

Ai, meu Deus. Eu SABIA que isso ria acontecer. Eu sabia que precisaria pagar um preço alto por ter ficado amiguinha da Lana Weinberger:

Ela me obrigou a matar aula com ela.

E, tudo bem, a aula que eu estou perdendo é educação física, que não é exatamente fundamental para a minha carreira acadêmica.

Mas, mesmo assim! Eu não sou do tipo que mata aula!

Bom, quer dizer, eu já matei... mas normalmente é só para ficar na escada do terceiro andar para conversar com alguém — geralmente EU MESMA — que está passando por algum trauma emocional... não para ir ao Starbucks.

Mas a Lana e a Trisha estavam à minha espera no vestiário das meninas quando eu cheguei lá hoje. Elas me pegaram e me arrastaram — bem na frente do Lars, que estava apoiado na parede ao lado do bebedouro, jogando Fantasy Football no celular dele — para fora da escola e rua abaixo. (O Lars finalmente nos alcançou lá pela rua Setenta e Sete.) A Lana disse que estava precisando muito, muito mesmo de um mocha latte com leite desnatado, e que ela não ia conseguir sobreviver à aula de espanhol (que ela está cursando neste período) de jeito nenhum, porque fica bem embaixo do laboratório de química, e todo aquele lado da escola ainda está fedendo a fumaça.

"Além do mais", a Lana disse, "com todos os repórteres de plantão lá fora, tentando conseguir uma entrevista com a diretora Gupta sobre o Beaker, até parece que nós vamos *obtenga cualquier trabajo a hecho*, de qualquer jeito."

E isso não é exagero. A nossa escola continua no centro de um ataque da mídia, apesar de os repórteres não estarem invadindo o terreno da escola graças à ajuda do Departamento de Polícia de Nova York, que aparentemente a diretoria da escola chamou para conter a multidão.

No entanto, nós conseguimos passar por eles sem ser reconhecidas, porque colocamos o blazer por cima da cabeça e saímos correndo. E isso foi educativo do ponto de vista que serviu para ilustrar como se deve usar um xador.

"Então", a Lana comentou, quando estávamos todas sentadas. "Todo mundo está dizendo que aquele tal de J.P. salvou a sua vida. Vocês dois estão, tipo, juntos?"

"Não", eu senti que estava começando a ficar vermelha.

"Cara, por que não?" A Trisha, que pediu um mocha latte sem chantili e com leite desnatado, estava assoprando para esfriar. "Ele salvou a sua vida. Isso é uma delícia."

"É." Minhas bochechas pareciam estar tão quentes quanto o meu chocolate. "É só que... sabe como é. Estou acabando de sair de um relacionamento sério, e não sei se estou pronta para mergulhar em outro por enquanto."

"Sei do que você está falando", a Lana concordou. "É assim que eu fiquei me sentindo quando eu terminei com o Josh. Nós somos jovens, sabe? Precisamos rodar um pouco. Quem precisa se amarrar em algum cara aos 16 ANOS?"

"Eu bem que gostaria de estar amarrada com o Skeet Ulrich", Trisha se oferecendo.

"É só que...", ignorei a observação sobre o Skeet Ulrich. Mas sabe como é, a mesma coisa vale para mim. "Eu realmente amo o Michael. E a idéia de ficar com algum outro cara... Não sei. Não me diz nada."

"Eu sei exatamente do que você está falando", a Lana lambeu a espuma desnatada do pauzinho de madeira de mexer. "Depois que o Josh e eu terminamos, fiquei, tipo, quem vai poder substituir o Josh, sabe? Porque ele é, tipo, tão alto e tão gostoso e tão inteligente e tão bom para ficar esperando na cadeira do namorado enquanto eu faço compras."

"Total", a Trisha assentiu com a cabeça para mostrar que concordava. "Ele era mesmo muito bom nisso. Muitos caras não são. Você ia ficar surpresa de ver."

"Então eu estava mesmo relutando muito, sabe como é, para ficar com alguém", a Lana continuou, "porque eu simplesmente não queria me magoar de novo. Mas daí, pensei: preciso começar do zero. Sabe como é? Tipo dar uma repaginada. Então, fui a uma festa. E foi lá que eu conheci o Blaine."

"O Blaize", a Trisha corrigiu.

"O nome dele era esse?" A Lana parecia longe. "Ah, é. Bom, tanto faz. Ele foi, tipo, o cara que me serviu de consolo. E, depois disso, fiquei totalmente curada."

"Você precisa de um cara para servir de consolo", a Trisha apontou para mim com o pauzinho de mexer.

"Acho que devia ser aquele tal de J.P.", a Lana concordou. "Quer dizer, ele se jogou no FOGO por causa de você."

"Se jogar no fogo é tão legal", a Trisha me informou. Aparentemente sem ironia nenhuma.

Eu assenti, de todo modo. "Eu sei. O negócio é que... na teoria, o J.P. é o cara perfeito para mim. Nós dois adoramos teatro e cinema, nossa história de vida é parecida, a minha avó o adora totalmente e nós dois queremos ser escritores..."

"E vocês dois estão sempre rabiscando aqueles cadernos", a Lana apontou para o meu caderno de redação Mead com uma unha toda bem-feita, "Como você está fazendo agora. O que não é nem um pouco esquisito, aliás."

"É", eu ignorei a gargalhada sarcástica da Trisha. "E sei que ele é bonito, que foi legal o jeito que ele me salvou e tudo o mais. Mas é só que... o cheiro dele não é o certo."

Eu sabia que as duas iam ficar olhando para mim sem entender nada. E foi o que as duas fizeram. Elas não faziam a menor idéia do que eu estava falando.

Ninguém faz. Ninguém entende.

A não ser, talvez, o meu pai.

"É só dar uma colônia diferente para ele", a Trisha sugeriu.

"É", a Lana concordou. "O Josh antes usava um negócio totalmente nojento que praticamente me deixava com enxaqueca, então no aniversário dele eu dei de presente um Drakkar Noir e ele começou a usar. Problema resolvido."

Eu tive que fingir estar agradecida pela dica, e que realmente tinha me ajudado. Apesar de não ter ajudado, total. Parece que este é o problema de ser amiga de alguém da turminha dos populares:

Não dá para falar a verdade sobre tudo sempre, porque há muitas coisas que essas pessoas simplesmente não entendem.

Quinta-feira, 23 de setembro, Química

Mia — você estava tão quieta no almoço hoje... Está tudo bem?

Está, J.P.! Tudo ótimo! Só estou... um pouco atordoada.

Não por causa de mim, espero.

Não! Não tem nada a ver com você!

Também não dá para falar a verdade para caras fofos.

É mentira sua.

Não! Não é, não! Por que você está dizendo uma coisa dessas?

As suas narinas estão inflando.

DROGA! Será que NADA na minha vida pode ser segredo?

Ah. A Lilly falou disso para você?

Falou sim. Olha, a última coisa que eu quero é que as coisas fiquem esquisitas entre nós.

Não tem nada de esquisito! Bom, quer dizer... não exatamente.

Eu já disse que posso esperar.

Eu sei! E é muito fofo da sua parte! Muito fofo mesmo!

Eu sou fofo demais, não sou? Sou um cara legal demais? As meninas nunca se apaixonam pelos caras legais.

Não! Você não é legal. Você é assustador, está lembrado? Pelo menos de acordo com o seu terapeuta...

Ei, tem razão. E por acaso o seu médico não disse para você fazer uma coisa assustadora todo dia?

Hum. Disse...

Então, você devia sair comigo na sexta à noite.

Não posso! Tenho um compromisso.

Mia, achei que nós íamos ser sinceros um com o outro.

Está vendo as minhas narinas inflarem? É sério, tenho que fazer um discurso no evento de gala da Domina Rei.

Certo. Eu vou ser o seu acompanhante.

Não dá. É só para mulheres.

Sei.

É sério. Pode acreditar, eu gostaria de não precisar ir lá.

Certo. Então, no sábado.

Não posso! Realmente preciso estudar. Você faz idéia de como a minha média de B+ está ameaçada neste momento?

Certo. Mas, cedo ou tarde, eu vou sair com você. E você vai esquecer o Michael completamente. Eu prometo.

J.P., você realmente não faz idéia de como eu torço para que isto seja verdade.

Quinta-feira, 23 de setembro, 20h, na limusine, a caminho do hotel Four Seasons

Tudo bem, realmente está difícil escrever isto aqui, de tanto que as minhas mãos estão tremendo.

Mas eu preciso deixar tudo registrado. Porque aconteceu uma coisa.

Uma coisa grande.

Maior do que uma explosão de nitroamido. Maior do que a Lilly me detestar e talvez possivelmente ser a fundadora do site euodeiomiathermopolis.com. Maior do que eu ter descoberto que o J.P. me ama. Maior do que o fato de o Michael NÃO me amar (mais). Maior do que eu ter que começar a fazer terapia. Maior do que a minha mãe se casar com o meu professor de álgebra e ter um filho com ele, ou de eu ter descoberto que sou princesa, ou de o Michael ter me amado para início de conversa.

Maior do que qualquer coisa que já aconteceu na minha vida.

Tudo bem. Vou contar o que aconteceu:

A noite começou completamente normal. Quer dizer, fiz o meu dever de casa com o sr. G (nunca vou passar nem em química nem em pré-cálculo sem ter aula particular todos os dias — isto já está bem claro), jantei e finalmente cheguei à conclusão de que, sabe como é, a Lana tem razão: preciso recomeçar do zero. Preciso de uma repaginação. Falando sério. Está na hora de deixar as coisas velhas para trás — velhos namorados, velhas melhores amigas, roupas velhas que não servem mais e decoração velha — e adotar coisas novas.

Então, eu estava mudando os móveis do meu quarto de lugar (tanto faz. Eu tinha acabado o dever de casa e NÃO TENHO MAIS TV. O que MAIS eu podia fazer? Procurar coisas maldosas sobre mim na internet? Agora tem uma seção de comentários em euodeiomiathermopolis.com, onde alguém do estado da Dakota do Sul acabou de postar: "Eu também odeio a Mia Thermopolis! Ela é totalmente superficial e metida! Uma vez eu mandei um e-mail para ela aos cuidados do palácio da Genovia e ela nunca respondeu!") quando derrubei sem querer o retrato da princesa Amelie.

E a parte de trás caiu. Sabe, a parte de madeira que ficava por cima da parte de trás da moldura?

E eu totalmente tive um ataque, porque sabe como é, aquele retrato provavelmente não tem preço ou algo assim, como tudo mais no palácio.

Então eu me apressei para pegar o quadro.

E um papel caiu de lá.

Não foi um papel, na verdade. Foi algum tipo de pergaminho. Do tipo que se usava para escrever lá no século XVII.

E estava todo coberto com uns garranchos em francês do século XVII que eram bem difíceis de ler. Demorei uma eternidade para decifrar o que estava escrito. Quer dizer, dava para ver que a parte de baixo estava assinada pela princesa Amelie — a minha princesa Amelie. E bem do lado da assinatura dela estava o selo real da Genovia. E do lado dele havia assinaturas de duas testemunhas, cujos nomes eu não conhecia.

Demorei um minuto para descobrir que tinham de ser as assinaturas das duas testemunhas que ela encontrou para assinar sua ordem executiva.

Foi aí que percebi o que era aquilo que eu tinha nas mãos. Aquela coisa que a Amelie tinha assinado — a coisa que tinha deixado o tio dela tão louco da vida, a ponto de queimar todas as cópias... menos uma, que ela tinha escondido perto do coração.

No começo, eu tinha achado que ela tinha falado LITERALMENTE perto do coração dela, e que fosse lá o que fosse, devia ter queimado completamente junto com o corpo dela na pira funerária real depois da morte de Amelie.

Mas daí eu percebi que ela não tinha sido literal coisa nenhuma. Ela queria dizer que era perto do coração do RETRATO dela... que, de fato, era o lugar de onde o pergaminho tinha caído — do lugar entre o retrato e o forro da moldura. Onde ela tinha escondido para impedir que o tio encontrasse... e onde o Parlamento da Genovia deveria ter procurado, depois que o diário e o retrato da Amelie foram devolvidos da abadia para onde ela os tinha mandado por medida de segurança.

Só que, é claro, ninguém (além do tradutor, aparentemente) nunca fez isso. Estou falando de ler o diário, quer dizer. Nem encontrou o pergaminho.

Até eu.

Então, é claro, fiquei me perguntando o que esta coisa poderia dizer. Sabe como é, já que tinha deixado o tio dela tão bravo que ele tentou queimar todas as cópias, e para ela ter tanto trabalho para esconder a última.

E apesar de no começo ter sido meio difícil entender exatamente o que o documento estava dizendo, quando terminei de traduzir todas as palavras que eu não conhecia com a ajuda de um dicionário online de francês medieval (obrigada, nerds), tive uma boa noção de por que o tio Francesco tinha ficado tão bravo.

E também por que a Amelie tinha escondido o documento. E deixado pistas no diário dela para que pudesse ser encontrado.

Porque este era possivelmente o documento mais inflamatório que eu já li. Ainda mais explosivo do que a experiência de síntese de nitroamido do Kenny.

Durante um segundo, só consegui ficar olhando para o pergaminho, completamente estupefata.

E daí eu percebi uma coisa, uma coisa *fantástica*:

A princesa Amelie Virginie Renaldo, lá de 1669, tinha simples e totalmente salvado a *minha pele*!!!!!

Não só a minha pele, mas a minha sanidade mental...

...a minha vida

...o meu futuro

...o meu *tudo*.

De verdade. Parece que estou exagerando, e eu sei que faço muito isso, mas neste caso... não estou. Estou total e completamente cem por cento com o coração acelerado, as palmas das mãos suadas e a boca seca. Falando sério.

Tão sério que, por um minuto, achei que ia ter um ataque cardíaco ali mesmo.

E, por isso, assim que percebi que eu ia ficar bem, liguei para o meu pai e disse a ele que estava a caminho da zona norte para falar com ele. E com Grandmère também.

Porque tenho uma coisa para dizer para os dois.

Sexta-feira, 24 de setembro, 1h, no loft

Não dá para acreditar. Não dá para acreditar que eles...

Isto não está acontecendo. Simplesmente NÃO ESTÁ ACONTECENDO. NÃO PODE estar acontecendo. Afinal, como os meus próprios parentes de sangue podem ser tão... tão... tão *horríveis?*

Acho que eu consigo entender a reação de GRANDMÈRE. Mas o meu pai? Meu PRÓPRIO *pai*?

E, também, parece até que ele não refletiu sobre o que estava falando. Ele pegou o pergaminho de mim e leu. Ele conferiu o selo, a assinatura e todo o resto. Ficou estudando o documento durante muito tempo, enquanto Grandmère ficava lá resmungando: "Ridículo! Uma princesa da Genovia que dá às pessoas o direito de ELEGER um chefe de estado, e ainda declara que o papel do soberano da Genovia é apenas cerimonial? Nenhum ancestral nosso seria assim tão estúpido."

"Não foi estupidez de Amelie, Grandmère", eu expliquei a ela. "O que ela fez na verdade foi muito inteligente. Ela estava tentando AJUDAR o povo da Genovia ao poupar a população de ser governada por alguém que ela sabia, por experiência própria, ser um tirano, e que só iria piorar uma situação ruim, com a peste e tudo o mais. Foi mesmo muita falta de sorte ninguém ter encontrado o documento até agora."

"Certamente que sim", meu pai disse, ainda examinando o pergaminho. "Isso poderia ter poupado o povo da Genovia de muitas dificuldades. O fato é que a princesa Amelie tomou a melhor decisão que poderia ser tomada na época, de acordo com as circunstâncias."

"Certo", eu disse. "Então, precisamos apresentar isto ao Parlamento o mais rápido possível. Vão querer começar a nomear candidatos a primeiro-ministro e decidir quando vão fazer as eleições o mais rápido possível. E, pai, eu queria dizer, isso vai parecer um choque tremendo para você, mas eu conheço o povo da Genovia — e acho que conheço mesmo a esta altura — e só tem uma pessoa que todo mundo vai querer como primeiro-ministro, e essa pessoa é você."

"Isso é muita gentileza da sua parte, Mia", meu pai agradeceu.

"Bom, é verdade", eu disse. "E não tem nada na Declaração de Direitos como Amelie a delineou que impeça qualquer integrante da família real a concorrer ao cargo de primeiro-ministro se quiser. Então, acho que você deveria tentar. Eu sei que não é exatamente a mesma coisa, mas tenho alguma experiência com eleições, graças à disputa pela presidência do conselho estudantil no ano passado. Então, se precisar de qualquer coisa, fico feliz de ajudar com o que eu puder."

"O que é isto?", Grandmère praticamente cuspiu. "Todo mundo aqui enlouqueceu totalmente? Primeiro-ministro? Nenhum filho meu vai ser primeiro-ministro! Ele é um príncipe, como é necessário lembrá-la, Amelia!"

"Grandmère." Eu sei que realmente é difícil para as pessoas de idade se acostumarem com novidades — tipo a internet —, mas eu sabia que Grandmère se atualizaria no fim. Agora ela é uma verdadeira profissional do mouse. "Eu sei que o papai é príncipe. E sempre vai ser. Da mesma maneira como você sempre vai ser a princesa viúva, e eu sempre vou ser princesa. É só que, de acordo com a declaração da Amelie, a Genovia não é mais governada por um príncipe ou uma princesa. O país tem um Parlamento eleito, liderado por um primeiro-ministro eleito..."

"Isso é ridículo!", Grandmère exclamou. "Eu não passei todo este tempo ensinando você a ser princesa só para descobrir que, no final das contas, você NÃO é princesa coisa nenhuma!"

"Grandmère." Fala sério. Parece que ela nunca estudou a respeito dos sistemas de governo na escola. "Eu continuo sendo princesa. Só que agora sou princesa de cerimônia. Tipo a princesa Aiko do Japão... ou a princesa Beatrice da Inglaterra. Tanto a Inglaterra quanto o Japão são monarquias constitucionais... como Mônaco."

"Mônaco!" Grandmère parecia horrorizada. "Meu Deus do céu, Phillipe! Não podemos ser iguais a Mônaco. O que ela está dizendo?"

"Nada, mãe", meu pai respondeu. Eu nunca tinha reparado antes, mas a mandíbula dele estava quadrada. Isso é sempre um sinal — como quando a boca da minha mãe fica pequena — de que as coisas não vão acontecer do jeito que eu quero. "Não é nada com que se preocupar."

"Bom, na verdade é sim", eu disse. "Quer dizer, um pouco. Vai ser uma mudança bem grande. Mas a mudança só vai ser para melhor, acho. Nossa admissão na União Européia estava bem incerta antes por causa da coisa toda da monarquia absolutista, certo? Quer dizer, está lembrada do caso das lesmas? Mas agora, como democracia..."

"Democracia, de novo!", Grandmère exclamou. "Phillipe! O que tudo isso significa? Do que ela está FALANDO? Você é ou não é o príncipe da Genovia?"

"Claro que sou, mãe", meu pai respondeu, com um tom de voz reconfortante. "Não se altere. Nada vai mudar. Deixe-me pedir um Sidecar para você..."

Eu totalmente entendi o meu pai tentando acalmar Grandmère e tudo o mais. Mas mentir para ela na cara dura me pareceu um tanto severo demais.

"Bom", eu disse. "na verdade, *muita coisa* vai mudar..."

"Não", o meu pai me interrompeu, abrupto. "Não, Mia, na verdade, não vai mudar. Fico contente por você ter chamado a minha atenção para este documento, mas ele não significa o que você parece achar que significa. Ele não tem nenhuma validade."

Foi aí que o meu queixo caiu. "O QUÊ? Claro que tem validade! A Amelie seguiu completamente todas as regras determinadas pela carta régia da Genovia: ela usou o selo, conseguiu a assinatura de duas testemunhas independentes e tudo! Se é que eu aprendi alguma coisa desde que as minhas aulas de princesa começaram, aprendi que é válido sim."

"Mas ela não obteve aprovação parlamentar", meu pai começou.

"PORQUE TODO MUNDO DO PARLAMENTO ESTAVA MORTO!" Não dava para acreditar naquilo "Ou então estava em casa, cuidando dos parentes moribundos. E, pai, você sabe tão bem quanto eu que durante uma crise nacional — como, por exemplo, um surto de PESTE, a morte iminente de um governante e a ciência de que o trono vai para uma pessoa que é sabidamente um déspota —

um príncipe ou uma princesa coroada da Genovia pode colocar em vigor qualquer coisa que desejar através de uma lei, com base no direito divino."

É sério. Será que ele acha mesmo que eu não aprendi NADA além de como usar garfo de peixe nestes três anos de aulas de princesa?

"Certo", meu pai disse. "Mas essa crise nacional específica aconteceu há quatrocentos anos, Mia."

"Isso não faz com que a lei seja menos válida", eu insisti.

"Não", meu pai concedeu. "Mas significa que não há razão para que o Parlamento receba esta informação no momento. OU em qualquer outro momento, aliás."

"*O QUÊ?*"

Eu me senti como a princesa Leia Organa quando finalmente revelou a localização oculta da base rebelde (apesar de estar mentindo) a Grand Moff Tarkin em *Guerra nas estrelas: Uma nova esperança*, e ele foi lá e ordenou a destruição do planeta natal dela, Alderaan, de todo jeito.

"É *claro* que nós precisamos passar esta informação para o Parlamento", eu berrei. "Pai, a Genovia vive uma mentira há quase quatrocentos anos!"

"Esta conversa está encerrada", meu pai pegou a Declaração de Direitos da Amelie e se preparava para guardar na pasta dele. "Fico contente com a sua tentativa, Mia — foi muito inteligente da sua parte ter descoberto tudo isso. Mas isto aqui não é, nem de longe, um documento legal legítimo que precisamos apresentar ao povo da Genovia — ou ao Parlamento. Não passa de uma mera tentativa de uma adolescente assustada de proteger os interesses de um povo que já morreu há muito tempo, e não é nada com que precisamos nos preocupar..."

"O problema é esse", num gesto rápido, peguei o pergaminho antes que ele pudesse selá-lo para sempre nas profundezas da pasta Gucci dele. Eu estava começando a chorar. Não pude evitar. Aquilo tudo simplesmente era injusto. "É isso, não é? É só porque foi escrito por uma menina. Pior ainda, por uma *ADOLESCENTE*. Então, portanto, não tem legitimidade, e pode ser simplesmente ignorado..."

Meu pai me lançou um olhar azedo. "Mia, você sabe que não é isto que quero dizer."

"É sim! Se tivesse sido escrito por um dos nossos ancestrais HOMENS — o próprio príncipe Francesco — você iria totalmente apresentar ao Parlamento quando houver a sessão do mês que vem. TOTALMENTE. Mas como foi escrito por uma adolescente, que só foi princesa durante doze dias antes de morrer sozinha com uma doença horrível, o seu plano é desprezar o documento completamente. Por acaso a liberdade do seu povo realmente significa assim tão pouco para você?"

"Mia", meu pai disse, em tom cansado. "A Genovia é repetidamente considerada um dos melhores lugares para se viver no *planeta*, e a população do país está entre as mais satisfeitas do mundo. A temperatura média é de 22 graus centígrados, faz sol quase trezentos dias por ano e ninguém lá paga imposto, está lembrada? O povo da Genovia certamente nunca expressou a menor reserva em relação a sua liberdade, ou ausência dela, desde que subi ao trono."

"Como o povo pode sentir falta de uma coisa que nunca teve, pai?", perguntei a ele. "Mas esta nem é a questão. A questão é que uma das suas ancestrais deixou para trás um legado — algo que ela pretendia usar para proteger o povo com que ela se preocupava. O tio dela dispensou a lei, da mesma maneira que tentou dispensar a *ela*. Se não honrarmos seu último pedido, seremos tão tiranos quanto ele foi."

Meu pai revirou os olhos. "Mia, está tarde. Eu vou voltar para a minha suíte. Conversaremos mais sobre este assunto amanhã." Daí, tenho certeza que o ouvi resmungar: "Se você ainda estiver pensando nisso até lá."

E isso realmente é o X da questão, não é? Ele acha que eu só estou tendo um ataque histérico de adolescente... do mesmo tipo que o levou a me mandar fazer terapia, e que levou a princesa Amelie a assinar aquela lei, para começo de conversa.

A lei que ele está ignorando — basicamente — porque foi escrita por uma menina.

Legal. Bem legal mesmo.

E Grandmère também não ajudou em absolutamente nada. Quer dizer, seria de se pensar que outra mulher demonstraria um pouco de solidariedade pela minha luta — que também é da Amelie.

Mas Grandmère é igualzinha àquelas outras mulheres que andam por aí exigindo os mesmos direitos dos homens, mas que não querem se autodenominar feministas. Porque isso não é "feminino".

Depois que o meu pai foi embora, ela só ficou olhando para mim e falou assim: "Bom, Amelia, ainda não sei muito bem que história foi essa, mas eu disse para você não dar atenção àquele diário velho e empoeirado. Então, está pronta para o seu discurso de amanhã? O seu tailleur foi entregue aqui, então suponho que o melhor a fazer é vir direto para cá depois da escola e se trocar."

"Não posso vir direto da escola", eu disse a ela. "Tenho terapia amanhã."

Ela ficou olhando para mim sem entender nada um tempinho — eu nunca soube muito bem se o meu pai tinha falado para ela sobre o dr. Loco. Mas agora eu sei que ele não falou nada — e ela disse: "Bom, então depois disto."

!!!!!

Fala sério! A minha avó descobre que eu estou fazendo terapia e a única coisa que diz é que eu devo ir ao hotel DEPOIS da sessão, para trocar de roupa para o discurso que eu SÓ vou fazer porque ELA quer ser uma Domina Rei.

Eu seria capaz de matar os dois neste momento. Meu pai E Grandmère.

Voltei para casa tão louca da vida que não conseguia nem falar. Só fui para o meu quarto e fechei a porta.

Não que a minha mãe ou o sr. G tenham chegado a reparar. Eles finalmente conseguiram todas as temporadas existentes de *The Wire* no Netflix e estão grudados à TV.

A TV do QUARTO deles.

Porque ninguém levou embora a TV DELES.

Pensei em entrar lá e contar a eles — bom, à minha mãe, pelo menos — o que estava acontecendo. Só que eu sabia que a informação faria com que a cabeça dela explodisse. O fato de o ex-namorado dela e a mãe dele privarem uma mulher de seus direitos humanos básicos (porque é isso que o meu pai e Grandmère estão fazendo com a Amelie) faria a minha mãe entrar totalmente em pé de guerra. Ela ia convocar todas as integrantes do grupo Riot Grrls, a que ela pertence, pelo telefone e elas todas logo estariam fazendo piquete na frente da embaixada da Genovia. Daí, se isso não desse certo, ela daria um golpe de caratê no pescoço do meu pai (ela anda se exercitando para perder os quilos que sobraram da gravidez e voltou para sua faixa marrom).

Só que...

Só que não é isso que eu quero.

Para começo de conversa, violência doméstica nunca é resposta para nada.

E, depois, não quero que a minha MÃE dê um jeito nisto. Preciso de conselhos sobre como eu posso consertar isto. EU.

Não dá para acreditar no que está acontecendo. Será que isto pode mesmo — de verdade — ser a minha vida?

E se for... como é que isso *aconteceu*?

Sexta-feira, 24 de setembro, Inglês

Mia! Está tudo bem com você? Está com cara de quem não dormiu nada ontem à noite!

É. Isso é porque eu não dormi.

Por quê???? Ai, meu Deus, aconteceu alguma coisa com o J.P.? Ou com o MICHAEL???

Não, Tina. Acredite se quiser, mas isso não tem nada a ver com homem nenhum. Bom, tirando o meu pai.

Ele fez de novo aquele discurso sobre como você não vai conseguir entrar numa faculdade de primeira linha se não estudar mais, e que daí vai acabar se casando com um artista de circo igual à sua prima, a princesa Stephanie? Porque o que quero dizer é o seguinte: a MAIORIA das pessoas não consegue entrar em faculdades de primeira linha, e muito pouca gente acaba casada com contorcionistas, então não acho que essa seja uma preocupação muito válida.

Não. É pior do que isso.

Ai, meu Deus, ele descobriu que você ia dar o seu Dom Precioso para o Michael??? Só que o Michael não quis????

Não. É uma coisa muito, muito mais importante...

Mais importante do que o seu Dom Precioso? O que é, então???????

Bom...

Não vou mais passar bilhetinho na aula.
Não vou mais passar bilhetinho na aula.
Não vou mais passar bilhetinho na aula.
Não vou mais passar bilhetinho na aula.
Não vou mais passar bilhetinho na aula.
Não vou mais passar bilhetinho na aula.
Não vou mais passar bilhetinho na aula.
Não vou mais passar bilhetinho na aula.
Não vou mais passar bilhetinho na aula.
Não vou mais passar bilhetinho na aula.
Não vou mais passar bilhetinho na aula.
Não vou mais passar bilhetinho na aula.
Não vou mais passar bilhetinho na aula.
Não vou mais passar bilhetinho na aula.
Não vou mais passar bilhetinho na aula.
Não vou mais passar bilhetinho na aula.
Não vou mais passar bilhetinho na aula.

Sexta-feira, 24 de setembro, horário de almoço, escada do terceiro andar

Nem sei o que dizer. Aposto que as palavras desta página estão todas borradas por causa das minhas lágrimas.

Só que eu estou chorando tanto que não sei dizer, já que mal consigo enxergar a página mesmo.

É só que... eu simplesmente não entendo como ela pode ter DITO aquilo.

Sobre o fato de ela ter FEITO aquilo, nem vou comentar.

Nem sei onde eu estava com a cabeça.

É só que isto é muito PIOR do que o fato de que o meu namorado de um tempão ter me dado um pé na bunda. Pior do que o fato de o ex da minha melhor amiga dizer que está apaixonado por mim. Pior do que o fato de a minha ex-inimiga agora almoçar comigo. Pior do que o fato de eu mal estar conseguindo dar conta da matéria de pré-cálculo.

Quer dizer, meu pai está tentando trapacear o povo da Genovia e privar as pessoas da única chance de pertencerem a uma sociedade democrática.

E realmente só existe uma pessoa em quem eu posso pensar para me dizer o que devo fazer em relação a tudo isto (em vez de, sabe como é, falar para a minha mãe e ela dar conta de tudo sozinha).

E ela não está falando comigo.

Mas eu achei que nós conseguiríamos ser superiores a essa mesquinharia. Realmente achei que conseguiríamos.

Falando sério. Eu simplesmente achava que precisava conversar com a Lilly. Porque a Lilly saberia o que devo fazer.

E eu pensei: Qual seria a pior coisa a acontecer se eu simplesmente CONTASSE para ela? E se eu só chegasse para ela e contasse o que está acontecendo? Ela ia TER QUE responder, certo? Porque, como é uma injustiça tão grande, ela não poderia fazer nada além de me ajudar. Ela é a LILLY. A Lilly não consegue ficar inerte enquanto uma injustiça é perpetrada. Ela é fisicamente incapaz de fazer isso. Ela ia TER que falar alguma coisa.

O mais provável seria que ela dissesse: "Você TEM que estar de brincadeira. Mia, você tem que..."

E daí ela me diria o que fazer. Certo?

E daí eu conseguiria parar de me sentir como se estivesse escorregando cada vez mais para o fundo da cisterna de Papaw.

Quer dizer, talvez não voltássemos a ser amigas.

Mas a Lilly nunca permitiria que um país fosse privado de ter um governo popular. Certo? Afinal, ela é totalmente contrária à monarquia.

Esse foi o meu raciocínio, pelo menos. Foi por isso que fui falar com ela agorinha mesmo no refeitório.

Juro que foi só isso que eu fiz. Eu só fui até onde ela estava. Só isso. Eu simplesmente fui até o lugar em que ela estava sentada — SOZINHA, aliás, porque o Kenny está suspenso e a Perin tinha saído para uma consulta no ortodontista e a Ling Su tinha ficado na sala de arte para terminar uma colagem dela mesma que batizou de *Retrato da Artista com Miojo e Azeitonas* — e falei: "Lilly? Posso conversar com você um segundo?"

E, tudo bem, talvez tenha sido má idéia abordá-la em público. Eu provavelmente deveria ter esperado por ela no banheiro, já que ela sempre vai lá para lavar as mãos depois que termina de comer. Assim eu poderia ter falado com ela em particular, e se ela reagisse mal, ninguém — além de mim e talvez alguns alunos do primeiro ano — teria visto nem ouvido nada.

Mas, igual a uma IDIOTA, eu fui lá falar com ela na frente de todo mundo e me acomodei no assento na frente do dela e disse: "Lilly, eu sei que você não está falando comigo, mas eu realmente preciso da sua ajuda. Uma coisa horrível aconteceu: eu descobri que há quase quatrocentos anos, uma das minhas ancestrais assinou uma lei que transformava a Genovia em uma monarquia constitucional, mas ninguém encontrou a lei até outro dia, e quando eu mostrei para o meu pai, ele basicamente a desprezou porque tinha sido escrita por uma adolescente que só governou durante doze dias, antes de sucumbir à Peste Negra, e, além do mais, ele não quer ter um papel meramente cerimonial no governo da Genovia, apesar de eu dizer a ele que deveria se candidatar a primeiro-ministro. Você sabe que todo mundo votaria nele. E eu simplesmente acho que uma enorme injustiça está sendo cometida, mas não sei o que posso fazer a esse respeito, e você é tão inteligente, achei que poderia me ajudar..."

A Lilly ergueu os olhos da salada que estava comendo e falou assim, bem fria: "Por que você está falando comigo?"

E reconheço que isso meio que me deixou louca da vida. Eu provavelmente deveria ter me levantado e ido embora naquele mesmo minuto.

Mas como eu sou a maior idiota, continuei falando. Porque... sei lá. Nós passamos por tanta coisa juntas, e eu só achei que ela não tivesse escutado direito ou algo assim.

"Eu já disse", eu respondi. "Preciso da sua ajuda. Lilly, esta coisa de ficar dando as costas para mim é a maior estupidez."

Ela só ficou olhando para mim mais um pouco. Então, eu falei: "Bom, tudo bem, se você acha que precisa continuar me odiando, isso é com você. Mas e o povo da Genovia? Aquelas pessoas nunca fizeram nada contra você — apesar de eu também não ter feito, mas esta não é a questão. Você não acha que o povo da Genovia merece ser livre para escolher seus próprios líderes? Lilly, o país precisa de você... eu preciso de você para me ajudar a descobrir como..."

"Ai. Meu. Deus."

A Lilly se levantou quando disse a palavra "Ai". Ela ergueu o punho na palavra "Meu". E deu um soco na mesa com a palavra "Deus".

Com tanta força que todas as cabeças no refeitório se voltaram para nós para ver o que estava acontecendo.

"Não dá para acreditar nisto!", a Lilly gritou. Ela literalmente gritou comigo, apesar de eu estar sentada bem na frente dela, a meio metro de distância. "Você é totalmente inacreditável. Primeiro, deixa o meu irmão com o coração partido. Depois rouba o meu namorado. E ainda acha que pode vir me pedir conselhos sobre a sua família totalmente destrambelhada?"

Quando ela chegou à palavra "destrambelhada", estava aos berros.

Eu só fiquei olhando para ela, completamente chocada. E também não estava conseguindo enxergar muito bem, graças às lágrimas nos meus olhos.

Mas isso provavelmente foi bom. Porque assim eu não pude ver todos os rostos assustados que se voltavam na nossa direção.

Mas eu escutava o silêncio completo que tomou conta de todo o refeitório. Dava até para ouvir um garfo raspando no prato. Todo mundo estava realmente a fim de registrar cada segundo da surra verbal que eu estava levando da minha ex-melhor amiga.

"Lilly", eu sussurrei. "Você sabe que eu não deixei o Michael de coração partido. Ele é que fez isso comigo. E eu não roubei o seu namorado..."

"Ah, guarde isto para o *New York Post*", a Lilly gritou. "Nada NUNCA é culpa sua, não é mesmo, Mia? Mas por que você reconheceria algum dia estar errada, já que essa coisa de se fazer de vítima dá tão certo para você, não é? Quer dizer, olhe só para você. Agora a LANA WEINBERGER é a sua melhor amiga. Isso não é uma coisa ESPECIAL? Você não percebe que ela só está USANDO você, sua idiota? Todo mundo só está usando você, Mia. Eu era a sua única amiga de verdade, e olha só como você me tratou!"

Depois disso, a única coisa que eu enxergava da Lilly era um enorme borrão, porque as lágrimas estavam caindo muito rápido. Mas dava para ouvir o tom de desprezo na voz dela. E também o silêncio total e completo ao nosso redor.

"E sabe o que mais?", a Lilly prosseguiu, toda ácida — e ainda em um tom alto o bastante para acordar os mortos. "Você tem razão. Você não deixou o Michael de coração partido. Ele estava tão cheio dos seus choramingos constantes e da sua total incapacidade de resolver seus próprios problemas que não agüentava mais esperar para ficar longe de você. Eu também queria ter tanta sorte quanto ele tem! Eu daria qualquer coisa para estar a milhares de quilômetros de você. Mas, enquanto isso não acontece, pelo menos eu tenho o site novo que fiz para me consolar.

Quem sabe você viu. Se não, deixa que eu dou o endereço para você e EUODEIOMIATHERMOPOLISPONTOCOM!"

E, com isso, ela deu um rodopio e saiu do refeitório. Pelo menos eu acho que sim. Era meio difícil de saber, já que eu na verdade não conseguia enxergar o que estava acontecendo, porque àquela altura eu já estava chorando tanto que pareciam as cachoeiras de Niagara Falls derramando no meu rosto.

E foi por isso que eu não reparei que a Tina, o Boris, o J.P., a Shameeka, a Lana e a Trisha tinham corrido para onde eu estava sentada, até que eles começaram a dar tapinhas nas minhas costas, dizendo coisas como: "Não escute o que ela diz, Mia, ela não tinha intenção de falar essas coisas" e "Ela só está com inveja. Sempre foi assim" e "Ninguém está usando você, Mia. Porque, para ser sincera, você não tem nada que eu queira." (Esta última frase saiu da Lana. Que tinha a intenção de ser gentil, eu sei disso.)

Eu sabia que eles só estavam tentando ser simpáticos. Eu sabia que só tinham a intenção de fazer com que eu me sentisse melhor.

Mas já era tarde demais. A maneira como a Lilly tinha me aniquilado totalmente — de um jeito assim tão público — foi a gota que fez o copo inteiro transbordar. E o fato de a Lilly — a Lilly, ninguém menos! — ser a responsável por aquele site imbecil?

Acho que eu sempre soube disso.

Mas ouvir dela, daquele jeito... Ela falou com tanto orgulho, parecia *querer* que eu soubesse...

Eu tive que sair dali. Eu sabia que, assim, eu só estava sendo o que a Lilly me acusou de ser — uma vítima chorona.

Mas eu realmente precisava ficar sozinha.

E é isso que eu estou fazendo aqui na escada do terceiro andar, que leva à porta trancada do telhado, e aonde ninguém nunca vai...

Ninguém além da Lilly e de mim, quer dizer. A gente costumava vir aqui quando estava aborrecida com alguma coisa.

O Lars está parado no pé da escada para impedir que alguém suba. Parece que ele está preocupado de verdade comigo. Ele disse assim: "Princesa, será que devo ligar para a sua mãe?"

Eu fiquei, tipo: "Não, obrigada Lars."

E daí, ele falou: "Bom, então quem sabe o seu pai?"

Eu fiquei, tipo: "NÃO!"

Ele pareceu meio surpreso com a minha veemência. Mas eu estava com medo que, na seqüência, ele perguntasse se devia ligar para o dr. Loco.

Mas, felizmente, ele só assentiu com a cabeça e disse: "Tudo bem, então. Se tem mesmo certeza..."

Nunca tive tanta certeza de algo. Eu disse a ele que só precisava ficar um tempo sozinha. Eu disse que logo desceria...

Mas já se passaram quinze minutos, e não parece que as lágrimas vão parar de rolar logo. É só que... como ela pôde dizer aquelas coisas? Depois de tudo por que nós passamos juntas? Como ela pôde ESCREVER aquelas coisas no site dela? Como pôde pensar que eu algum dia faria o que ela me acusa de ter feito? Como é que ela pode ser assim tão... tão *cruel*?

Ah, não. Estou ouvindo passos. O Lars deixou alguém subir! POR QUE, LARS, POR QUÊ???? Eu disse que...

Sexta-feira, 24 de setembro, S & T

Ai, Deus. Aquilo foi tão...

Aleatório.

De verdade. Esta é a única palavra em que eu consigo pensar para descrever.

E isso só vem para mostrar que não é surpresa nenhuma o fato de a sra. Martinez se sentir desesperada com a idéia de que algum dia eu possa me tornar uma escritora ou jornalista de sucesso.

Mas, falando sério! De que outra maneira posso colocar isto? Foi simplesmente... ALEATÓRIO.

E onde o Lars estava com a CABEÇA? Eu disse a ele para não deixar NINGUÉM subir. Tirando a diretora Gupta ou algum professor, OBVIAMENTE.

Então, como é que o BORIS conseguiu passar?

Mas é claro que eu ouvi passos na escada e, antes que me desse conta, o BORIS estava lá, todo sem fôlego, como se tivesse corrido.

No começo, fiquei preocupada que ele fosse me dizer que TAMBÉM me ama (bom, sei lá, as coisas que começam a acontecer quando o número do seu sutiã aumenta são impressionantes).

Mas ele só falou assim: "Ah, você está aqui. Procurei você em todo lugar. Eu não devia contar, mas não é verdade."

"*O que* não é verdade, Boris?", perguntei para ele, completamente confusa.

"O que a Lilly acabou de dizer", ele respondeu. "Sobre o Michael estar enjoado de você. Não posso contar como eu sei disso. Mas eu sei."

Sorri para ele. Apesar de eu ainda estar completamente desesperada e tudo o mais, não pude evitar. Realmente, a Tina tem muita sorte. Ela tem o namorado mais fantástico do mundo inteiro.

Felizmente, ela sabe disso.

"Obrigada, Boris", tentei enxugar as lágrimas com a manga para não parecer tão lunática quanto eu tinha certeza de que parecia. "Realmente é muito fofo da sua parte dizer isso."

"Não estou sendo fofo", o Boris insistiu, muito sério, ainda arfando de tanta correria para me encontrar. "Estou dizendo a verdade. E você deveria responder aos e-mails dele."

Fiquei olhando para ele, mais confusa do que nunca. "O-o quê? Responder aos e-mails de quem?"

"Do Michael", o Boris respondeu. "Ele tem mandado uns e-mails para você, certo?"

"É", respondi, estupefata. "Mas como é que você..."

"Você precisa responder para ele", o Boris disse. "Só porque vocês terminaram, isso não significa que não podem mais ser amigos. Não foi isso que vocês combinaram? Que iam continuar a ser amigos?"

"É", eu disse, espantada. "Mas, Boris, como você sabe que ele me mandou uns e-mails? Foi... foi a Tina que contou para você?"

Boris hesitou, então assentiu. "É. Foi isso. A Tina me contou."

"Ah. Bom, não posso escrever para ele, Boris. É que eu... simplesmente ainda não estou pronta para ser amiga dele por enquanto. Ainda me dói muito não ser *mais* do que amiga."

"Bem", acho que dá para entender. Mas... você precisa escrever para ele assim que se sentir pronta. Ele não acha... você sabe. Que você o odeia. Ou que você se esqueceu dele. Ou sei lá o quê."

Como se ISSO fosse acontecer algum dia.

Garanti ao Boris que eu mandaria um e-mail para o Michael assim que me sentisse emocionalmente capaz de fazê-lo sem desmoronar nem implorar para ele em corpo dezoito para me aceitar de volta.

Daí o Boris fez a coisa mais legal do mundo. Ele se ofereceu para me acompanhar de volta à sala de aula (quando eu me acalmei e me livrei das provas do meu choro... rímel borrado, catarro no nariz etc.).

Então, nós três — o Boris, o Lars e eu — chegamos juntos a S & T (atrasados).

Mas não fez mal, porque nem a sra. Hill nem a Lilly estão aqui.

Suponho que a Lilly esteja matando aula para encontrar o Kenny em algum lugar. Eles são igual a Courtney Love e Kurt Cobain. Tirando a heroína. Mas a Lilly só precisa começar a fumar. E talvez também arrumar uma ou duas tatuagens, e assim vai ficar com a imagem perfeita da garota durona.

O Boris me perguntou mais uma vez se eu estava bem de verdade. E quando eu respondi que achava que estava, ele entrou no armário e começou a ensaiar a música de Chopin que eu mais gosto quando ele toca.

E deve ter sido de propósito. Ele é muito atencioso.

A Tina realmente é uma garota de sorte.

Só espero que algum dia eu possa ter tanta sorte quanto ela.

Ou talvez eu *já tenha tido* a minha sorte no que diz respeito aos meninos, e estraguei tudo completamente.

Meu Deus, espero que não seja o caso. Mas, se for, só posso dizer que foi bom enquanto durou.

Sexta-feira, 24 de setembro, sala de espera do dr. Loco

A Lana e a Trisha insistiram para me levar para o que chamaram de "intervalo para manicure e pedicure". Disseram que eu merecia, depois do que a Lilly fez comigo no refeitório.

Então, em vez de jogar beisebol no sexto período, fiz as unhas dos pés e o que tinha sobrado das unhas das mãos (não coloquei novas unhas postiças de acrílico desde que voltei das férias de verão na Genovia, e roí o que sobrou das minhas unhas naturais) e pintei de vermelho Na-Verdade-Não-Sou-Garçonete, uma cor que Grandmère afirma ser totalmente inapropriada para meninas.

E foi exatamente por isso que a escolhi.

Mas preciso reconhecer que não me senti muito melhor depois que terminamos nosso pedicure e manicure de quarenta e cinco minutos. Eu sei que a Lana e a Trisha estavam tentando.

Mas a minha vida simplesmente está muito cheia de drama neste momento para uma simples massagem de mão e de pé (além de aplicação de esmalte colorido nas unhas) poder curar.

Ah. O dr. L está pronto para me receber agora.

Acho que ninguém, nem mesmo o dr. Loco, JAMAIS poderia estar pronto para receber a mim e o desastre que é a minha vida.

Sexta-feira, 24 de setembro, na limusine a caminho do hotel Four Seasons

Então, abri o meu coraçãozinho para o dr. Loco, o terapeuta caubói, e eis o que ele disse:

"Mas a Genovia já tem primeiro-ministro."

Eu só fiquei olhando para ele. "Não tem não", eu disse.

"Tem sim", o dr. Loco retrucou. "Eu assisti aos filmes sobre a sua vida, como você me disse para fazer. E eu me lembro muito bem..."

"Os filmes da minha vida mostram esta parte ERRADA", eu disse. "Entre as muitas e muitas outras partes que estão erradas. Eles alegaram licença artística ou algo assim. Disseram que precisavam aumentar os fatos. Como se os fatos da minha vida DE VERDADE já não fossem grandes o suficiente."

E aí o dr. Loco disse: "Ah. Entendi." Ele refletiu sobre a questão um minuto. Daí, falou: "Sabe, tudo isso me lembra um cavalo que eu tenho lá na fazenda..."

Eu quase me joguei da cadeira para cima dele.

"NÃO VENHA ME FALAR DA DUSTY DE NOVO!", berrei. "JÁ CONHEÇO A HISTÓRIA DA DUSTY!"

"Não vou falar da Dusty", o dr. Loco disse, com ar assustado. "Vou falar do Pancho."

"Aliás, quantos cavalos você tem?", eu quis saber.

"Ah, algumas dúzias. Mas isso não é importante. O importante é que o Pancho é uma espécie de pau-mandado. O Pancho se apaixona por qualquer pessoa que o tire do estábulo e o sele. Ele esfrega a cabeça na pessoa, igual a um gato, e anda atrás dela... mesmo que a pessoa não o trate muito bem. O Pancho é um cavalo desesperado por afeto, quer que todo mundo goste dele..."

"Certo", interrompi. "Já entendi. O Pancho tem problemas de auto-estima. Eu também tenho. Mas o que isso tem a ver com o fato de que o meu pai está tentando esconder a Declaração de Direitos da princesa Amelie do povo da Genovia?"

"Nada. Tem a ver com o fato de você não estar fazendo nada para tentar impedi-lo."

Fiquei olhando fixamente para ele mais um pouco. "Como é que eu posso fazer *isto*?"

"Bom, isso é você que precisa descobrir."

Certo. *Isso* me deixou louca da vida.

"Você disse, no primeiro dia em que eu me sentei aqui", eu berrei, "que a única maneira para eu sair do fundo do buraco escuro da depressão em que caí seria pedindo ajuda. Bom, estou pedindo ajuda... e agora você vem me dizer que eu preciso descobrir sozinha?? Aliás, quanto você recebe por hora para isto aqui?"

O dr. Loco ficou me observando com muita calma por trás do bloco de anotações dele.

"Ouça o que você acabou de me dizer. O garoto que você ama disse que quer ser apenas seu amigo, e você não fez nada. A sua melhor amiga a humilhou na frente da escola inteira, e você não fez nada. O seu pai diz que não vai honrar os desejos da sua ancestral morta, e você não faz nada. Na primeira vez que nos encontramos, eu disse a você que ninguém pode ajudá-la a menos que você mesma se ajude. Nada nunca vai mudar se você não fizer todo dia uma coisa que..."

"...que me dá medo", eu respondi. "EU SEI. Mas como? O que eu devo fazer em relação a tudo isso?"

"Não tem a ver com o que você *deve* fazer, Mia", o dr. Loco respondeu, parecendo um pouco decepcionado. "O que você quer fazer?"

Continuei sem entender. Fiquei, tipo: "Eu quero... eu quero... eu quero fazer a coisa certa!"

"É o que eu estou dizendo a você", o dr. Loco prosseguiu. "Se você quiser fazer a coisa certa, não seja como o Pancho. Faça o que a princesa Amelie faria!"

DO QUE ELE ESTAVA *FALANDO*???

Mas, antes que eu tivesse a oportunidade de entender, ele disse: "Ah, olhe só para isso. Nosso tempo acabou. Mas esta foi uma sessão muito interessante. Na semana que vem, eu gostaria de falar com você junto com o seu pai de novo. Tenho a sensação de que vocês precisam discutir algumas questões. E traga também aquela sua avó", o dr. Loco continuou. "Vi uma foto dela no Google. Parece ser uma mulher intrigante."

"Espera um pouco", eu falei. "O que você está dizendo? Como eu posso fazer o que a princesa Amelie fez? A princesa Amelie falhou. A lei dela nunca entrou em vigor. Ninguém nunca soube que EXISTIA. Ninguém além de mim."

"Isso é tudo, por enquanto tchau", o dr. Loco disse.

E me expulsou de lá.

Eu simplesmente não entendo. O meu pai está pagando este cara para me ajudar com os meus problemas. Mas a única coisa que ele faz é passar os problemas adiante, dizendo que eu preciso resolver meus próprios problemas.

Mas não é para isso que ele recebe???

E como, em nome de Deus, eu devo fazer alguma coisa a respeito da situação da princesa Amelie? Apresentei o meu ponto de vista para o meu pai, e ele totalmente me dispensou. O que mais eu posso fazer?

A pior parte de tudo é que o dr. Loco recebeu os resultados do meu exame de sangue do consultório do dr. Fung. E o que deu? Normal. Eu estou totalmente normal, em todos os aspectos. Melhor do que normal. Assim como o Rocky, eu me encaixo na porcentagem louca dos mais saudáveis da minha faixa etária, ou algo assim. Eu estava torcendo para que pelo menos o fato de eu ter voltado a comer carne tivesse feito subir tanto a minha taxa de colesterol que a minha depressão horrorosa pudesse ser atribuída a ela.

Mas o meu colesterol está ótimo. Está *tudo* ótimo. Estou tão saudável quanto a porcaria de um cavalo.

Ai, essa doeu. Por que eu tive que usar a palavra "cavalo"?

Ai, meu Deus, chegamos. Não dá para ACREDITAR. Preciso fazer esta coisa idiota da Domina Rei hoje à noite.

Só posso dizer que, se eu conseguir fazer Grandmère entrar neste clube, ou seja lá o que for, é melhor ela parar de pegar no meu pé por causa do meu cabelo.

Pancho? É sério que ele me contou uma história sobre um cavalo chamado PANCHO?

Sexta-feira, 24 de setembro, 21h, no banheiro do hotel Waldorf-Astoria

Ela detestou o esmalte.

Está agindo como se essa cor fosse totalmente acabar com as chances dela de ser convidada para entrar nesse clube maluco. Está mais preocupada com o meu esmalte do que com o fato de que a nossa família, já há séculos, essencialmente vive uma mentira. Foi o primeiro assunto que abordei quando cheguei à suíte dela.

"Grandmère, você não pode concordar com o meu pai e achar que ignorar o desejo que a princesa Amelie Virginie expressou antes de morrer é a coisa certa a se fazer. Pode?"

E ela revirou os olhos: "Não me venha com isso de novo! O seu pai PROMETEU que você já teria esquecido esse assunto a esta altura."

É. Eu reparei que até agora ele não tinha retornado nenhum único telefonema meu, o dia inteiro. Ele estava me dando um gelo, igual à Lilly.

Bom, é a mesma coisa que a Lilly fez até ter estourado hoje à tarde, quer dizer.

"Mas, sinceramente, Amelia", Grandmère continuou. "Você não pode ficar achando que nós vamos alterar completamente a nossa vida só por causa dos caprichos de alguma princesa morta há quatrocentos anos, não é mesmo?"

"A Amelie não elaborou sua Declaração de Direitos por capricho, Grandmère. E a nossa vida não se alteraria em nada", insisti. "Nós continuaríamos exatamente como antes. Só que não GOVERNARÍAMOS de fato. Nós deixaríamos o POVO governar... ou pelo menos ESCOLHER quem eles QUEREM para governar. Que pode muito bem ser o meu pai, você sabe..."

"Mas supondo que NÃO SEJA?", Grandmère quis saber. "Onde nós MORARÍAMOS?"

"Grandmère", eu respondi. "Nós continuaríamos morando no palácio, como sempre..."

"Não, não continuaríamos. O palácio se tornaria a residência do primeiro-ministro — seja lá quem vá acabar ocupando o cargo. Você realmente acha que eu poderia suportar ver algum POLÍTICO morando no meu lindo palácio? Ele provavelmente mandaria acarpetar tudo. De BEGE."

Fala sério! Eu fiquei com vontade de torcer o pescoço dela. "Grandmère. O primeiro-ministro iria morar... bom, sei lá. Mas em algum outro lugar. Nós continuaríamos sendo a família real e continuaríamos morando no palácio e cumprindo as obrigações que normalmente cumprimos — *MENOS GOVERNAR*."

A única coisa que ela teve para dizer foi: "Bom, o seu pai não quer nem ouvir falar NISTO. Então, é melhor você esquecer o assunto. Mas, vamos falar a respeito de assuntos sérios, Amelia. Unhas VERMELHAS? Está tentando me fazer ter um ataque cardíaco?"

Certo, tudo bem: reconheço que esta noite parece ser muito importante para Grandmère. Tinha que ver como ela ficou toda empertigada quando a Contessa chegou para mim durante o coquetel e disse assim: "Princesa Amelia? Nossa! Como você cresceu desde a última vez que a vi!"

"É", Grandmère respondeu, ácida, olhando para a enorme barriga de Bella Trevanni, ou, devo dizer, a enorme barriga da princesa René. "A sua neta também."

"Está para nascer por esses dias", a Contessa disse, toda alegre.

"Vocês estão sabendo?", Bella nos perguntou. "É uma menina!" Nós duas demos parabéns a ela que realmente parece feliz — parece até reluzente, como sempre dizem que as mulheres grávidas ficam.

E é totalmente bem feito para o meu primo René ele ter uma menina, porque ele sempre foi o maior garanhão. Quando a filha dele começar a namorar, ele finalmente vai saber como todos os pais das garotas com quem ele saía se sentiam.

Mas a Contessa não é a única pessoa que Grandmère deseja impressionar. O *crème de la crème* da sociedade de Nova York está aqui — bom, pelo menos as mulheres. Nenhum homem tem permissão de entrar nos eventos da Domina Rei, à exceção do baile anual, que não é isto. Acabei de ver Gloria Vanderbilt passando gloss perto de um vaso com uma palmeira.

E tenho bastante certeza de que Madeleine Albright está ajustando a meia-calça no reservado ao lado do meu.

E, olha: eu entendo. Realmente entendo por que Grandmère está tão ansiosa para ser uma destas mulheres. Elas são todas superpoderosas — e encantadoras também. A mãe da Lana, a sra. Weinberger, foi simpaticíssima comigo quando chegamos — ela não pareceu ser, de jeito nenhum, uma senhora que venderia o pônei da filha sem permitir que ela se despedisse dele —, apertou a minha mão e me disse que eu era um exemplo excelente para meninas de todos os lugares. Ela disse que gostaria que a filha tivesse a cabeça tão no lugar quanto eu tenho.

Isso fez com que a Lana, que estava parada ao lado da mãe, abafasse a risada com a estola de tule.

Mas percebi que a Lana não tinha ficado ofendida quando, um segundo depois, ela me puxou pelo braço e disse: "Dá só uma olhada. Tem uma fonte de chocolate ali no bufê. Só que é de baixa caloria, porque é feito com adoçante Splenda." Daí ela completou, quando me arrastou para longe dos ouvidos da mãe dela e de Grandmère: "E também tem os garçons mais gostosos que já se viu."

Sei lá. Vou ter que fazer o meu discurso a qualquer momento. Grandmère me fez repassá-lo com ela na limusine. Fiquei dizendo a ela que é chato demais para impressionar alguém, imagine então se vai inspirar quem quer que seja. Mas ela fica insistindo que é sobre drenagem que as mulheres da Domina Rei querem ouvir.

É. Porque eu tenho absoluta certeza de que Beverly Bellerieve — do programa de TV do horário nobre *TwentyFour/Seven* — quer conhecer a fundo as questões relativas ao esgoto da Genovia. Eu acabei de vê-la no lobby, e ela abriu um sorrisão para mim e disse: "Nossa, olá para você! Mas como está crescida!" Acho que ela estava se lembrando da vez em que nós fizemos aquela entrevista quando eu estava no primeiro ano e...

Ai, meu Deus.

AI, MEU DEUS.

Não. NÃO foi isso que ele quis dizer quando me disse... ele não pode ter tido a intenção de...

Não. É só que...

Mas espera um minuto. Ele disse para não ser como o Pancho. Ele *disse* para fazer o que a princesa Amelie faria.

A intenção dela era que a Genovia se tornasse uma democracia.

Só que ninguém sabia disso.

Mas não é verdade. ALGUÉM sabe.

Eu sei.

E agora mesmo, neste exato momento, eu ocupo a posição única de ser capaz de fazer com que um grupo imenso de empresárias também saibam.

Incluindo Beverly Bellerieve, que tem a maior boca do jornalismo televisivo.

Não. Simplesmente não pode ser. Seria errado. Seria... seria...

Meu pai me MATARIA.

Mas... isso com *toda a certeza* não seria dar uma de Pancho da minha parte.

Mas como é que eu posso fazer isto? Como eu poderia fazer isto com o meu pai? Com Grandmère?

Bom, quem se importa com Grandmère? Como eu poderia fazer isto com o meu pai?

Ah, não. Estou ouvindo Grandmère — ela está vindo me buscar. Está na hora...

Não! Não estou pronta! Não sei o que fazer! Alguém precisa me dizer o que fazer!

Ai, Deus.

Acho que alguém já disse.

Só que é uma pessoa que está morta há quatrocentos anos.

PRINCESA SOLTA UMA BOMBA DIFERENTE

23h, sexta-feira, 24 de setembro, Nova York

Para divulgação imediata

A princesa Mia da Genovia — que esteve recentemente na imprensa depois de uma explosão de nitroamido no laboratório de química da escola dela, a Albert Einstein High School, ter feito com que ela e mais dois alunos (entre eles o suposto consorte real do momento, John Paul Reynolds-Abernathy IV) fossem parar no pronto-socorro do hospital Lenox Hill com ferimentos leves — deflagrou seu próprio explosivo: ela revelou que um documento de quatrocentos anos recém-descoberto declara que o principado da Genovia é uma monarquia constitucional, não absoluta.

A diferença é bastante significativa. Em uma monarquia absoluta, o monarca que lidera o país — no caso da Genovia, o pai da princesa Mia, o príncipe Artur Christoff Phillipe Gerard Grimaldi Renaldo — possui o direito divino de governar o povo e o território do país. Em uma monarquia constitucional, o papel cerimonial do herdeiro real (tal como a rainha da Inglaterra) é reconhecido, mas as decisões governamentais efetivas são tomadas por um chefe de Estado eleito, geralmente em conjunção com um corpo parlamentar.

A princesa Mia fez esta revelação surpreendente durante um evento de gala em benefício dos órfãos africanos, organizado pela Domina Rei, a organização feminina exclusiva que é conhecida por suas obras beneficentes e por suas integrantes de destaque (entre as quais estão Oprah Winfrey e Hillary Rodham Clinton).

A princesa Mia, em um discurso feito perante a representação de Nova York, leu um trecho traduzido de maneira rudimentar do diário de uma princesa da qual ela é descendente real, que descreve a luta da jovem contra a peste negra e um tio autocrático, além da maneira como ela redigiu e assinou uma Declaração de Direitos que garante ao povo da Genovia a liberdade para escolher seu próximo líder.

Infelizmente, o documento ficou perdido, durante séculos, depois do caos que se seguiu ao trajeto mortal percorrido pela Peste Negra por todo o litoral do Mediterrâneo — perdido até agora, aliás.

A descrição que a princesa Mia fez de sua alegria por ser capaz de levar a democracia ao povo da Genovia aparentemente deixou muitas mulheres da platéia com os olhos marejados. E sua referência a uma citação famosa de Eleanor Roosevelt — que também foi integrante da Domina Rei — fez com que todas presentes no salão se levantassem para aplaudir.

"Faça todo dia uma coisa que lhe dá medo", a princesa Mia aconselhou seu público. "E nunca pense que você não pode fazer diferença. Mesmo que você tenha apenas 16 anos, e que todo mundo só lhe diga que você é uma adolescente boba... não deixe que essas pessoas a desanimem. Lembre-se de uma outra coisa que Eleanor Roosevelt disse: 'Ninguém pode fazer com que você se sinta inferior sem o seu consentimento.' Você é capaz de fazer coisas maravilhosas — nunca permita que ninguém tente lhe dizer que, só porque você foi princesa durante doze dias, não sabe o que está fazendo."

"Foi absolutamente inspirador", comentou Beverly Bellerieve, a estrela do programa jornalístico televisivo *TwentyFour/Seven*, que anunciou planos de dedicar um segmento inteiro de seu programa à transição do pequeno país da monarquia para a democracia. "E a maneira como a princesa viúva, Clarisse, a avó de Mia, reagiu — com um choro aberto e quase histérico — não deixou nenhum olho seco no recinto. Foi realmente uma noite memorável... e definitivamente o melhor discurso que já ouvi em um evento de gala de que consigo me lembrar."

Depois do discurso, nem a princesa viúva nem a neta dela estavam disponíveis para comentários, foram levadas imediatamente para destino desconhecido por uma limusine.

Tentamos entrar em contato com o departamento de imprensa do palácio da Genovia e o príncipe Phillipe, mas não recebemos resposta até o fechamento desta edição.

Sexta-feira, 24 de setembro, 23h, na limusine a caminho de casa, saindo do Waldorf-Astoria

Sabe o quê? Não estou nem aí.

Não estou mesmo. Eu fiz a coisa certa. Sei que fiz.

E o meu pai pode gritar o quanto quiser — além de ficar dizendo que acabei com a vida de todos nós.

E Grandmère pode se largar naquele divã e pedir todos os Sidecars que quiser.

Eu não me arrependo do que fiz.

E nunca vou me arrepender.

Você tinha que ter OUVIDO como o público ficou silencioso quando comecei a falar sobre Amelie Virginie! O silêncio na sala de banquete era maior do que no refeitório da escola hoje, quando a Lilly acabou comigo na frente de todo mundo.

E tinha umas mil e duzentas pessoas a mais na sala hoje à noite do que tinha à tarde!

E cada uma delas estava com o rosto erguido, olhando para mim, totalmente envolvidas pela história da princesa Amelie. Acho que vi LÁGRIMAS nos olhos de Rosie O'Donnell — LÁGRIMAS! — quando cheguei à parte em que o tio Francesco queimou os livros da biblioteca do palácio.

E quando cheguei à parte em que a Amelie descobre sua primeira pústula — eu TOTALMENTE ouvi um soluço vindo da direção da Nancy Pelosi.

Mas daí eu estava descrevendo como já estava na hora de o mundo reconhecer que garotas de dezesseis anos são capazes de fazer muito mais do que mostrar o umbigo com piercing na capa da *Rolling Stone*, ou desmaiar diante de alguma casa noturna depois de pegar pesado na balada... que, em vez disso, deveríamos ser reconhecidas por tomar uma posição e ajudar as pessoas que necessitam de nós...

Bom. Foi aí que todo mundo começou a me aplaudir em pé.

Eu estava me deliciando com o calor dos elogios de todo mundo — e da reiteração da mãe da Lana de que eu sou bem-vinda se quiser me inscrever na Domina Rei assim que fizer dezoito anos — quando o Lars puxou a manga da minha roupa (acho que a Domina Rei permite que homens entrem no evento quando são guarda-costas) e disse que a minha avó já estava desmaiada na limusine.

E que o meu pai queria falar comigo naquele minuto.

Mas tanto faz. Grandmère estava totalmente tomada pela emoção de finalmente ter sido convidada para entrar em um clube que a esnoba há cinqüenta anos, ou sei lá o quê. Porque eu totalmente vi quando a Sophia Loren se aproximou e fez o convite para que ela entrasse. Grandmère praticamente desabou em sua ansiedade de dizer que pensaria a respeito do assunto.

E isso, em língua de princesa, significa: "Ligo para você amanhã de manhã para dizer que sim, mas não posso dizer agora para não parecer ansiosa demais."

Meu pai passou uma *meia hora* gritando comigo, dizendo como eu tinha decepcionado a família e que pesadelo isso vai ser com o Parlamento, porque ficou parecendo que a nossa família passou todo esse tempo escondendo a lei e que agora ele vai ter que concorrer ao cargo de primeiro-ministro se quiser dar continuidade a todas as iniciativas que planejou e quem pode saber se ele vai ganhar se algum outro fracassado se candidatar, como o povo da Genovia nunca vai conseguir se adaptar a viver em uma democracia, como agora teremos fraude nas eleições e como eu ainda vou ter minhas funções reais do mesmo jeito, só que agora provavelmente terei que arrumar um emprego algum dia porque a minha mesada vai ser reduzida à metade, ele espera que eu esteja feliz em saber que eu basicamente destruí sozinha uma dinastia inteira e como eu estou ciente que este ato vai ficar para a história como a desgraça da família Renaldo, até que eu finalmente disse, tipo: "Pai? Sabe o que é? Você precisa levar esses assuntos ao dr. Loco. E é o que vai fazer, aliás, na sexta-feira que vem, quando você e Grandmère me acompanharem à minha consulta."

ISSO fez com que ele parasse abruptamente. Ele pareceu assustado — como naquela vez em que uma aeromoça ficou dizendo que estava grávida dele, até perceber que não a conhecia.

"Eu?", ele exclamou. "Ir a uma das suas consultas? Com a minha MÃE?"

"É", respondi, sem recuar. "Porque eu realmente quero falar a respeito de como você respondeu *poucas vezes* no seu questionário de avaliação mental para a afirmação *sinto que o verdadeiro amor romântico me deixou para trás*, sendo que há umas duas semanas você me disse que sempre vai se arrepender de ter deixado a minha mãe escapar.

Você mentiu totalmente para o dr. Loco, e você sabe que, se mentir na terapia — mesmo se for para o MEU terapeuta — você só vai magoar a si mesmo, porque como pode esperar fazer algum progresso se não for sincero consigo mesmo?"

Meu pai só ficou olhando para mim, acho que porque eu mudei de assunto de maneira tão abrupta.

Mas daí, parecendo todo irritado, ele disse assim: "Mia, contrariamente ao que você possa pensar nessa sua imaginação excessivamente romântica, eu não fico aqui pensando na sua mãe em todos os momentos de todos os dias. Sim, ocasionalmente eu me arrependo por as coisas não terem dado certo com ela. Mas a vida continua. E você vai descobrir que ainda existe vida depois do Michael. Então, sim, eu sinto *poucas vezes* que o verdadeiro amor romântico me deixou para trás. Mas o RESTO do tempo eu tenho esperança de que um novo amor possa muito bem estar à minha espera na próxima esquina — como eu torço para que também esteja à sua espera. Agora, será que podemos retornar ao assunto em questão? Você não tinha absolutamente direito nenhum de fazer o que fez hoje à noite, e estou muito, mas muito decepcionado mesmo com você..."

Mas não prestei atenção ao resto do que ele disse, porque eu estava pensando sobre aquela frase: *tenho esperança de que um novo amor possa muito bem estar à minha espera na próxima esquina.*

Como é que alguém faz essa transição? A transição de sentir falta da pessoa que você ama tão desesperadamente que ficar sem ela parece ter uma dor vazia dentro do peito a se sentir esperançoso de que um novo amor pode muito bem estar à sua espera na próxima esquina?

Eu simplesmente não sei.

Mas espero que aconteça comigo algum dia...

Ah. Estamos na Thompson Street.

Ótimo. Até parece que a minha noite já não foi bem movimentada. Agora tem um sem-teto parado no hall de entrada do nosso prédio. O Lars está saindo para tirá-lo dali.

Espero que ele não precise usar a pistola de choque.

Sábado, 25 de setembro, 1h, no loft

Não era um sem-teto.

Era o J.P.

Ele estava à minha espera no hall de entrada porque fazia um frio fora de época e ele não quis ficar na rua... e não quis tocar o interfone por medo de acordar a minha mãe.

Mas ele queria falar comigo porque tinha assistido à notícia sobre o meu discurso no canal público New York One.

E ele queria ter certeza de que estava tudo bem comigo.

Então, veio até a zona sul para fazer isso.

"Quer dizer", ele ficava repetindo, "foi meio uma coisa importante, como estão dizendo no noticiário. Em um minuto você é uma garota normal e, depois, é uma princesa. E, depois de alguns anos, você é uma princesa, e no minuto seguinte... não é mais."

"Eu continuo sendo princesa", garanti a ele.

"Continua?" Ele parecia não ter certeza.

Assenti. "Eu sempre vou ser princesa. É só que agora eu posso ser uma princesa com um emprego normal e um apartamento e tal. Se eu quiser."

Enquanto eu estava explicando tudo isso para ele na entrada do prédio — depois de o Lars quase dar um choque nele por também o ter confundido com um vagabundo —, a coisa mais estranha do mundo aconteceu:

Começou a nevar.

Eu *sei*, bem de levinho, e realmente está cedo demais para nevar em Manhattan, principalmente com o aquecimento global. Mas definitivamente estava frio o suficiente para isso. Não tão frio para o chão ficar branco nem nada. Mas não havia a menor dúvida de que aquela dúzia de flocos brancos minúsculos começou a cair do céu noturno cor-de-rosa (cor-de-rosa porque as nuvens estavam tão baixas que as luzes da cidade refletiam nelas) enquanto eu falava.

E uma coisa estranha aconteceu quando eu ergui os olhos para os flocos de neve, sentindo-os cair de levinho no meu rosto, enquanto ouvia o J.P. explicar que estava feliz por eu ainda ser princesa afinal de contas.

De repente — assim, sem mais nem menos — eu não me senti mais tão deprimida quanto antes.

Realmente não tenho como explicar de outra maneira. A sra. Martinez sem dúvida ficaria decepcionada com a minha falta de verbos descritivos.

Mas foi exatamente assim que aconteceu. De repente, eu parei de me sentir tão triste.

Não que eu estivesse curada nem nada.

Mas que eu tinha subido alguns metros naquele enorme buraco preto e conseguisse enxergar o céu — com clareza — de novo. Estava simplesmente quase ao meu alcance, e não mais a metros de altura. Eu estava *quase* lá...

E daí, enquanto o J.P. dizia: "E espero que você não ache que eu estou perseguindo você, porque não estou, só achei que você estava precisando de um amigo, já que estou bem certo de que o seu pai não está muito contente com você neste momento..." Eu percebi que eu me sentia... feliz.

Feliz. De verdade.

Não louca de felicidade nem nada. Não em êxtase. Não deleitada. Mas foi uma mudança tão boa de me sentir triste o tempo todo que eu — de uma maneira completamente espontânea, e sem pensar sobre o assunto — joguei os braços em volta do pescoço do J.P. e dei o maior beijão na boca dele.

Ele pareceu surpreso de verdade. Mas se recuperou no último instante e acabou me abraçando também e retribuindo o beijo.

E a coisa mais estranha de todas foi que... eu realmente senti uma coisa quando os lábios dele encostaram nos meus.

Tenho bastante certeza disso.

Não foi nada parecido com o que eu sentia quando o Michael e eu nos beijávamos.

Mas foi alguma coisa.

Talvez tenham sido só os dois ou três flocos de neve no meu rosto.

Mas talvez — apenas talvez — tenha sido disso que o meu pai falou. Você sabe o quê:

Esperança.

Não sei. Mas foi bom.

Finalmente o Lars limpou a garganta e eu soltei o J.P.

Daí o J.P. disse, parecendo acanhado: "Bom, talvez eu esteja perseguindo você um *pouquinho*. Posso perseguir mais amanhã?"

Eu dei risada. Então disse:

"Pode. Boa noite, J.P."

E daí eu entrei.

E vi que tinha duas mensagens na minha caixa de entrada.

A primeira era da Tina:

ILUVROMANCE: Querida Mia,

Ai, meu Deus! Acabei de ver no noticiário. Você é igualzinha à Drew em *Para sempre Cinderela*. Quando ela chegou com as asas nas costas! Só que, em vez de só ficar linda em uma festa, você realmente FEZ alguma coisa. Como CARREGAR UM PRÍNCIPE NAS SUAS COSTAS. Só que ainda melhor. PARABÉNS!!!!!

Com carinho,
Tina

Daí eu cliquei na segunda mensagem. Era do Michael.

Como sempre, meu batimento cardíaco se acelerou quando vi o nome dele. Acho que isso é algo que nunca vai mudar.

Mas pelo menos a temperatura da palma das minhas mãos permaneceu a mesma.

No texto da mensagem, tinha um link para a notícia sobre a bomba que eu joguei, com um recado embaixo que dizia:

SKINNERBX: Querida Mia,

Você por acaso acabou de dispensar o seu trono e levar a democracia para um país que nunca conheceu nada parecido com isso?

É isso aí, Thermopolis!

Michael

Dei risada quando vi isso. Não pude evitar.

E, sabe como é... foi bom dar risada sobre algo que o Michael disse (ou escreveu). Parecia que fazia muito tempo que isso não acontecia.

E daí me ocorreu que talvez o Michael e eu possamos ser amigos — apenas amigos. Por enquanto, pelo menos.

Então, desta vez, em vez de EXCLUIR, eu cliquei em RESPONDER.

E daí, eu escrevi para ele.

Este livro foi composto na tipologia
Lapidary 333Bt, em corpo 12/17, e impresso
em papel off-set 90g/m² no Sistema Cameron da
Divisão Gráfica da Distribuidora Record.